J O Y

享受讀一本好小說的樂趣

Violet & Martini

想談戀愛，需要幾杯馬丁尼？

北斗勳 著

各界名家一致好評推薦！

這是一本精采的愛情小說，當中為大家介紹了酒吧和雞尾酒。本書將告訴你，雞尾酒包涵了許許多多的元素，正如同愛情與人生一般。你會看到主角蕾貝卡如何探索出愛情、人生和雞尾酒的複雜深邃，且因此成長，也學會如何調製出她自己想要的生活。當你讀到結尾後，包管你也會想上酒吧親自體驗一番。也許，你也會在那兒找尋到你自己的故事。

【國際調酒大師】**上野秀嗣**

一杯馬丁尼裡就有完整的人生。北斗動把都會中的親情、友情、愛情，幽默的用爵士樂和雞尾酒串了起來。一個好的調酒師，不只是調和一杯雞尾酒，他懂得傾聽生命，並用雞尾酒說故事。一個懂得喝的人，就會了解酒裡面可以喝出一個人的庸俗、驕傲，還是自信。作者顯然兩者都懂。

【威士忌達人】**林一峰**

來自曼哈頓的愛恨情仇，身處時尚圈的勾心鬥角，本書能滿足你對上流社會的完美幻想。今晚也來杯專屬於你的「馬丁尼」吧！

【名造型師】劉大強

在閱讀故事時，我想像著自己也坐在Fan & Friends這個吧台上，彷彿也在聽著隔壁那位能幹的名媛蕾貝卡一邊啜飲著曼哈頓，一邊在向帥氣調酒師單齊吐苦水。而我則在一旁喝著一杯馬丁尼，同時觀察著他們兩人之間若有似無的情愫會如何發展。

懂得調雞尾酒的人，能夠將生活上的不同體會轉化到每杯酒中；懂得喝雞尾酒的人，能夠細細品味出不同調酒師所調出的酸甜苦味。北斗動以變調的愛情、壓抑的親情、刺激的偷情、以及大家感興趣的豪門恩怨作為背景，並在各章節中引導出二十八款經典雞尾酒，即將帶領大家將所有複雜的感情化為令人回味的餘韻。

【時尚名媛與公關達人】關俐麗

本書內容純屬虛構。
故事當中對於任何真實人事物與實況不符合之描述，
均為幫助讀者感受情節氛圍所編撰。

本書獻給雞尾酒這門藝術
以及
為此奉獻的調酒師們

作者自序

最早，單齊是計畫以我的一位好友為原型來創造的。

他就是本書的調酒顧問Matt Chang。

Matt是一名傑出的調酒師。從我當初決定撰寫這本書並向他求助開始，他便不厭其煩地教導我關於雞尾酒的各種知識。這個故事當中的雞尾酒段落都經由他審核過。其中，迷惑（Bewildered）這支雞尾酒的酒譜更是情商他特別為這本書新創的。那真是非常可口（是的，打著寫書之名，我要求他調了一杯又一杯再一杯……）。

雖然單齊原本應該要根據Matt的個性來設定，但後來因劇情的需求而作罷。如同故事創作過程常發生的，單齊發展出了他自己獨特的人格。

補充一提，儘管兩人已大不相同，但Matt的個人魅力卻絕不輸給書中男主角的。他在台北調酒界可是有著某種性感猛獸的傲人封號。

至於這個故事本身又是如何誕生的呢？

它源起於我在《GQ》雜誌擔任編輯時所生的感觸。

當時因為工作的緣故，我有幸結識了Matt以及台北許多名優秀的調酒師。他們共通的特色是：年輕、帥氣、有品味，而且執著追求雞尾酒的奧妙。每回我看著他們調酒時的專注神情、聽著他們侃侃而談雞尾酒的學問，我便深深感嘆：調酒師真的是個被社會所忽視，甚至誤解、低估的一門專業啊（但他們受正妹歡迎這個一般印象似乎其來有自）。

二〇〇九年的冬天，我開始構思這個故事。

透過大眾小說的形式，我希望和大家分享雞尾酒美好在哪以及調酒師為何值得尊敬。這個故事的中心人物是蕾貝卡，而故事的魂是雞尾酒。

在故事開場時，蕾貝卡是完全不懂雞尾酒的。她對調酒和調酒師抱持著常有的偏見。隨後，她逐漸改變了。到了結尾，她已探索了雞尾酒國度的美好，且樂在其中。

對於之前並不熟悉雞尾酒的讀者，我期盼各位和蕾貝卡一塊踏上這段旅程之後，能從中體驗到雞尾酒的多彩多姿。

故事的原始名字是以英文構思，叫做《Violet and Martini》。紫羅蘭與馬丁尼在故事架構當中各自擔任重要支點。有興趣的讀者不妨在翻閱本書時推敲一番。

關於紫羅蘭，我在撰寫故事時發現一件有趣的事。

當時為了詳實描寫，我努力尋找真的Violet來研究一番，但是好不容易找來之後，居然和網路上查到的圖片不同，讓我相當困惑。

努力又查了半天資料，才赫然發現：似乎至少有兩種不同的花，在中文上都稱作「紫羅蘭」，但在英文來說其實分別是「Violet」和「Stock」。在本地所見到的紫羅蘭，好像大部分都是Stock。

究竟這是譯名上的混淆或是有其他背景緣由，我到現在仍舊沒確切弄明白。這應該要花卉專家才能解答。

最後，我是一直到了前往紐約實地考察場景時，才在當地買到一盆Violets，搞清楚它的模樣。

那是故事原名的部分；至於中文版書名《想談戀愛，需要幾杯馬丁尼？》則是從愛情角度切入故事。故事當中，蕾貝卡接觸雞尾酒的時間點正好是她遇上了感情波折的時候。調酒這門生活藝術如何能幫助她調適心情，在愛情的道路上找到方向，是個有趣的主題。而蕾貝卡生命當中的其他層面，雞尾酒當然也融入得既深且廣。

另外，書中的幾個主要角色，在某種程度上，也都安排了對應的雞尾酒。談到此處，真的得再次感謝Matt花了許多時間與我諮詢這方面細節。

調酒並非書中唯一觸及的生活時尚，服裝與爵士樂也是大量運用的元素。對我來說，撰寫這故事的歷程並非循著直線往前探索，而比較像是在鑿刻一顆想像的鑽石，從不同的面向來回精雕細琢。透過立體的故事結構，我希望呈現給大家一種美好的大都會生活氛圍。

當然，紐約時尚界與曼哈頓上流社會是個華麗到夢幻的故事舞台，但那是娛樂部分；我想強調的是，這種美好的生活氛圍是一般人在日常生活中就可以實踐享受的。你不必是名媛、超模或權貴，只要願意去了解、體驗雞尾酒的奧妙便行。

請跟隨著蕾貝卡踏入酒吧，坐到吧台前，點杯雞尾酒。那可以是馬丁尼（Martini），可以是戴克利（Daiquiri）、側車（Sidecar）或曼哈頓。如果店裡播放的是法蘭克・辛納屈或Oscar Peterson，那自然很棒；若不是，也無妨。一間酒吧的雞尾酒若是可口，店主的音樂品味往往也不會太差，也有的店是根本不放音樂的。

在細細品味你眼前的雞尾酒之餘，不妨向你的調酒師請教他調製的心得，那會幫助你體會它的美味之處。他們通常會樂意與你分享的。

雞尾酒是一門如此美妙的生活藝術。

這本書能完成並問世，除了Matt之外，我還有許多對象需要感謝：我在《GQ》時的總編輯Blues（當初氣喘吁吁引導門外漢的我一步步接觸美食美酒）；皇冠的總編輯春旭（自本人上一本書之後便掉入無止境的拖稿地獄）、平雲先生（拖稿欠稿地獄的另一苦主），以及本書的責編怡萱（神經質作者每日碎碎唸煉獄的受難者）。感謝曾讓我請益的台北及東京的調酒師和酒界朋友們、文壇出版界友人前輩們、紐約的設計師好朋友Kai D.、法律專家李治安及林誠夏，還有多位掛名撰文推薦的好友專家先進，以及曾在我工作室幫忙的夥伴們。我的家人，特別是我美麗的妻子Helen（為了家庭幸福與和諧，強調「美麗的」是必要的），這段期間對我無限地包容支持，謝謝你們。

最後，當然請大家務必理性飲酒（並請勿效法作者趕稿無靈感時大量灌酒的極不良示範）。

Contents

第一章　貓咪馬丁尼與海明威

1

見過蕾貝卡・麥克法登的人都會同意，她是個不折不扣的美人。二十六歲的她有雙明亮清澈的栗色雙眸，脣型細緻且孩子氣的略翹，過肩深褐色直髮柔順得像秋天的風，五呎六吋的身材穠纖合度。除了美貌，她的魅力還來自於教養。畢竟，路易斯・麥克法登可是全美前兩百名的大富豪，他的寶貝女兒若被寵得刁蠻任性也不足為奇，但蕾貝卡・麥克法登卻沒有富家千金慣有的驕氣。好吧，也許有那麼一點。她說起話有時不會考慮到其他人的立場，心直口快，有些自以為是。但基本上，她自小在嚴格的管教下成長，爽朗、勤奮且自律。大部分的人都豔羨她好命，卻忽略了她其實相當上進。

她有兩個名字，除了榮耀的麥克法登姓氏之外，另一個是來自台灣的母親替她取的中文名字林伊書。那並非正式通用，主要就是母親以及台北的外祖父母這麼喊她。自小，她都是以蕾貝卡・麥克法登的身分在曼哈頓的上流社會行走。而自從母親在八年前過世後，就鮮少有人稱她林伊書了。事實上，就連林紡蓉生前也不常以中文全名叫她女兒。她都喚她「書書」。

路易斯・麥克法登偶爾也會以「書書」叫他女兒。當他這麼叫時，蕾貝卡知道，那往往代表他思念起母親。大部分的時候，父親都叫她「蕾貝卡」，那可是他親自取的、屬於麥克法登家族的名字。

蕾貝卡本人當然自小便習於「書書」這小名，不過她真正對它感受到特殊意義是在八年級開始學法文，得知這個名字的發音很像法文的「寶貝」之時。多年後，當蕾貝卡認識現任的法國男友尚大衛時，他也很自然以「書書」喚她，不過由於他們倆是同事，她只允許他在私底下這麼叫（而她替他取的暱稱則是「大大」）。大部分的時間，她還是習慣當蕾貝卡・麥克法登，這個身分像是她的戰鬥盔甲，讓她得以在曼哈頓這個勾心鬥角的光鮮叢林生存。偶爾，她才會打開盔甲，讓內心深處柔軟的林伊書或「書書」出來透透氣。

此刻，身在中城區第五大道上一間由她所監工整修中的服飾店，蕾貝卡・麥克法登正按捺住焦慮，接聽她父親的電話。

工地的敲打聲與電鋸聲震耳欲聾，蕾貝卡根本聽不清電話另一端說些什麼。她左手摀著耳朵，對著右手中的iPhone大叫，好不容易躲到一處稍微安靜的角落，才聽清楚父親的命令。

「我說，開幕日期一定要趕上九月初的時裝週！」路易斯・麥克法登對他女兒大聲告誡。

「我曉得！」蕾貝卡・麥克法登同樣扯著嗓子保證，「所有的整修工程都會如期完成。旗艦店正式開幕和春夏發表會都整合在九月九日，試營運在那兩週前開始！」

「妳只剩六週而已，連外牆都還沒動工，不是嗎？」父親質疑。

「那部分下週一就會開始。不用擔心，我會盯好工頭和建築公司。」

掛了電話，蕾貝卡拭了下額頭的汗。空調系統還沒裝設好，而今年夏天的曼哈頓熱得教人吃不消。昨天下午氣溫高達華氏九十八度，電視新聞甚至預測週末可能飆破一百零二度。

也許到時她應該和爸爸到他們在東漢普頓的別墅避暑。這種天氣除了泡在游泳池或躺在海灘上，還能做什麼？想到這兒，若她現在就能開車直奔漢普頓，豈不更好？她的好友珍妮絲在上週就已跟家人去南漢普頓度假了，這期間也不斷催她過去。昨晚八點她倆才通過電話，當時珍妮絲人在別墅院子裡看星星，而蕾貝卡則在辦公室加班，連晚飯都還沒吃。

「我得工作。」蕾貝卡向她的摯友重申自己無法度假。

「喔，妳得工作！」珍妮絲當時乾笑了一聲。「親愛的，像我們這樣的人是不工作的！那不是我們生到這個世界上的使命。」

珍妮絲的父親摩頓先生是華爾街一個十幾億美元避險基金的總裁。她對於曼哈頓上流千金的生活相當自得其樂，而且安排得挺充實。每天除了大啖甜食（五個杯子蛋糕）以及為了消耗那些甜食的熱量拚命上健身房（成效始終不彰）之外，她還忙著奮力拿她那張美國運通黑卡大肆血拚、上Spa、修指甲、翻閱八卦小報和時尚雜誌、點閱購物網站、和她的投資銀行經理男友約會（剛分手，現正狩獵中）、陪同她母親參加慈善晚會，以及無止盡地跑趴和泡夜店。珍妮絲．摩頓所做的最接近工作的事是經營她的時尚部落格。她已寫了兩年，算是小有成績，每天的點閱率約有六千多次，三不五時接到個幾千美元的小廣告，而那一丁點收入根本還不夠她週三午後逛一趟Bergdorf Goodman百貨。

「真妙，你們家比我們還要有錢，」珍妮絲昨晚說道。「可是在熱到這麼不人道的夏日，我悠哉悠哉地躺在海灘椅上享用冰淇淋蘇打，而妳卻把自己操得像條狗一樣。」

「有沒有錢不是重點，」蕾貝卡苦笑道。「妳知道我是——」

「我知道、我知道，妳是個麥克法登。妳要證明自己的能力。難怪所有媒體都把妳和伊凡卡．川普相提並論。妳就那麼想當個女強人嗎？」

「我可沒打算推出自己的珠寶品牌。」

「那當然，因為你們家已經擁有五個服裝品牌了，更別提兩間曼哈頓的百貨公司和一間飯店。」

「是六個，妳忘了我們上個月把Summer Fan併購下來了。」

「對，Summer Fan，哈哈！」珍妮絲當時取笑她，「那不就是妳現在受苦受難的源頭嗎？」

如今，當蕾貝卡回想起昨夜這段對話，不由得嘆口氣。她目前所監工整修的店面正是Summer Fan的旗艦店，這是由知名設計師范夏娃在二十六年前所創辦的高級服飾品牌。自三個月前麥克法登集團展開併購交涉起，蕾貝卡便被任命為專案總監，負責整個談判，而在上個月收購底定後，又被指派監管整個品牌的移交以及這間旗艦店的大改裝。她的父親路易斯，也就是麥克法登集團的總裁，已經允諾，一旦移交完成，蕾貝卡將升任Summer Fan的營運長。偏偏移交案進行得不大順遂，蕾貝卡和Summer Fan原先的老闆，目前仍擔任創意總監的范夏娃，一開始就起了摩擦，而旗艦店改建的進度也落後。蕾貝卡的壓力顯而易見。問題並不在於她當不當得成營運長，而在於她非當上營運長不可。她的父親不會接受失敗這兩個字。

漢普頓假期就等週末再說吧，如果到時她不用加班的話。自蕾貝卡四年前大學畢業進入父親的公司開始，加班一直是家常便飯。老實說，她不認為自己的工作效率差，但總有做不完的事。從每天早上八點一進辦公室，她就一路忙到十二小時後。她盡可能避免每個週六都加班，而上一次的長假已是去年聖誕節的事，當時她赴台北探望外祖父母一星期。那真是奢侈，而且感覺似乎才沒多久之前。半年的青春居然就這樣消逝了。

蕾貝卡在她的白色Isabella Rillinni托特包內翻找手帕，想要擦汗。這個托特包她用了好幾年，是父親送她的生日禮物。Isabella Rillinni是麥克法登集團旗下另一個高級服飾品牌。儘管天天提它，她卻小心使用這托特包，幾乎沒什麼刮損。雖說是富二代，她自小卻被教養得相當節儉，父母對她的零用錢也管制嚴格。她生平第一回自己掏錢購買名牌包是在大學時期，那是款海軍藍的Summer Fan包，是利用在父親公司暑期實習的薪資買的。新包包背不到兩天，她就登上了時尚媒體版面，可並非被讚揚品味高尚，而是被譏笑在晚宴上和琳賽·蘿涵撞包。蕾貝卡鮮少翻閱時裝雜誌的名流版，而撞包這件事也是珍妮絲打電話告訴她的。從蕾貝卡高中時期開始，媒體便發覺了她這個時尚王國的繼承人居然上哪兒都重複穿戴衣服和配件，多年來便無止盡地撻伐嘲弄她，封她為最小家子氣的名媛。蕾貝卡本人並不太在意這些膚淺的評論，因她對自己的時尚品味有自信，況且父親對她如此量入為出相當滿意。

蕾貝卡找到手帕，拿出來擦了擦汗，接著將它攤在手中端詳。這條蠶絲帕是她另一件Summer Fan收藏，鵝黃底色上頭繡著精緻的草綠、深橘色精緻花鳥圖案，是十七歲那年父親送她的聖誕禮物。整組共六條，不同顏色花紋，都是Summer Fan的經典款。

范夏娃無庸置疑是個了不起的服裝設計師。蕾貝卡相當欣賞此人的才華。除了手帕和大學買的那個包包，她衣櫃中還有好些Summer Fan的衣服及配件，像此刻身上穿的長春花藍套裝也是。但愛穿范夏娃設計的服裝是一回事，每天為了如何經營品牌和她本人周旋又完全是另一回事。從併購案的談判之初，蕾貝卡就感受到范對她的敵意，這她可理解。畢竟，辛苦經營二十多年的公司要交到別人手上，任誰都會心生不平，更何況對方還是個二十來歲的小鬼頭。而在上個月移交正式展開後，兩人的衝突更直接浮上檯面。蕾貝卡最大的任務就是整頓Summer Fan的財務，而范夏娃向來以揮霍預算出名，自然不會輕易就範。兩人於是爭執不斷，尤其為了這間旗艦店的整修工程更是每天吵不停。

「麥克法登小姐！」整修現場的工頭卡爾・費柏，一個經驗豐富但熱情缺缺的老手，自樓梯步下一樓來，中年嚴重發福的肚子邊走邊晃。

「怎麼了，卡爾？」蕾貝卡收起手帕。

「工程有點變動。范女士要我們把三樓右前A區的展示櫃都打掉。」

「為什麼？」蕾貝卡蹙眉。「那一塊不是前天才做好的嗎？」

「她希望調整顧客動線，要在那邊擺上活動式衣架。」

「不可能。我們進度已經大幅落後，預算也超支了。我不會允許任何更動。」

「我只是執行單位。」費柏攤了攤手。「妳們倆談好再告訴我決定吧。她人應該還在三樓。」

蕾貝卡奔上三樓，卻不見范夏娃蹤影。她來到右前A區察看。這裡是男裝區，沿著牆面設置了一整排展示櫃，都特別設計得和地板連成一體，全部採用上等胡桃木。若全都打掉，所費不貲。她從包包翻出她的iPad，想要檢視三樓的施工設計圖。螢幕亮起來，跳出的卻是密密麻麻的文字。

「拜託，現在可沒時間讀海明威，」蕾貝卡嘀咕。那是她昨晚上床後讀到睡著忘記關掉的《戰地春夢》。她將電子書關閉，搜尋工地的檔案。三樓沒有樓下那麼吵，因此當她身後冷不防響起一個男聲時，蕾貝卡稍稍驚嚇了一下。

「馬丁尼！」

蕾貝卡還來不及反應，一團灰色影子已竄到她面前。她驚呼一聲，向後閃躲，但那團灰影仍躍上她左臂，她手於是一滑。

「天啊！」

蕾貝卡震驚望著躺在地上的iPad，又望向禍首——一隻灰色虎斑貓——牠已跳到三步之外，弓著身子，專注地評估自己這場騷動的成效。

「看看你幹的好事！」蕾貝卡對著貓咪大叫。

「妳還好嗎？」一名男子靠上前，顯然便是方才喝斥貓兒的人。

「不好，很不好！」蕾貝卡望著自己的左手腕，上頭被貓抓破了個口子，挺疼的。樓下的電鑽聲和敲打聲儘管音量不高，此起彼落仍直鑽她的腦門。她覺得所有的壓力都快爆發了。「我居然在對一隻貓大吼大叫、我受了傷、電腦也給砸爛了！」

「我很抱歉。」男子將平板電腦拾起，點了螢幕幾下。「看起來沒事。哇，海明威耶，真有品味——」

「請還來！」但蕾貝卡幾乎是用搶的。她深吸口氣，趕緊自己試了一下電腦。「算你幸運。如果壞了我可是會告你，你和你的貓——那是你養的，對吧？」

「對啊，牠叫馬丁尼。」

名叫「馬丁尼」的虎斑貓撇過頭望向落地窗外，彷彿這場紛亂事不關己。

「是有點淘氣，但很可愛，對不對？」貓的主人笑咪咪問道，顯然不在意答案為何，滿意地欣賞他的寵物。

蕾貝卡失控了。

「你是誰？為什麼帶著貓進到工地來？你不可能是工人。沒有工人會穿著西裝背心和西褲上工的！」蕾貝卡如連珠炮般罵著。和貓吵架很愚蠢，但和人爭辯她可就拿手。「你自己看看牠把我抓的傷口！我要保留追訴權。我們可是請了全曼哈頓最好的訴訟律師。我等下會去驗傷，你就祈禱不要變成蜂窩性組織炎！」

「我很抱——」

「抱歉沒有意義！你一開始就該管好牠的！一點教養都沒有！而且你居然叫牠馬丁尼！這什麼不倫不類的貓咪名字啊？」

有著不倫不類名字的貓兒對這番批評的回應居然是打個呵欠，用後腳搔了搔脖子，接著整個趴到地板上。

面對蕾貝卡這番狂轟猛炸，男子根本插不進話，只能苦笑。他看起來是個亞洲人，年紀約三十出頭，身材高瘦，手長腳長。從那套合身的黑背心和白襯衫瞧得出他身材儘管瘦削卻結實。他的眼睛不大，留一頭俐落的短髮，鼻型寬挺有力，臉曬成健康的古銅色，而那笑容實在爽朗迷人——即便在盛怒當中，蕾貝卡都忍不住忖度，他的笑容和落地窗外灑在第五大道對街建築上的燦爛陽光還真是相得益彰——當然，她只恍神了半秒。她是個麥克法登，而且還有男朋友，不會容許自己在吵架的當兒打量帥哥，至少不能打量太久。

「請別再笑了，」她稍稍冷靜下來，正色要求。「這一點都不好笑。」

「妳有吃早餐嗎？」

「什麼？」

「人在血糖低的時候容易火氣大。」

蕾貝卡瞪大眼。「小心點喔，否則我可能還會跟你求償精神損害！」

「我叫單齊。」男子伸出手，大方自信，陽光的笑容中帶著些許促狹。「范單齊。我是新來的酒吧經理。」

蕾貝卡並沒握他的手，而是蹙眉瞅著他好半晌。

「酒吧？這棟旗艦店四樓的酒吧，Fan & Friends？」

「是的。」

她又打量了他幾秒，才終於伸出了手。

「所以，」蕾貝卡邊握單齊的手邊推論，「你就是夏娃的——」

「看來你們倆已經認識了嘛！」

蕾貝卡轉過頭，過去一個月來令她日日頭疼的那個女人正站在那兒，皮笑肉不笑地望著他們。

「嗨，老姊！」范單齊用他那爽朗的笑容迎接范夏娃。「我正在向麥克法登小姐自我介紹。」

「而我可還沒呢，」蕾貝卡說，瞧了單齊一眼。他居然已識出她的身分。

「別那麼驚訝，親愛的，任何有在讀八卦雜誌的紐約客都認得出妳的尊容。」Summer Fan的創辦人暨現任創意總監緩緩走上前。

五十三歲的范夏娃風韻猶存。一張鵝蛋臉雖已顯滄桑卻依舊精緻，藝術家的眼神時而奔放、時而迷濛。儘管她個頭嬌小，身材比例倒頗佳，可惜今天穿的白色絲緞襯衫和黑色喬治紗長褲都是寬鬆版型，遮掩住了她那長年練瑜伽、游泳所雕塑出的曼妙體態。

「而要認得出兩位是姊弟可就沒那麼容易了，」蕾貝卡挑眉評論。

她原先就知道范夏娃有個同父異母的弟弟，歲數相差甚遠，來自台北，也知道他即將在整修完的旗艦店酒吧擔任經理。不過，親眼見到這對手足站在一塊，蕾貝卡認為自己方才沒能猜到單齊的身分並不為過。不管是相貌或身形，這兩人生得都大相逕庭。

「我們都有老爸的眉毛喔。」單齊顯然猜中蕾貝卡的心思，一本正經指著他自己和一旁他姊姊的臉。「還有耳朵。」

「還真一模一樣呢，」蕾貝卡敷衍他，轉頭指著右前A區對夏娃說，「我需要跟妳談談那個。」

「而我需要喝一杯。」夏娃掉頭往電梯走去。「來吧，單齊！」

「什麼？」蕾貝卡急忙跟上前。「喝一杯？現在才上午十一點，上班時間耶！」

「我在這間酒吧調的第一杯雞尾酒！」單齊也進了電梯。「我們要去四樓了，馬丁尼！」

透過電梯門關上前的縫隙，蕾貝卡看見那隻虎斑貓仍趴在地上，冷冷瞅著他們。

2

四樓原本是Summer Fan品牌旗下的咖啡館，如今改建為酒吧。當初在洽談Summer Fan的併購案時，這個區塊給蕾貝卡添了不少麻煩，因為牽扯進的尚有范夏娃之外的第三方。

Summer Fan主要是個服飾品牌。至於餐飲這個附帶事業，范夏娃多年來都和她的英國好友奧斯卡・龐特合夥經營，此人是位餐飲大亨以及傳奇調酒師。在洽談收購案時，麥克法登集團希望一併買下奧斯卡・龐特手中那百分之四十九的Summer Fan旗下餐飲事業體股權，但被對方一口回絕。蕾貝卡試圖協商，然而奧斯卡・龐特根本連談判桌都不願上。到頭來，併購案雖然大體完成，但麥克法登集團對Summer Fan這個品牌的掌控是不完全的，在餐飲這塊被迫和奧斯卡・龐特共同持有管理。

新的酒吧是在范夏娃賣掉Summer Fan之前便和龐特談妥的案子。考量到大局，麥克法登集團決定繼續推動，趁翻新第五大道旗艦店的服飾門市時一併進行工程。在管理方面，雙方達成的協議如下：經營方針由奧斯卡．龐特的ＯＷＰ集團提案，交由麥克法登集團審核。人員編制全部隸屬於麥克法登集團，其中包含酒吧經理在內的部分員工由ＯＷＰ集團推派，借調至麥克法登集團工作。

奧斯卡．龐特挑選的酒吧經理便是范單齊，一個讓麥克法登集團無法抗議的人選。首先，他是范夏娃的弟弟。而在酒吧管理方面，他也在龐特的集團有過完整的歷練，於紐約、東京、台北和倫敦都工作過。蕾貝卡當時只從電子郵件看過他的履歷就同意了，連面談都沒要求。她的大目標是解決Summer Fan的財務赤字。為此她和范夏娃有諸多議題得周旋，可不希望為了區區一個店長人選和范鬧僵。畢竟，這間酒吧的營業額估計只會占整間旗艦店的百分之五。

蕾貝卡對范單齊的第一印象是順眼的——要討厭一個有著迷人爽朗笑容的帥哥並非那麼容易，儘管他養了隻機車的貓——然而此刻她的心思並不在這位酒吧經理身上，而在他姊姊。

他們出了電梯，映入眼簾的是牆壁上一面以黑色雕花體刻了「Fan & Friends」字樣的透明及白底雙層壓克力招牌。酒吧的空間是獨立於服飾店面之外。從Summer Fan門市內可走樓梯或搭乘電梯上到四樓來，而從戶外則可經由一個獨立出入口搭乘另一台電梯直接上來。

「歡迎，我的朋友們！」單齊站到招牌前做了個迎賓手勢。

「是老闆，」蕾貝卡冷冷糾正。

「對、對，妳是老闆！」夏娃不耐嗆道，一邊邁步越過他倆，推開酒吧大門。「過去一個月來，妳不斷地耳提面命這件事！」

他們來到酒吧。這裡的施工幾乎都完畢了。裡頭散落著白色、咖啡色和薰衣草色的大小沙發和扶手椅；透過大片落地窗可觀看下方第五大道熙來攘往的人潮；長長的粉紅大理石吧檯前一字排開了十六張透明方形低椅背高腳椅；幾間裝潢奢華的貴賓包廂巧妙隱身於不同角落。

夏娃在一張白色單人扶手椅上坐了下來，蕾貝卡也坐到一旁的薰衣草色沙發上，單齊則站在一旁。

「這兒是不是安靜多了？」夏娃蹺起腿。「這才是適合談事情的地方。」

「妳剛剛要上來的理由可不是安靜喔，」蕾貝卡戳破她。「是酒精。」

「謝謝提醒。」夏娃轉頭詢問單齊，「我親愛的小弟，有什麼推薦的嗎？」

「我在試做一款酒譜，如果妳有興趣的話。」

「拿我當白老鼠嗎？好吧，誰教我們同一個老爸。」

單齊也詢問了蕾貝卡，但她並不打算午飯前就開喝，何況還得談正事，因此只要了杯水。單齊前往吧檯準備她們的飲料。蕾貝卡望著他的背影，發現自己挺欣賞他走路的樣子：平衡感良好、從容又有陽剛味。

「很可口，對吧？」夏娃在一旁說道。「他很有女人緣。」

「什麼？喔，不，我只是在——」蕾貝卡力圖鎮定。「我只是覺得他走路的樣子很有味道——妳剛剛是說妳弟『可口』嗎？」

「他先天就擅長運用肢體。他的母親是舞蹈家。」

「我曉得你們同父異母。」

「我們的老爸是個藝術家。」夏娃意味深長地淺笑。「世界級的大師，但卻是個壞胚子，到處玩女人。我們倆的母親都是有骨氣的女性，獨力把小孩拉拔大。差別在於我媽和我爸離了婚，而單齊的媽媽從未嫁給他。」

音樂響了起來，蕾貝卡聽出是法蘭克‧辛納屈，但她不認得那歌曲。單齊這時為她們送上水，離去前為蕾貝卡揭曉那是〈Begin the Beguine〉，他往常一到酒吧固定播放的第一首歌。她的老弟是個無可救藥的辛納屈迷，一旁的夏娃冷冷解說，一邊掏出一包菸要點，但被蕾貝卡制止了。「這裡是公共場所。」

「什麼公共？這裡只有妳我兩人。」

「我不抽菸。妳介意嗎？」

「非常。」但她仍將菸收了起來。「閒聊夠了，有啥要商量就快說吧。」

她們討論起三樓的空間設計變更，馬上就爭執起來。夏娃宣稱她昨晚作了個一隻大鳥飛出落地窗外的夢，因此獲得啟示，要把男裝區改成開放空間。蕾貝卡已習慣這位設計師的天馬行空，按捺住不為這番荒謬理由動怒，努力和夏娃講道理。三樓空間尚未談出共識，話題卻又岔到九月的時裝週。蕾貝卡要砍Summer Fan的秀展預算十五萬美元，而夏娃抵死不從。不行，夏娃！蕾貝卡嗓門一度大了起來，我不管妳往年是不是都在Bryant Park辦秀，今年就是要縮小規模！而且妳一個模特兒不能只讓她上台一次，沒錢讓妳擺那派頭！

正當兩人僵持不下時，單齊端著一杯透明無色的雞尾酒上前，轉移了焦點。

「馬丁尼（Martini）？」夏娃問。

「二比一的比例，」單齊介紹。

「不喜歡，」夏娃喝了一口後直率地評論。「藥草味太強。」

「那味道應該來自苦艾酒。我是用Martini & Rossi的。這支很經典，但也許不大適合拿來做二比一的，也或許只是我無法掌握它。我再換其他牌子來試試。」單齊轉頭向蕾貝卡解說，「我正在試做一個古老的馬丁尼配方。」

「沒關係，你不用跟我解釋。我對馬丁尼沒什麼興趣。」蕾貝卡乾笑。「我可不是什麼英國情報員。」

「其實〇〇七電影裡出現的應該算變化版的馬丁尼，它正統的做法是更有深度的——」

「真的沒興趣，謝謝！」蕾貝卡起身。「夏娃，我很抱歉，但工程和秀展預算方面都沒有任何通融。」

「我要去向路易斯抗議，」夏娃冷冷撂話。

「妳找麥可法登先生是沒有用的。」在公務場合，蕾貝卡向來以「麥克法登先生」或「總裁」稱她的父親，盡量淡化她老闆女兒的色彩。

「我知道你們是幾十年的老朋友，」蕾貝卡宣告，「但我有他的充分授權，要徹底整頓Summer Fan的財務。對了，單齊，我們也得找時間談談你這間酒吧的營運細節，但我現在得趕回公司開其他的會。」

「我一整天都會在這裡。在酒吧開始試營運前，我都會上日班，十點到六點。」

「那我五點過來。」她很有效率地跟他交換了手機號碼，以防臨時需要更改時間。

「就先這樣吧。日安，兩位。」

她轉過身，再度被虎斑貓馬丁尼嚇了一跳：牠不知何時已爬上五樓，正坐在地板上望著他們。幸好，這回她將iPad牢牢抱在懷裡，而貓兒似乎也沒打算要再次撲上前。蕾貝卡擠出一個鎮定的笑容。當她往電梯走去時，她幾乎確定背後那兩個人和一隻貓的目光都落在自己的身上。單齊會不會也在觀察她走路的樣子？她突然想到。

他會覺得自己很可口嗎？

「真是夠了！」蕾貝卡低聲訓斥自己。她可是有男朋友耶！她神經質地猛按電梯下樓鍵，並在電梯門終於開啟時迫不及待踏進去。

3

「來杯別的吧。」

夏娃向她弟弟要求。

「側車（Sidecar）好嗎？」單齊取得她同意後開始備料。

「你還好吧？」夏娃問。

「很好啊。」

單齊將一個檸檬榨了汁備妥。

「對一個剛結束戀情的人來說，你看起來確實不錯。」夏娃點了根菸。

單齊笑了笑，將四十五毫升的Courvoisier VSOP干邑白蘭地倒入三件式雪克杯。

「我們分得很平和。」

他又倒入二十毫升的Grand Marnier橙酒和十五毫升的檸檬汁。

「你們交往多久？」

「將近兩年。」

他加入冰塊。
「是因為分手，你才決定接受這份工作，離開東京的吧？」
單齊將雪克杯蓋上，迅速搖撞了二十次。
「側車。」他將調好的酒端至夏娃面前。她喝了一口。
「很棒。」她點點頭。
單齊將雪克杯洗淨。
「算是吧，趁機換個環境，」他邊擦手邊回答他姊的問題。「從我上回離開紐約也已經三年了，回來這邊看看也不錯。」
「當初離開這兒也是因為奧斯卡把你調去東京的嘛。」
「東京、紐約、倫敦……多虧他，我才有機會在各大城市增廣見聞。」
「為什麼分手？」
「不重要了，」他笑道。
「真好笑，雖然年長的是我，向來卻總是我在跟你倒垃圾，告訴你我又被哪個男人甩了、我工作碰到什麼樣的瓶頸，而你這年幼的卻總是那麼豁達。」
「世界上需要各種人嘛，就像雞尾酒一樣，要兩種以上的材料才有得調配。」
「否則多無趣，是吧？」
夏娃又喝了一大口側車。
「那小妞對你有好感喔。」
「我們才剛認識耶。」
「喔，那不重要。她被你吸引住了，瞞不過我。她們都喜歡你，這些年輕女孩。你那調調，善體人意又漫不在乎的，把她們一個個電得暈頭轉向。」

「沒有什麼『她們』，我也沒去電麥克法登小姐。」

「就因為你沒刻意才可怕。」

「妳來之前就開喝了嗎？」

「她很單純，麥克法登這小寶貝，」夏娃自顧自又說。「工作能力是滿強，但骨子裡單純。也許你們倆會適合。」

「我不急著談新感情。」

「緣分說來就來的。」

夏娃又喝了口雞尾酒。她喝得快，三口就喝乾了。她把空杯往前推，單齊將它收掉。

「再調一杯吧，然後我就要去工作了。」

4

尚大衛・馬托很不喜歡「路易斯・麥克法登女兒的男朋友」這個頭銜，那意味著他的功名是依附在他的富家千金女友身上。畢竟當他四年前和蕾貝卡開始交往時，他可是已經憑實力在麥克法登集團嶄露頭角。然而他內心深處也清楚，不管當初如何，如今他的權力地位和「蕾貝卡男友」這身分就是牽連在一塊的。因此，當這位麥克法登集團餐飲事業部副總裁從偷情的床上爬起來時，罪惡感、東窗事發的恐懼和過去幾年來奮鬥的辛酸一瞬間淹沒了他，於是坐在那兒五味雜陳，而這讓他的偷情對象看了很不是滋味。

「我得走了，」安娜・弗拉西歐搶先說道，心裡清楚他等下一定會說些他得趕回公司的混帳話。「待會我有個雜誌通告。」
「我也得趕回公司了，」尚大衛說。
「你看起來不大舒服。」安娜冷冷問道，「頭痛嗎？」
「啊？喔，沒有。」他仍一臉失魂落魄的。「我只是在想公事。」
「原來如此，你在女人的床上想公事啊，」安娜酸溜溜回道。不過，尚大衛似乎並未察覺她的不悅，要不就是故意忽略。她決定現在不跟他吵，時候未到。
安娜全身赤裸下了床，進了浴室。她將她那一頭金色長直髮收進浴帽，注視著鏡中的自己。她的眉毛拔得稀稀疏疏，有一大半是畫上去的，像老鷹翅膀般以侵略性的角度向外飛挑；顴骨極為飽滿，凹陷的臉頰線條有著巧奪天工的優美弧度；唇型豐腴，尾端線條銳利。
「只是個男人，」她對鏡中的自己說。她有著略為沙啞、低沉帶磁性的嗓音。「妳要堅強。」
她專注盯著鏡子，確定她的心智與臉部表情同樣堅毅了，才轉身進入淋浴間，迅速沖了個澡。當她裹著浴巾走出浴室時，尚大衛仍坐在床上，神情輕鬆了些，望著她彎腰將散落在地上的衣物一一撿起。
「妳好美，」他聲音空洞地讚道，魂不知剛從哪兒飄回來。
「我本來就應該是，」安娜邊穿上胸罩邊說。「我可是靠外表吃飯的。」
「妳的身材真棒。」那幾乎不像是恭維她，而只是他自己當下的體認，彷彿之前都沒注意到這事。
她半轉過身，將胸罩又脫下，一隻手扠腰，站在那兒讓他看了個夠。
「你知道我的臀部有保險嗎？」安娜重新穿起內衣褲。

「妳認真的嗎？」

「我的經紀公司幫我保的，從我去年內衣代言費漲到六百萬美元時開始的。胸部也有。」

「打理一個超級名模得這麼大費周章啊？」

她走到床前，彎腰貼近他，手托起他的臉。

「做什麼事都是要成本的，」她在他耳邊輕語。「偷情也是。」

安娜簡單補了個妝，穿上一件長版水手條紋衫、黑色短背心和牛仔短褲，掛了一副Gucci墨鏡在水手衫圓領口，將她那頭瀑布般的閃亮金髮紮成馬尾，套上雙Roberto Cavalli踝靴，背起一個灰色Jil Sander托特包，對著臥室牆上的穿衣鏡迅速檢查了下，逕自走向大門，丟了最後一句就離開了。

「等下請記得幫我把門關好。」

進了浴室，尚大衛同樣注視著鏡子，但有別於方才自我激勵的安娜，他只是呆望著自己。他三十六歲，個子瘦長，一張耐看的臉散發著慵懶、自負的成熟味，眉毛濃密、嘴唇細薄，眼角和嘴角線條隱隱透露著脆弱纖細，兩條法令紋訴說著世故老成，右邊的較左邊要深。他對鏡撥了撥他那頭每天早晨精心吹整的深褐色過耳鬈髮——他總自認為這動作有如獅子伸爪撩著鬃毛般尊貴——可惜此刻這頭獅子垂頭喪氣，絲毫不見王者風範。

「真糟糕，」沒精打采的獅子對著鏡子嘟囔。

十分鐘後，尚大衛・馬托淋浴完畢，在身上灑了他擺在安娜住處的Summer Fan香水，離開公寓。他手插在西裝褲袋內，悠哉走在東村的大街上，心情稍微閒適了些。他在一間常光顧的義大利餐廳Il Segreto停下，侍者立刻上前殷切招呼他這位熟客。他點了個內用的八吋瑪格莉塔披薩以及一份外帶的綜合沙拉，邊吃邊搭配Evian礦泉水，末了來杯濃縮咖啡，迅速解決這頓午飯。披薩他只吃了三分之二，剩下的全留在那兒。他付了帳，小費給得相當慷慨，接過侍者恭敬遞上的外帶沙拉。走出餐館時，公司配的賓士座車已經依他事前吩咐的在門口等著。他上了車，交代司機開回公司，隨即閉目養神。

對他那挑剔的法國胃來說，披薩並非什麼像樣的午餐，但是這間餐館離安娜的住處近，方便他偷情。更何況，從六年前他離開巴黎赴紐約打拚以來，就已經放棄了像樣的法式午餐。

六年了，他拚了命，一路往上爬。他和蕾貝卡兩人都是加班狂，晚飯往往忙到八點後才一塊簡單吃吃。真正的約會只有週末才有可能。他們習於如此。而近來，尚大衛有了新歡，於是和蕾貝卡相處的時間又更少了。

尚大衛對紐約的生活感到厭倦。工作方面，他在麥克法登集團已算爬到頂端了，看不到更高的目標。感情方面，偷情雖然刺激，但他心知這並非長久之計。若不早點在兩個女人間做個了斷，肯定出問題。

紐約讓他感到疲憊。他厭倦這裡的廝殺生活。只是，他奮鬥了這麼久，拿到這麼多，要整個拋去，又不甘心。

他的母親不斷催促他回巴黎，已有半年了。尚大衛的堂妹想找他一塊重建馬托家族曾經榮耀的餐廳事業，而他母親希望他答應。

尚大衛不知如何是好。

他不快樂。

車窗外，耀眼的陽光灑在路旁行道樹的枝葉上。儘管風情不同，那景象卻讓尚大衛想到巴黎街頭，又讓他想到往常和蕾貝卡於中央公園散步的光景。他們好一陣子沒一起散步了。

他嘆口氣。

當他回到第七大道上的麥克法登大樓時，時間是一點五十七分。尚大衛看著錶，忍不住為這精準控時得意笑了笑，進了電梯。在電梯內，他對著鏡子整了整領帶，掏出條絲質手帕，略為神經質地擦了擦嘴角，以防還殘留了披薩渣屑或口紅印。他的領帶、手帕以及西裝都是Summer Fan的男裝系列。早在麥克法登集團併購這個品牌之前，尚大衛就已是Summer Fan的愛用者。

他對鏡撫摸他那條布根地紅絲質領帶，讚嘆它的造型和做工，心想范夏娃的設計功力真不是蓋的，雖說她的經營能力完全不行，否則也不會淪落到拋售自己創立的品牌的地步。如今蕾貝卡接手這個牌子，得相當辛苦地整頓一番。身為餐飲事業部副總裁，尚大衛・馬托在Summer Fan方面要操心的只有曼哈頓旗艦店那間酒吧而已。

尚大衛在二十九樓出了電梯，拎著裝了沙拉的紙袋，來到蕾貝卡辦公室的外頭，透過玻璃窗看見她正埋首閱讀厚厚一疊文件。他敲了敲門。

「午餐吃了嗎，書書？」他微笑走進，將沙拉放到她辦公桌上。

「還沒，謝謝，」蕾貝卡抬起頭，思緒還在公事上頭，隔兩秒才回神答道。她指著桌上躺著的一份三明治。「本來開會時大家買了三明治要吃，結果我拚命講話都忘了。」

「是Summer Fan的會議嗎？」

「是啊，我和財務部傷透腦筋，赤字實在太嚴重了。雖然在併購前就預期了，但實際接手後才明白這爛攤子有多糟。你的午餐如何？」

「還不錯，」他若無其事回答。「和一位大客戶一起吃，談個重要的案子。」

「你又吃義大利菜啊？」蕾貝卡看了看印著Il Segreto餐廳標記的外帶紙袋，從中取出沙拉餐盒和塑膠叉，吃了起來。「你這個法國人不是向來瞧不起義式料理的嗎？最近怎麼老吃這個？」

「喔，因為那位客戶愛吃，就遷就他了。」

蕾貝卡完全沒懷疑這番說詞，只點點頭，嚥下一大片番茄。

「我剛剛才從Summer Fan旗艦店回來，」蕾貝卡邊咀嚼邊說。「新上任的酒吧經理已經到了。」

「就是范夏娃的弟弟？」

「同父異母的弟弟。他們長得完全不像，不過他似乎沒他老姊那麼難搞。」

「難說喔，他是那個奧斯卡・龐特派來的人，不是嗎？龐特那傢伙擺明就和我們作對，堅持不賣他手上的股份，又硬要搞個酒吧。」

「不過龐特畢竟是這方面的專業，」蕾貝卡持平說道。「他的餐飲王國經營得很成功，而且他本人聽說還是位傳奇調酒師。」

「傳奇調酒師！」尚大衛嗤之以鼻。「那什麼意思？他倒的伏特加會比較好喝嗎？還是他聽得懂醉鬼大舌頭說的話？」

「老實說，我也不清楚調酒師到底有什麼了不起的，但高級餐廳不是也有侍酒師嗎？」

「怎麼能相提並論？」尚大衛瞪大眼。「妳知道要成為一名侍酒師得下多少苦功嗎？葡萄酒博大精深，是飲食文化的精華呀！」

「你所謂的精華其實是限定在法國葡萄酒吧？算了，反正你從一開始就反對開這間酒吧。」

「那當然！我們都花大錢買下了Summer Fan，又大張旗鼓翻新旗艦店，居然還搞個酒吧這樣低俗的場所，真是豈有此理！」尚大衛振振有辭。「當然還是法式料理比較符合精品的形象。」

從併購Summer Fan之初，尚大衛就積極推動將第五大道旗艦店四樓改建為法國餐廳，無奈始終過不了奧斯卡・龐特那關。他對此一直耿耿於懷。

「雖然我也同意你的觀點，但酒吧幾乎都裝修好了，經理也已經上任，現在說這些都太遲了。天啊，這麼晚了！」蕾貝卡瞪著牆上時鐘，將剩下的沙拉匆匆扒進嘴。「我得準備去開下一個會議了！」

5

下下下個會議。

蕾貝卡在Fan & Friends一面落地窗前的座位坐下。好累，開了一整天的會。這是今天第五個了。她覺得全身的感官都已麻木。范單齊倒了杯水給她。她道了謝，端起杯子，嗅出水裡浸了檸檬。那清香讓她放鬆了，咕嘟咕嘟喝乾了一杯。他重新斟滿，她又喝了半杯，而他再度為她斟滿。她回過神來，這才注意到播放的音樂又是法蘭克・辛納屈。這首她認得，是〈Cheek to Cheek〉。

蕾貝卡點著iPad螢幕，搜尋事前擬好的會議大綱，一不小心又點到《戰地春夢》。那一頁是弗瑞迪・亨利躺在病床上和凱瑟琳・巴克利的好友佛姬閒聊，而佛姬正對他倆的戀情表達憂心。蕾貝卡的目光落到「你們永遠不會結婚的」那句對白上。她嘆口氣，將頁面關掉。晚上回到家再看吧。

「好吧，我們切入正題。」蕾貝卡終於找到會議大綱。「你這層樓的整修工程差不多都完成了，只除了貴賓包廂的部分牆面，再來就是貴賓包廂的高級酒杯款式還沒決定。嗯，我記得我家有套不錯的水晶杯具，找時間拿給你參考看看好了。好吧，看來是可以趕上八月的試營運日期。關於營運的方針呢——」

基本上沒有太多需要討論的，他們只是在形式上將之前的提案檢視一遍。才談了幾句，蕾貝卡就聽出單齊相當進入狀況。這讓她鬆了口氣，因為她真的不想花太多時間在這間店上頭。他們只花十五分鐘就結束了這場會議。

「所以你之前也都是在奧斯卡・龐特開的店工作？」正事談完了，她便允許自己閒聊一下。

單齊點點頭。「奧斯卡是我的師父。他帶我入這行，教我調酒和酒吧的一切。」

「調酒和酒吧的一切，」蕾貝卡複誦。「需要學很久嗎？」

「因人而異。我訓練了大約一年半才開始獨當一面。」

「這麼久？」

「有很多要學的。」

「有很多要學的？」蕾貝卡欲言又止，喝了一大口水。

「沒關係，妳有話直說無妨。」

他露出那爽朗寬容的微笑。不知怎的，她儘管承認那微笑迷人，但就是有點被嘲弄的感覺，而且因此有些火大。

「真的嗎？我話直說起來可是很不客氣的喔！」她於是開始，「我真的不了解，所謂調酒，不就是時尚派對裡的膚淺飲料嗎？把一堆烈酒倒在一起搖一搖，加點漂亮的人工顏色，給那些泡夜店找樂子的人買醉用的。所以，到底是哪個部分需要學上一年半呢？」

「確實許多人對雞尾酒都抱持這樣的印象。」單齊似乎完全沒被冒犯到，反倒認真思索該如何說明的模樣，但蕾貝卡嘩哩啪啦說了下去。

「如果我說錯的話，就請你糾正我吧，但雞尾酒這東西真的讓我覺得沒啥道理。它的存在到底有什麼意義呢？拿葡萄酒來說吧，好的葡萄酒絕對不會拿來做調酒，對吧？太浪費了。有人會拿拉圖堡或瑪歌堡來調酒嗎？那瑪歌堡應該會哭吧，邊在雪克杯裡頭搖來搖去邊嗚嗚哭泣。」她戲謔地做起揉眼睛假哭的動作。「好的威士忌應該也不會，干邑白蘭地也是。那麼那些會拿來做雞尾酒的烈酒，簡單來說，就是便宜的劣等貨嘛，因為單喝起來滋味不怎麼樣，才把它全部混一起喝。我當然不是瞧不起便宜的東西，只是既然要把這些酒統統倒到一塊，當初又何必把它們一一單獨做出來呢？天啊，我一說就是一大串。我得再喝點水。」咕嘟咕嘟，她把整杯喝乾了。單齊起身取了一整壺水過來，替她又斟滿。

那檸檬清香讓她稍稍冷靜。蕾貝卡閉眼悠悠喝了一大口。

連開完五個會後，能這樣釋放一下壓力倒真是不錯。她長長吁口氣。

「總之，」蕾貝卡下了結論，「我認為雞尾酒是種表面光鮮亮麗，實際上卻沒啥深度的飲料。」

「我可以理解。」

她瞪著他。

「你可以理解？」

單齊點點頭。

貓不知從哪兒出現，跳到蕾貝卡膝上。

「哎呀，你真是——」她一邊叨念，一邊卻忍不住撫摸起牠。馬丁尼舒服地伸了個懶腰。天哪，這什麼狀況？幾個小時前才讓她平板電腦砸在地上的兇手現在居然和她變成好朋友？蕾貝卡拍了拍貓咪的頭。馬丁尼滿足地趴在她膝上，整個放鬆。

「牠跟今天早上還真是差了很多呢，」蕾貝卡說，瞧了瞧左手腕的傷口，那還在疼。

「樓下工地太吵太亂了，讓牠很焦躁，」單齊解釋。「人壓力過大的時候容易行為失控，貓也是。」

是啊，她想。

不對啊，她又想，現在是怎樣？

「欸，你不反駁我嗎？」蕾貝卡回過神。「關於我剛說的雞尾酒的一切！你現在可是在麥克法登集團工作喔！你聽說過我們的企業文化嗎？開會不據理力爭的話，會被對手大口吞掉的。」

「我讓雞尾酒自己來反駁，好嗎？」

蕾貝卡瞪著他，好似教師面對說了蠢話的無厘頭學生一般，無法決定是否該斥責他。隔幾秒鐘，她點了點頭。他們移到了吧檯，貓跟在後頭。

「你要調早上那杯失敗之作嗎？」蕾貝卡坐下。貓又躍上她膝頭。她很自然地撫摸起牠，而牠則放鬆地任她梳理背上的毛。

「那個啊。」單齊站在吧檯後頭，笑了出來。「我還沒研究好。改天好嗎？」

「無所謂。那你要調什麼？」

「先賣個關子。」

單齊取了三件式雪克杯，將Havana Club白色蘭姆酒從架上拿下，都擺上蕾貝卡面前的吧檯，酒標面向她。他又取了糖漿和一顆萊姆，放上工作檯，將萊姆剖開榨了汁。

他將四十五毫升的蘭姆酒倒入雪克杯，又倒入二十毫升的萊姆汁和十毫升的糖漿，再加入冰塊，套上杯蓋，用雙手將雪克杯舉到左胸前，朝斜上方推出再拉回胸前，迅速來回搖撞了二十次。

蕾貝卡不知不覺看得入神了。她當然看過調酒師調酒，但從來沒像這樣認真觀看，也從未注意過調酒師調起酒可以這般認真。范單齊的每個動作都像儀式般虔誠，讓她也跟著嚴肅起來。

單齊取下雪克杯的杯蓋，從冷凍庫拿出事先冰好的雞尾酒杯，將酒倒入。

蕾貝卡像被催眠般，盯著那水流自雪克杯注入滿是冰霜的雞尾酒杯。

「請用。」他將雞尾酒端到她面前。

「謝謝！」蕾貝卡將右手伸向酒杯的圓錐體杯身，左手仍擱在貓兒身上。

「請等一下，」單齊笑著制止她。

一調完酒後，他便由嚴肅恢復爽朗。他的笑極具感染力。蕾貝卡儘管不明所以，也跟著笑了。

「像雞尾酒杯這一類的高腳杯，不該拿酒杯的杯身，」他指點她。「應該拿長柄的杯腳部分才對。」

「可是我看很多人都這樣拿耶。」

「那是錯誤的。」他示範給她看。「應該先用拇指和食指夾住杯腳，其餘三指再貼上托住。」

蕾貝卡試了一下。

「九成五以上的雞尾酒都是喝冰的，」單齊解釋。「若手碰到杯身，手溫會讓酒退冰，那就不好喝了。」

「只不過手碰一下，影響真的這麼大嗎？」

「差個攝氏一兩度，口感都會起明顯的變化，因此酒杯拿法格外重要。」

「這麼講究，又不是在吃法國料理！」

「這個嘛，」單齊看來對她的質疑興趣盎然。「某種程度來說，雞尾酒就是門料理，酒的料理、成人的料理。把調酒師稱作酒的廚師，我個人覺得還滿貼切的。我們是用酒來做菜，當然也希望客人能品嘗到最佳的滋味。」

蕾貝卡開口想要反駁，卻又不知該如何回應。他說的好像有那麼點道理。

她於是拍了拍貓兒的腦袋，這是最妥當的回應，給她自己的回應。貓咪則毫無回應。牠不知何時睡著了。

「請馬上喝吧，」單齊笑著叮囑她。「雞尾酒的賞味期很短。」

蕾貝卡小心翼翼照單齊教的從杯腳拿起酒杯，啜了一口。她咂了咂嘴，緩緩將酒放回吧檯，表情嚴肅，沉思片刻，像是評審在思索講評內容。

「好喝，」她判決。

不等單齊回話，她忍不住又舉起酒杯，啜了一小口，跟著又喝了一大口。

「酸味、甜味，帶有一點點苦味，」她分析著。「很濃醇的某種酒香，那應該是蘭姆酒的香味吧？好特別的滋味。」

「妳很認真耶。」單齊失笑。

「當然，這是我和雞尾酒的對決呀。」她朝那杯酒指了指。「這東西到底值不值得我尊敬，一定要徹底搞清楚。」

「只是喝酒，不需要這麼嚴肅的。」

「不，你不懂。我是麥克法登家的人，我們在任何競技場上都全力以赴。」

「總之呢，妳剛提的酒香，就是蔗糖糖蜜發酵後的香甜味，那是製作蘭姆酒的原料。」

蕾貝卡又啜了一口，認真咂了咂舌頭。「有微微的巧克力香味，是不是還有椰子的味道？可你剛沒有加椰子汁啊。」

「妳舌頭很敏銳呢。」單齊露出佩服的笑容。「巧克力和椰子都是Havana Club的特色香味，不過因為相當細微，一般人不大容易辨認得出。」

「不用那麼驚訝。我說過我是麥克法登家的人。我們做任何事情都要出色才行。所以，說了半天，這杯到底是什麼東西？」

貓咪醒了過來，祟動一陣，跳下她的膝頭。

「這是戴克利（Daiquiri），」單齊解答。

「我知道戴克利，派對上常見的飲料嘛！」她停了停。「但我不知這就是戴克利。我滿肯定我喝過，只是從來沒認真注意它的味道，因為都不覺得有啥了不起的，只把它當聊天時喝好玩的點綴品，也不清楚它的來歷。」

「據說這是在大約十九世紀末、二十世紀初，由一位在古巴採礦的美國工程師Jennings Cox所發明的。他開採礦藏的村落就叫Daiquiri。」

「來自加勒比海啊。」蕾貝卡喝了一口。「嗯，相當清爽，又有活力，大熱天揮汗工作後喝上一杯，應該可以消除疲勞吧。」

「這是妳的偶像所愛喝的酒喔。」

「我的偶像？你在說什麼？」

「妳所喜愛的大文豪。今天是七月二十一日，正好是他的生日。」

「生日？你說海明威？」蕾貝卡愣了兩秒才明白過來，低頭望向一旁吧檯上的iPad。

「調酒師得觀察客人的一舉一動，」單齊透露他的專業守則，「以判斷調什麼酒給他們喝。」

「所以海明威都喝這個戴克利？」

「是的，不過這杯是普通的版本，海明威另外有他自己愛喝的戴克利配方。」

「請馬上調！」她的興致整個給挑起來了。

單齊拿了Luxardo Maraschino櫻桃酒放上吧檯，取了葡萄柚和萊姆榨好汁，接著拿雪克杯倒入六十毫升的蘭姆酒、十毫升的Maraschino櫻桃酒、十五毫升的葡萄柚汁、二十五毫升的萊姆汁和十毫升的糖漿，加入冰塊，將它迅速搖撞好後端上。「海明威戴克利（Hemingway Daiquiri）。」

單齊建議蕾貝卡先喝點水清一清口，再喝新的雞尾酒。

「除了原本戴克利的味道之外，又多了明顯的葡萄柚和櫻桃的香味。」蕾貝卡接連喝了兩口，閉眼回味。「嗯，好像還有什麼其他的味道，很淡……是杏仁嗎？」

「妳舌頭真的很厲害。」單齊證實了她的猜測，「沒錯，Maraschino的特徵就是堅果香味，不過那也只是淺淺的，而且加進這杯雞尾酒的分量少，能辨識得出來挺不容易。」

蕾貝卡得意地笑了出來。單齊繼續介紹。

「海明威有段時期居住在古巴，常上哈瓦那的一家El Floridita酒吧喝戴克利。他喝得很兇，據說每杯戴克利的蘭姆酒分量會加倍，叫做Papa Doble，一連可以喝上個十幾杯。」

「真是個酒鬼耶！」蕾貝卡噗哧一笑，打量著她那杯海明威戴克利。「所以老爹當年都是這樣喝的？」

「其實這一杯是我所詮釋的海明威戴克利，」單齊說明。「Papa Doble的酒譜有許多版本。比較主流的說法是海明威喜歡酸澀口味，在喝戴克利時完全不加糖，而且要打成冰沙。話說回來，許多雞尾酒因為年代久遠，不管是起源或配方，到頭來都眾說紛紜，當作參考就可以了。一款雞尾酒譜傳到每位調酒師手中，多少都會調整成他所偏好的版本。」

「嗯哼。」蕾貝卡若有所思地點頭。「好吧，你贏了。」

「真的嗎？」

「不，應該說雞尾酒贏了，在這一回合。我承認它是有深度的。」她起身收拾行李。

「不過，我還是認為它無法跟法式料理相提並論。」

「妳不需要拿它和法式料理相比，只要喝得開心就夠了，」單齊笑道。

蕾貝卡又糊裡糊塗跟著笑了。他那笑容可真燦爛，她輕飄飄想著，接著又有了自覺。笑啥啊？她是不是喝茫了？沒事跟著頭一天見面的男人傻笑個什麼勁？

「需要幫妳叫計程車嗎？」

貓兒馬丁尼已不見蹤影。

「沒關係，我自己攔。這一點酒還難不倒我。」她瀟灑揮了揮手。

她原想回公司，但酒意襲來，頓時一陣疲累，難得准自己六點就下了班，吩咐計程車開往公園大道上的麥克法登公館，進臥房倒在床上就睡著了，醒來時已是八點五分。手機有三通未接來電，兩通是尚大衛，一通是珍妮絲。她的父親已在外頭吃過晚飯回到家，正在書房讀《富比士雜誌》。蕾貝卡和他簡短聊了下一天的經歷。父親問她對范單齊的看法如何，她表示第一印象不錯但要再觀察。聽到戴克利的部分時，爸爸的眉頭蹙了起來。

「所以妳開始對雞尾酒感興趣了？」

「有那麼一點。這玩意兒比我想的要有學問呢。」

麥克法登先生瞇起眼，但沒再說什麼。

蕾貝卡回到自己的房間，回了尚大衛電話。我還在工作，他說，頗為訝異她居然沒回公司。通常他們兩個到這時才一起下班，前去吃晚飯，如果他沒有應酬的話——而最近他的應酬可是大增。蕾貝卡並不知道那些新添的行程其實是他和別的女人的私會。蕾貝卡告訴她男友自己在Fan & Friends小酌了兩杯。尚大衛對於雞尾酒和范單齊絲毫不感興趣，敷衍兩句就結束對話。

她從冰箱取出管家事先燒好的通心粉——約蘭達並不和他們住在一起，因此隨時都會備好一些熟食，方便加班晚回家的蕾貝卡用微波爐熱來吃——那是照著她已故母親的食譜做的，加了番茄醬、新鮮番茄、豬肉末、胡蘿蔔丁和蛋，簡單樸實，是蕾貝卡疲累時最愛的療癒食物。

她邊吃邊回了珍妮絲電話，對方正在參加一個帳篷晚餐派對，現場嘈雜喧鬧。珍妮絲．摩頓明顯喝了好幾杯，嗓音高八度且亢奮，不時還歇斯底里地咯咯笑。蕾貝卡想起下午的新奇經驗，便問她有沒有喝到戴克利。珍妮絲並不清楚自己先前喝了些什麼或手中那一杯為何物，但興致被蕾貝卡挑了起來，直嚷著沒有戴克利的派對就不是個像樣的派對。她照往常敦促蕾貝卡速速加入漢普頓的度假行列，接著又死命催身旁一個男的去吧檯拿個幾杯戴克利過來。

「記得叫他們多倒點伏特加進去啊！還有龍舌蘭！或隨便什麼可以喝醉的！」那是珍妮絲掛掉電話前嘶吼的最後幾句話。

蕾貝卡安靜吃完晚飯，取了電腦在客廳沙發坐下，回覆電子郵件並準備明日的會議——總共有六個。當父親前來和她道晚安時，她才驚覺已經十點一刻。他若外頭沒有活動時都是這時進臥房，在床上讀點書，十點半準時熄燈。

十一點十分，蕾貝卡洗完澡，進了臥房，這才想到要替白天貓抓的傷口上藥。碘酒一搽上去，那疼痛令她忍不住臉皺縮了一下，但沒哼出聲。要挺過去——這是她從小所受的家訓——疼痛要挺過，挫折也要挺過。

坐在床上，她望著左手腕的傷口，想著那惹禍的貓和貓的主人。

隔半晌，她逼自己將那男的從腦海中揮去，取了電腦，定下心來讀她的《戰地春夢》。

讀了兩行，她又改變主意，下床來到書架前，取了本實體精裝版的《戰地春夢》。那是母親留給她的。她愛讀海明威是因為小時候一天到晚看母親讀，耳濡目染。他是媽媽最愛的作家。

蕾貝卡喜歡閱讀。大學時她認真想過要主修文學，但這念頭被父親否絕了。她放棄心願，雖然多少因為怕他生氣，其實更因為心裡清楚自己得接下家族企業的棒子，讀企管是理所當然。

有時蕾貝卡會想，如果當年母親仍在世，自己肯定和她商量這事，做出的決定也許就會不同。媽媽會支持她的，而爸爸會讓媽媽。

如果當年。

麥克法登家的人不會去想這幾個字。那無濟於事。

「那無濟於事，」蕾貝卡低語。

林紡蓉是在蕾貝卡高中最後一年的夏天因癌症病逝的。

她躺上床，翻開海明威的鉅著，只是讀沒兩頁就開始打瞌睡。當她看到凱瑟琳對弗瑞迪說「但是親愛的，他們會把我送走」時，眼皮終於整個闔上。她作了夢，夢中她來到了哈瓦那的El Floridita酒吧，和海明威邊喝戴克利邊討論《戰地春夢》，坐在一旁的還有弗瑞迪・亨利和凱瑟琳・巴克利，兩人恩愛相擁著，而范單齊則站在吧檯後頭，面帶笑容，不慌不忙調製更多的戴克利。

第二章　隨興之前，建構之後

1

「酒吧再五天就完工了。」

單齊正站在Fan & Friends酒吧現場，用電話和他人在倫敦的師父兼老闆報告進度。

「辛苦你啦！」奧斯卡・龐特嘉勉，上身裸露躺在他臥房的國王級大床上，撥著剛睡醒的凌亂頭髮。他一對灰眼睛像晴天的淺海灣般有著灑脫的親和力，不過溫暖的水面下不時流著狡黠的暗潮，臉無庸置疑的帥氣，五十七歲的體格因為固定打拳擊而精瘦結實，一頭茂密的黑髮只在髮鬢處半灰。

奧斯卡在倫敦的寓所是棟位於騎士橋區的兩層樓平房，每個月住不到十天，因為他有大部分日子是待在他曼哈頓上西區的高級閣樓，其餘時間則是在東京、羅馬、巴塞隆納、巴黎等各大城市穿梭，巡視他那由酒吧、餐廳所構成的龐大餐飲王國。

他的全名是奧斯卡・威廉・龐特，不過除了他的父母之外，就只有范夏娃以全名喚他。通常在文書上，他會以W.的縮寫來簡化「威廉」。他的餐飲集團名為ＯＷＰ，即是以他的姓名Oscar William Punter縮寫而成。

「麥克法登派了他的女兒來監督裝修工程，」單齊告知他。

「喔，那個小美女啊，」奧斯卡呵呵笑道。「你和她過招感想如何？」

「她人不錯，不過很焦慮。」

「有那樣嚴苛的老頭，沒得胃潰瘍就算她好運了。麥克法登向來和我不合，這回他們那邊也一直反對在旗艦店開酒吧，後續免不了還有摩擦。你小心點。等一下……妳的什麼？」奧斯卡從床上爬起身，聆聽從浴室傳來的嬌滴滴要求，接著在那張國王級大床上翻找半天，從凌亂的棉被堆裡搜出一套黑色Agent Provocateur蕾絲內衣褲，輕快走到浴室前，先彎腰親了一下從門縫伸出的一隻柔嫩玉手，然後在對方咯咯笑得花枝亂顫之際將衣物塞進她手中。

「不好意思，剛得處理一樁小小的內衣危機。」奧斯卡歪頭用脖子夾著電話，披上件深褐色睡袍，從臥室來到飯廳的吧檯，那是他花了五萬英鎊打造的，雖然只有六個位子，但設備器材可不輸一流酒吧的。

「你很忙啊，師父。」單齊苦笑。

「喔，不不，已經忙完了，」奧斯卡語帶曖昧，打開冰箱，取出六顆番茄。「現在辦完事在休息。」他將番茄去蒂，切成半月塊狀。

倫敦那邊是下午三點吧？單齊問，大白天就這麼瘋狂？這個嘛，奧斯卡說，若是早上八點才帶著剛下飛機的空姐回到家，會睡到下午三點也是合情合理的吧？也是，單齊說。別看我好像很爽，奧斯卡說，過去三週以來我可是馬不停蹄視察了三大洲五個城市呢，等會還要進OWP集團總部開會，明早又要飛紐約。你上回來曼哈頓是六月的事了，單齊回想道。對啊，奧斯卡說，那次還跟市長吃飯，介紹個朋友給他認識呢。

「等你明天到了，我再調杯你愛喝的，幫你接風。」

他們簡短又聊了一下，便掛了電話。

在他倫敦寓所的吧檯，奧斯卡・龐特取了一顆萊姆對半剖開，榨好汁備妥，又切了兩段十公分長的西洋芹，接著將方才切好的番茄用電動攪拌棒打成泥狀，再將渣濾掉。他從冷凍庫取了Potocki伏特加和兩塊事先切好的十公分大冰，將冰塊削成圓球狀，分別放進兩個老式酒杯當中，接著憑手感各倒入五十毫升的伏特加。他將番茄汁加進，倒了各約五毫升的萊姆汁，點了各三滴的Tabasco辣醬和各一吧叉匙的HP烤肉醬，在杯子上方現磨了少許黑胡椒、鹽和辣根末，攪拌了十五圈，最後插入芹菜。

奧斯卡端著兩杯血腥瑪麗（Bloody Mary）走回臥室。他的女伴，一位他昨日搭飛機才認識的空姐，正好從浴室出來，只著了那套Agent Provocateur內衣褲，嬌小而凹凸有致的身材畢露，扶著額頭，柳眉倒豎。

「早上跟你喝太多了，頭好痛喔，」她嬌嗔。「有沒有阿斯匹靈？」

「比那更好的解藥在此。」奧斯卡將血腥瑪麗遞給她。「馬上解除妳的宿醉。」

「又是酒？」她難以置信。

「以毒攻毒。」奧斯卡自己先喝了。

她啜了一口，眼睛亮起來，一口氣咕嘟咕嘟將剩下的喝完。

「好喝！」她咬了口芹菜。「哇，有這麼可口的解藥，以後宿醉就有好理由了。」

「去穿衣服吧。」奧斯卡微笑接過她的酒杯。「妳得趕去機場了，不是嗎？我們去叫計程車。」

「計程車？我要坐Aston Martin！你不是說你有一台嗎？」

「兩台，外加一台保時捷911，紐約那邊還有一台Jaguar。我剛喝了酒，下一次吧。」

「至少帶我去看一看吧。」

「看看當然沒問題，那麼妳就快點穿吧。」

若是幾年前，奧斯卡也許還會忍不住跳上他的雙門跑車，近來可不同了。他的肢體反應明顯變慢。業餘拳擊打了幾十年的他，兩個月前練習時居然讓對手一記勾拳正中右邊臉頰，腫了好幾個禮拜。受傷的隔天早晨，他起床梳洗，看見浴室鏡中自己那張浮腫的臉，老態畢露，心頭一驚。拳擊他仍沒放棄，但強度減低許多，不敢那麼認真打了，而酒後駕車，對他已是過度刺激的遊戲。畢竟，他都快六十了，玩命的事還是少幹。

至於商場上的爭鬥，他可還寶刀未老。像和路易斯那老傢伙過招這種事，奧斯卡・W.・龐特可還是躍躍欲試的。

「等著跟你重逢囉，麥屁。」奧斯卡喃喃自語。「麥屁」是他給路易斯・麥克法登取的綽號，對此當事人自然敬謝不敏。

「我好了。」空姐穿好制服走出臥房，拉著個小行李箱。

「走吧。」奧斯卡伸出手臂讓她挽著，瀟灑步出大門，前往他那停了兩台Aston Martin和一台保時捷911的車庫，純看車去。

2

單齊瞧著那個法國佬走來的模樣，就知道他是來找碴的。

尚大衛・馬托今天身著全套Summer Fan，棕色西裝配淺藍襯衫及木炭色窄版領帶，手插褲袋，走走停停，四處打量將近完工的酒吧，不時對身旁的工頭提出權威輕蔑的詰問。他走到吧檯前，冷冷瞅著單齊，表情好似在看蟑螂。費柏迫不及待地告退了。

「我聽說工程進行得差不多了，范先生，」尚大衛懶洋洋說道。

「五天後就可完工，馬托先生。」單齊給了個社交性微笑。

「你的人手都找齊了嗎？」

「都找好了。除了我之外，另外還有四名調酒師，都是從ＯＷＰ集團的其他酒吧徵調過來的一時之選。我們的領班蓋布列也是集團內最優秀的。」

「一時之選、最優秀，是嗎？」尚大衛乾笑一聲。「真有信心啊，范先生，但ＯＷＰ集團的標準本身夠高嗎？」

「我相信我們是全球餐飲界數一數二——」

「可是范先生啊，我不在乎你們啊。」尚大衛揮手打斷他。「我在乎的是我們。我們，麥克法登集團，精品時尚界的龍頭！所謂的標準一定是麥克法登集團說了算。好吧，先不說調酒師。接下來，領檯呢？」

「找了三位，也都是資歷極深的老將。」

「老將？」尚大衛瞇起眼。「你在說什麼？當然是要找年輕辣妹吧？」

「Fan & Friends並非走舞廳路線的夜店，而是本格派的高級酒吧，這點之前也溝通過——」

「別跟我說什麼溝通啊，范先生。之前跟你溝通的都是麥克法登小姐，而我才是做最後決策的人！」尚大衛看起來像是被當作乞丐的王室成員。「不管你從ＯＷＰ那邊帶了誰過來，請搞清楚，你們現在都隸屬於麥克法登集團，而麥克法登小姐就是你們的主管。至於本人呢，我是她的主管，也就是你們的大主管。聽好，范先生，你所謂的本格對我來說沒啥意義。這可是家打著Summer Fan旗號的夜店，當然是走時尚路線，店裡一定要塞滿正妹型男！因此呢，外場要有嚴格的外貌標準，年齡不可以在二十四歲以上、女性BMI值不能高於十八、男性的腹肌不可少於六塊、皺紋更一條都不能有！所以你不能亂搞啊，范先生。你這樣很不進入狀況——哎呀呀！」

尚大衛蹲下身，對著不知何時加入會議的馬丁尼嘻嘻笑。

「小貓咪，你怎麼跑到這裡來了啊？你也想當時尚夜店的外場嗎？」

馬丁尼冷冷望著他。

「我好喜歡貓，」尚大衛的口氣變得黏膩溫柔。「貓科動物我都喜歡。牠們也喜歡我，該說是崇拜，總是到處跟著我。」

他伸出手想撫摸馬丁尼，但貓兒退縮了。

「我想——」單齊勸阻，「你還是別碰牠的好。」

「沒問題，所有的貓都喜歡我。」尚大衛自信滿滿，手繼續往前伸。

在單齊訝異的目光之下，尚大衛順利將手放到貓咪的頭上，輕輕撫弄牠。

電話鈴響了。尚大衛起身，從懷裡掏出公司配的黑莓機，看了來電顯示。雖然他乍看面不改色，單齊仍注意到尚大衛的右眼瞇了一下。

「今天先到此為止。我會找時間再過來視察，你也最好在一週內把那些大叔大嬸換掉！」尚大衛不慌不忙將手機鈴聲按了靜音，掉頭而去。

他下了電梯，一直等出了Summer Fan店面，才在人行道上回了電。

怎麼回事？尚大衛問。沒事啊，安娜那略為沙啞的低沉磁性嗓音響起，只是很想你。我正在開會，他說。你永遠在開會，她說，而你現在甚至不敢叫出我的名字。某人在你身邊，是嗎？沒有，當然沒有！他大幅度揮手否認，儘管安娜看不見他的手勢。他叫她別疑神疑鬼的。反正我又不是正牌女友，她回道，疑神疑鬼也輪不到我。

「拜託妳，親愛的，」尚大衛定下心哄她，「我們不是晚上就要見面了嗎？」

「是啊，我可真等不及了呢，」安娜冷冷回道，掛了電話。

尚大衛搖了搖頭，對著已斷線的手機用法文咒罵了聲，上了等在路邊的公司座車，吩咐司機開往麥克法登集團一家裝修中的加勒比海餐廳工地，繼續他的視察行程。

3

「那麼，旗艦店的整修進行得如何了？」

路易斯・麥克法登注視著他的獨生女，撫了下他的鬍子。

八字鬍是路易斯的正字標記，修得精細工整，永遠像兩把劍般尖銳，只不過和他認真時的眼神相比，何者較為銳利，倒就見仁見智。他的鬍子是棕色，眼珠則是冷冽的淡藍色。

蕾貝卡向麥克法登集團的總裁報告了Summer Fan第五大道旗艦店的工程進度：服飾店面落後較多，但一週內會追上。酒吧部分則已將近完工。室內設計師想要追加三十五萬美元的預算，她說，但大部分項目被我打了回票，只核准了十一萬美元。雖然總裁先生的目光從頭到尾都炯炯有神，但當她報告到四樓的Fan & Friends酒吧時，他的興趣明顯提升了，提問的次數增加一倍，都是諸如沙發區配置之類的細枝末節，此外他的右手手指不停地敲打會議桌面，那是他焦慮時的表現。酒吧並非Summer Fan的主力事業，而總裁對此的關注有點不成比例。究竟為何，蕾貝卡之前也曾刺探過，但她父親總不願多談。

「服飾店面和酒吧的試營運都將如期在八月二十六號開始，」蕾貝卡繼續報告。「最後，我們酒吧的合夥人，OWP集團的執行長龐特先生，將於明日抵達紐約。目前排定後天和他討論試營運的細節。請問您要親自參加這場會議嗎？」

「沒關係。」路易斯搖搖頭。「由妳或尚大衛出席就可以了。」

她也猜想他不會。每回提到奧斯卡・龐特，爸爸臉色都很難看，告誡她這傢伙是個愛惹事生非的叛逆老痞子，和他合作時得多提防。很明顯，蕾貝卡推測，他們之間有過節。她曾詢問過，但路易斯並未透露細節。

他們很快開完會，只花了二十分鐘。路易斯・麥克法登極為要求效率。蕾貝卡向總裁先生告退，回到自己的辦公室，稍稍放鬆。在公司，她面對父親總是緊張兮兮，除了公事外，兩人絕不閒聊。

回到家，情況稍微好些，不過他們兩人每日的行程都很滿，晚上不一定見得到面，只有早餐時刻能固定相聚。兩人坐在餐桌前，吃著由管家約蘭達烹煮的早點，低頭閱讀各自的《華爾街日報》或查看手機行事曆，不時穿插一些日常瑣事的對談：晚上要和誰應酬、今天可能會下大雨、週末的州長慈善晚宴是否參加之類。對話總是很乾，寥寥幾句就結束。至於公事，兩人盡可能不提，因為在公司實在已談得夠多了。

一直到蕾貝卡上大學為止，她和父親之間的距離其實沒那麼遠的，那是因為有母親維繫著整個家，而自她高中畢業那年母親過世後，她和父親就慢慢疏離了。

此刻，在她辦公室內，蕾貝卡思念起媽媽，又想到自己與爸爸之間的隔閡，不免稍稍感傷了一下，但也就半分鐘，隨即便打起精神，認真研究一份下屬呈上的Summer Fan財務報告。她訓練有素，絕不會任由情緒影響到工作表現。麥克法登家的人是不被允許如此任性的。

她正埋首研讀那份報告時，有人敲了門。一名相當高的金髮美女站在辦公室門口，正衝她微笑。

「嗨，安娜。」蕾貝卡也笑了笑。

「可以打擾妳兩分鐘嗎？」

「當然，請進！」

安娜・弗拉西歐雍容華貴地緩緩走進辦公室，手裡提著個Summer Fan的購物紙袋。

「我想請妳看一樣東西。」安娜從紙袋中拿出個鞋盒，裡頭是一雙珊瑚粉紅細高跟鞋。

「這該不會就是——」蕾貝卡倒抽口氣。

「春夏限量款。」安娜得意地點頭，接著蹲下身，為蕾貝卡脫下她的黑色Jil Sander，換上那雙珊瑚粉紅鞋。

「天呀，」蕾貝卡原地轉著圈，低頭驚嘆。「妳親手設計的第一雙鞋呢！」

為了加強Summer Fan的行銷，蕾貝卡接手品牌不久便想出了打名人牌的點子，找上的對象則是安娜。安娜・弗拉西歐過去三季都為Summer Fan代言，而她本人近來對超模的頭銜並不滿足，頻頻對時尚媒體透露自己對服裝設計躍躍欲試。蕾貝卡靈機一動，決定邀安娜為Summer Fan春夏新裝設計十款限量女鞋。她花了番功夫和范夏娃溝通。Summer Fan的創辦人兼創意總監對於找個半路出家的模特兒插花起先頗不以為然。到頭來逼得蕾貝卡直言此事由不得她，夏娃才悻悻然同意，條件是她手下的心腹設計師查理・提明斯基在旁協助，確保品質。

「我設計圖重畫了幾十次呢。」安娜的笑容有點疲憊。「當然，最後還是得請查理幫忙修改。妳覺得樣子還可以嗎？大小應該沒問題，照妳的尺碼做的。」

「愛死了！我會毫不猶豫地穿這雙出門。」

「那等會妳就直接穿它們去吃午飯囉。」

「不好吧，這是還沒發表的新款耶，先別曝光吧。」

「親愛的，何必放過宣傳的機會呢？妳可是蕾貝卡・麥克法登呀。穿在妳腳下，這雙鞋子隔天就紅了，世人也會更期待九月的秀展啊。」

「但妳是個超模呀，又是設計師本人，由妳親自穿出去效果應該更好吧？」

然而安娜相當堅持，蕾貝卡也就開心收下，因為這雙鞋實在好看，而且和她今天穿的白色套裝搭得起來，乾脆就不脫下了。

「我等不及看妳其他作品了！喔對了，這是妳這次系列的吊牌。」

那是以Summer Fan原本的商標所變化的版本，上頭加印了「Featuring Anna Fulasio」的字樣。

「很引人注目，我喜歡。」安娜點頭認可。「對了，妳有看到尚大衛嗎？」

「沒有耶。他應該是去視察新的加勒比海餐廳的工地吧，不曉得回辦公室了沒。」

「我就是和他約好要談你們這家加勒比海餐廳的代言合約。」安娜看了看錶。「我可能早到了。」

「合約？」蕾貝卡不解。「那不是妳經紀人的工作嗎？」

「通常是，但這回我特別感興趣，想親自了解一下細節，」安娜若無其事地說。「妳知道，對一個巴西人來說，加勒比海算是我的拉丁美洲好鄰居，格外有親切感呢。」

「這樣啊。」蕾貝卡對這番不著邊際的外交辭令報以恰到好處的外交式輕笑。「那很好啊。」

也許我先去外頭逛逛，晚點再回來好了，安娜說，馬托先生可能吃午飯耽擱了，法國人吃頓飯真夠久的。喔，尚大衛可不會，蕾貝卡替他澄清，他是個工作狂，常常在辦公室啃個三明治就解決了，雖然說他很挑剔，會指定祕書去買五十七街的那家長棍麵包三明治。如果他午飯特地跑到外頭吃，蕾貝卡聲明，那肯定是為了搞定某個大客戶。當他女朋友是不是很辛苦呢？安娜同情地問，他會不會都忙著工作，沒時間陪妳？呃，也還好啦，蕾貝卡說，其實我也很忙，有時候是我沒辦法陪他，不過我們都還是會努力排空檔給彼此。你們上回吃燭光晚餐是多久前的事呢？安娜問。

「沒多久啊，就是──」蕾貝卡努力回想，她的生日？情人節？交往紀念日？等等，他們有吃過燭光晚餐嗎？「就沒多久前的事──哎呀，其實我也沒那麼喜歡燭光晚餐啦，很老梗。」

「要他這禮拜帶妳去吃，」安娜替她出主意。「今天晚上就去。」

「今晚？太突然了吧！」

「不會啦，只是頓晚餐而已。總要吃飯的吧？」

蕾貝卡嘆口氣。尚大衛可是個為了工作不惜犧牲聖誕夜團圓飯的人。要他臨時排開工作吃大餐，並沒那麼容易。「好吧，我會跟他提……謝謝囉。」

「妳就穿那雙新鞋去吃呀，讓妳的愛人欣賞一下。」

「對耶！」蕾貝卡稍稍雀躍了些。「好主意，多謝！」

「女人啊，一定要好好抓牢愛情，」安娜諄諄告誡，「否則說不定一溜煙就從妳手中飄走了。」

蕾貝卡感激地點頭，安娜於是踩著優雅步伐出了辦公室。

蕾貝卡悠悠嘆口氣，望向桌上Summer Fan的財務報告。好吧，該收心了，她想，晚點再來想燭光晚餐吧。現在是辦公時間，可不是搞浪漫的時候。

現在她得專心當個麥克法登。

4

「吆呼，書書——」

蕾貝卡抬起頭，發現尚大衛正倚在辦公室門上衝自己笑著。她看了看牆上的鐘，距安娜離開過了十分鐘。尚大衛將門帶上，悠哉走了進來。

「會開得如何，親愛的？」他笑咪咪。

「還可以。」蕾貝卡皺眉盯著手中的報告，有點心不在焉。「和總裁開會就是那樣，你也知道，簡潔扼要。」

「那很好啊，書書。」

「你不該在辦公室這樣叫我的。」

「妳也可以叫我大大啊。」那是她喚他的小名。

「不，我應該叫你馬托先生或尚大衛，而你應該稱我蕾貝卡或麥克法登小姐。」

「又沒人聽見。」尚大衛聳聳肩。

「可我們說好的，在公司要保持專業關係，你最近卻老是破戒。」

破戒是因為他偷情後心虛，一進辦公室就想要討好她，這尚大衛自己心裡清楚。他若無其事微笑。

「我只是覺得近來工作太忙，都沒有好好寵一下我的小甜心啊。」尚大衛彎腰吻了下她的臉頰。

「講到工作，」蕾貝卡想起安娜的叮嚀，「你今晚應該不用加班吧？」

「今晚？呃——」

「我是在想，你知道，我們從來沒吃過燭光晚餐。」蕾貝卡害臊了起來，有點語無倫次。「當然，點蠟燭是很老派啦，況且今天也不是什麼特別的日子，不過偶爾來那麼一次應該也——」

「今晚沒辦法！」

他那急切的語氣讓她愣住了，「喔。」

尚大衛連忙解釋，「今晚比較不適合，因為我還有公事要忙，重要的案子。」

「結果你又要加班，為什麼我不意外呢？」蕾貝卡蹙眉想解決之道。「不然我等你忙完好了，反正我手上也一堆事。你八點應該可以弄完吧？九點也行，我們就到時再一起離開——」

「沒有辦法，我晚上跟人約了。」尚大衛重重嘆口氣。「談生意，就是跟最近常一起吃義大利菜那個……」

他一眼瞥見辦公桌上的「Anna Fulasio」吊牌。

「歐伊沙魯夫（Oisaluf）！」

「誰？」

「一個金主，有興趣投資我們籌辦中的加勒比海餐廳。」

「歐伊沙魯夫，」蕾貝卡喃喃複誦。「好奇特的名字，哪一國人啊？」

「非洲……東歐！羅馬尼亞！」尚大衛胡謅，望著蕾貝卡瞪圓的眼，稍稍慌亂。「他是這個，呃，混血，和妳一樣，爸爸是羅馬尼亞人，媽媽來自象牙海岸。」

「所以歐伊沙魯夫是羅馬尼亞還是象牙海岸的姓氏？」

「都是，各一半！」他硬著頭皮掰下去。「他為了紀念他的父母——他們同時過世了，車禍，很悲慘——決定把兩邊的姓氏合在一起，變成自己新的姓氏。很有孝心，不是嗎？」

「很古怪。」

總之，尚大衛揮了揮手強調，這個金主的財力雄厚，可以幫集團減輕投資案的負擔，所以最近我都抓著此人密切商談。剛剛是誰說好久沒有寵他的小甜心的？蕾貝卡問。我很抱歉，寶貝，他說。算了，她淒涼地點點頭，那我自己回家用微波爐熱通心粉吃好了。妳可以和妳爸一起吃晚飯啊，他提議。她搖搖頭，總裁先生今晚也有應酬，跟你一樣，忙碌的生意人。我真的很抱歉，書書，他握住她的手。我會補償妳，明晚好嗎？我們去蒙帕西俱樂部吃吧，燭光晚餐、鵝肝、香檳，妳要什麼都行。

「好吧。」蕾貝卡無奈笑了笑，接著想了起來。「對了，安娜‧弗拉西歐在找你。」

「安娜‧弗拉西歐在找我？」尚大衛複誦。「她到妳這裡來找我？」

「就十幾分鐘前的事，她說你們要開會。」

「是啊，」他若無其事地說。「我們要開個小會。那我這就回辦公室看看吧。拜，書書。」

他深情對她揮了揮手後離去。蕾貝卡這才想到要讓尚大衛瞧瞧她的新鞋，想叫住他，他卻已匆匆遠去。馬托先生奔向電梯，一分十秒後來到他三十二樓的辦公室。安娜正坐在沙發上玩著她的手機，一雙美腿蹺得高高的。

「你知道我的臉書粉絲團人數終於破三十萬了嗎？」她點著手機螢幕。

「真恭喜妳啊。」尚大衛關上門，按捺住情緒。「妳可真悠哉，我卻被妳嚇死了！妳為什麼去找蕾貝卡？」

「三個月來才成長五萬人，實在是有點慢。」安娜眼睛仍舊盯著手機螢幕。「我希望年底前可以破百萬。我要和經紀公司談談，得想個法子炒人氣，也許拍一組泳裝或內衣月曆。」

「請回答我的問題。」

「或是找個足球明星男朋友，多點曝光。」她抬頭直視他。「總比和上班族遮遮掩掩談地下情好吧？」

尚大衛的臉稍微扭曲了。妳現在想怎樣？他問。如果不想繼續的話，大可——好好好，抱歉，我沒有要逼迫你的意思，安娜起身安撫尚大衛，貼到他胸前，輕撫他的臉，我只是等你等得有點心煩嘛。蕾貝卡會起疑的！他說。不會的，她說，蕾貝卡很信任你。尚大衛嘆口氣，搔著他那頭華麗鬈髮。我們不是今晚就要見面了嗎？他問，聲音輕了些，妳還跑來我辦公室做什麼？很想你啊，她說，等不到晚上了。妳真是給我找麻煩，他嘟囔，嘴角卻忍不住揚了起來。

安娜饒有興味地欣賞尚大衛的情緒起伏。她原本是該避著蕾貝卡的，但一時興起，決定去逗逗她。她得給尚大衛一點壓力，否則他不會和他老闆的女兒分手的。當然，若能讓那笨女人自己發現，主動要分的話，那更省事了，不過目前先別操之過急。

那麼今晚就按原計畫吃飯囉？她問。照說我該和歐伊沙魯夫一塊吃的，他苦澀地說。誰？她不解。他於是悶悶不樂地告訴她來龍去脈。她忍不住大笑。歐伊沙魯夫，是嗎？她說，心想自己居然有了化名。一點都不好笑，他嘆氣，總之我們八點餐廳見。會有蠟燭嗎？她問。蠟燭？換他不解。燭光晚餐，她說。

「燭光晚餐？」他匪夷所思。「燭光——妳們這些女人是怎麼回事？」

「只是逗你玩的。」安娜咯咯笑著。「誰那麼老派呀？燭光晚餐是給那些搞不清楚狀況的天真女人吃的，我可沒興趣。」

在他尚未領悟出她嘲弄的對象之前，她開始撤退。第一步是先給他一個短暫但令人銷魂的香吻。

「先這樣吧，我得去找夏娃討論我的設計了。」她從他迷戀的懷抱輕輕掙脫。「春夏發表會只剩一個月了，我得趕工才行。」

「對了，」尚大衛叫住她。「關於妳幫我們加勒比海餐廳代言的合約，晚上我們來談談細節吧。」

「那種事，你跟我的經紀人談就行了，不然我每年給他抽那麼多佣金幹嘛？」

「我還以為妳會特別關心這個案子呢，加勒比海好歹算是妳這巴西人的拉丁美洲鄰居呀。」

「巴哈馬和里約熱內盧相差了六千多公里，況且我並沒那麼留戀我的家鄉。」

她給了他一個足以代言化妝品廣告的數百萬美元甜美微笑（而她確實剛和某家長期合作的大品牌續了兩年七位數的合約），揮了揮手，頭也不回地走出辦公室。

5

單齊並沒理會那名金髮美女，繼續他手中的動作，直到搖撞完畢，將調好的瑪格麗塔（Margarita）倒入酒杯，才微笑望向她。

「有什麼事嗎？」

「我找夏娃。樓下的工人說她可能在這兒。」

「她剛走，去她辦公室了。」

「但她和我約了旗艦店見面呀。」安娜蹙眉。

「她臨時離開的，好像有了什麼設計上的靈感，要趕去修改。」

「那我去辦公室找她好了。謝謝。」她踏了一步，又轉回身。

「抱歉，我可以嘗一口嗎？」

「請。」

她啜了一口那杯瑪格麗塔。

「很不錯。」

「謝謝。」

「再問一個問題？」

「請說。」

「當你在搖撞這杯調酒時，腦中在想什麼？」

「請問——」

單齊認真思索片刻。

「感受冰塊和材料撞擊時的變化，等待酒體徹底融合的那一瞬間。」

「你的表情非常專注。」

「不專注，雞尾酒不會好喝。」

「我是安娜。」

「我是單齊。」

他們微笑握了手。

「很高興認識你，單齊。」

安娜轉身離去。

馬丁尼爬到吧檯上。單齊抓了抓牠的脖子。

「生命力相當旺盛的女人呢，是不是？」

馬丁尼趴了下來，也轉頭望向安娜大步遠去的背影。

6

她不曉得怎麼會來到Fan & Friends。

六個會議。

蕾貝卡的腦子呈當機狀態，從電梯走出，順著法蘭克‧辛納屈的歌聲悠悠走向吧檯。

「我原本要下班了呢。」單齊微笑。蕾貝卡看了看手錶，六點五分。

「店又還沒開張，你在這待一整天有啥事可做？」

「熟悉環境、練習調酒，很多事可做。」

「你不是早就獨當一面了嗎？還要練習什麼？」

「調酒和任何技藝一樣，都得精益求精。經常磨練基本功是必要的。」單齊倒了杯水給她。

「妳想喝點什麼呢？」

她是來喝酒的嗎？應該是吧。

「就喝你剛說的基本功吧。」

單齊開始準備。蕾貝卡的手機響了起來，鈴聲是一段鋼琴演奏。單齊聽著那段旋律，若有所思。蕾貝卡和一位打來確認今日稍早會議結論的下屬簡短討論幾句，掛了電話。

「我對法蘭克・辛納屈沒什麼成見。」她疲憊揉著太陽穴。「但可以偶爾換一下其他音樂嗎？」

「沒問題。」單齊走到吧檯角落的音響，切掉唱到一半的〈I Won't Dance〉，換了首曲子。

「咦？」蕾貝卡抬起頭聆聽揚聲器播放的樂聲。「Oscar Peterson！」

「換他的音樂，妳也許比較能放鬆吧。」單齊將音量稍稍調大。

是〈Waltz for Debby〉！我的最愛！你怎麼曉——蕾貝卡恍然瞧著她的手機。原來如此，調酒師的觀察力，是嗎？辛納屈固然是我的最愛，單齊說，但Oscar Peterson我也挺喜歡的。蕾貝卡笑了，謝謝！

「妳鋼琴學很久了？」他望著她在吧檯上跟隨音樂彈奏起的右手。

「五歲開始，學了十二年。」雙手都彈了起來，行雲流水。

馬丁尼躍上吧檯，蹲坐在一旁觀看蕾貝卡彈著啞琴。

妳這首很熟呢，單齊觀察道。當然，蕾貝卡邊彈邊答道，我彈了不下數百遍。

她跟著Oscar Peterson下了最後一組滑音。單齊微笑報以掌聲。

啊，蕾貝卡聽到揚聲器播送的下一首曲子，忍不住笑道，哈哈，你居然還有這版本。那是Tony Bennett和Bill Evans搭檔演出的。經典哪，單齊說。那你一定知道這首歌在說什麼，她說。他點頭道，小女孩會長大。是的，她也點頭，小女孩會長大。

「我七歲的時候，聽見我爸在他書房放這首曲子，是Oscar Peterson的版本，叮叮噹噹的好熱鬧，一聽就好喜歡。我爸於是又放了Tony Bennett的版本給我聽。那時太小，聽不懂這歌的涵義。」她略為傷感地微笑。

「當時我們聽著歌，我跟他說，爸爸，你在笑，可是你看起來又很難過。」

「他怎麼回答？」

「他把我抱起來，反問我說，『我看起來很難過嗎？』我就點頭，然後搖頭，說『我不想看你難過。』『真的啊，』他說，『對不起，甜心，那爸爸會為了妳開心起來。』後來，當我練會這首曲子後，就常彈給他聽。有時看他聽的表情都還是很感傷，我就要他答應我，聽我彈這首的時候不准難過。他就笑著答應了。天啊，」蕾貝卡搖頭笑道。「那都多少年前的事了。」

他們兩人都微笑，沉思。

「你呢，和你爸，或你媽、你姊，有什麼屬於你們自己的歌曲嗎？」

他搖了搖頭。「我從小在家裡就是一個人聽音樂。」

歌曲結束，他問她是否準備好喝方才所點的飲料。她愉悅地點頭。

「這一杯是所有調酒師都得鑽研的入門課題。」

「喔，聽起來很了不得呢！」蕾貝卡興奮傾身向前。「是什麼？」

「琴通寧（Gin and Tonic）。」

「什麼啊，不就是琴酒加通寧水而已！」她失望地縮回去。「隨便一個派對上都看人在喝啊，很普通嘛！」

「別看它普通，琴通寧可是包含了調酒這門藝術的基本功法喔。」

「那你說來聽聽。」

調製雞尾酒有三大技法，單齊告訴蕾貝卡，分別為直調（Build）、攪拌（Stir）和搖撞（Shake）。「而琴通寧就是直調這種技法的代表調酒。」

「什麼是直調？」

就是直接在要喝的酒杯內把所有材料做簡單的混合，他解釋，Build這個字有蓋房子的意味，此處是指由下往上建構出一杯酒。它的特色是隨興，做出的雞尾酒平易近人。

「但在隨興之前，基本功還是要練的，從冰塊開始就有得鑽研。」單齊從冷凍庫取出一個冰鎮的高球杯，夾了兩顆長柱形冰塊放入。冷凍庫至少要冷到攝氏負十度，他說明，做出的冰塊得紮實透明，才融解得慢，否則通寧水被過度稀釋，氣泡會流失太快。「想像一下氣跑光的可樂喝起來是什麼感覺。」

「我倒沒想過冰塊也有學問。」蕾貝卡稍稍認真起來。

「接下來，比例。」他從架上取了Tanqueray 10和Boodles各一瓶，向她說明通寧水加太多會沖散琴酒的滋味，加太少喝起來又有壓迫感，濃淡得依每支琴酒的個性來決定。「像Tanqueray 10的葡萄柚、檸檬味明顯，我會做一比二，而Boodles的迷迭香味重，我就會做一比三。」此外還得考量客人的偏好，他繼續說道，女性通常偏好清淡口味，通寧水就得加得比男性客人的多。

蕾貝卡佩服地揚了揚眉。

單齊挑了Tanqueray 10，倒了四十五毫升進酒杯，又倒入Schweppes通寧水。

倒通寧水時得注意別直接倒在冰塊上頭，他邊倒邊解釋，因為衝擊會殺死氣泡，因此要從冰塊縫隙倒入。「然後，像這樣上下攪拌，動作要很輕，否則也會傷到氣泡。只要攪兩三下就可以了。」

蕾貝卡點點頭，眉頭微微蹙了起來，思考著其中的道理。

最後是柑橘皮（Twist），他說，這部分我改天再講解好了。今天我使用的是萊姆。單齊切了一片萊姆皮。而噴擠柑橘皮也有不同的技巧，他邊說邊示範。「比較常見的方式之一，是像這樣用食指貼著，再用拇指和中指把萊姆皮夾住，離杯子遠一點，以四十五度將皮的油噴擠進去。注意要讓油落到冰塊上頭，而不是進到酒中。」

如果客人喜歡酸一點的話，他繼續說，可以另外加一吧叉匙的檸檬汁或萊姆汁，而這又是另一個課題了。「我個人認為，好的琴酒並不需要多餘的酸味——」

「好了，好了！」蕾貝卡伸手制止。「我明白了，這其中有太多的學問，可以講一個晚上。抱歉小看它了，但請下課吧。我只想簡單喝杯可口的雞尾酒而已。」

「請用。」他微笑將那杯琴通寧推到她面前。

她喝了一口，閉上眼，長長吁了一聲。

「還喜歡嗎？」

她連連點頭，眼睛仍閉著，微笑漾了開。

「好舒服的滋味。」她又喝了一口，整個人放鬆下來。

「好的琴通寧能在酸、甜、苦味上展現平衡，而且口感清爽。如果只能挑一款雞尾酒度過餘生的話，我相信這會是許多調酒師的選擇。」

「噓，」蕾貝卡依舊閉著眼，食指貼到嘴上。「不用解釋了，讓我自己體會就行。」

他們沉默好半晌，聆聽法蘭克・辛納屈唱〈Night and Day〉。

7

下一首是〈Let's Take an Old-Fashioned Walk〉。

接著，當聽到〈The Birth of the Blues〉時，蕾貝卡問單齊怎麼會踏入調酒這行。

「我不喜歡我原來的工作。」

「是——？」

「投資銀行，負責併購。」

蕾貝卡笑了出來。

「我能明白。我們之前在併購Summer Fan時，我從沒看那承辦銀行的專案經理笑過。那工作本身就無趣又高壓，而Summer Fan的財務又一團亂，更令人頭大。我真的覺得夏娃把這間公司搞得亂七——」她意識到失言了。「抱歉。」

「沒關係。」

「不，真的不好意思。我有點得意忘形了。」

「沒關係。妳是對的，她搞砸了。」他的笑容有點苦澀，但似乎看得挺開。她拉回正題。

「所以你就把投資銀行的工作辭了。可是，調酒？你原先對這就感興趣嗎？」

他搖了搖頭。「從未接觸過。我原本就認識奧斯卡，因為他和我姊是老交情。但我跟他並不熟。一直到我辭職後去倫敦散心，才第一次上他的酒吧，他所開的其中一間。我喝了他調的雞尾酒，馬上就愛上了，就這麼留下拜師。」

「那一杯是什麼？讓你愛上的第一杯？」

單齊微笑指了指一旁吧檯上打起盹的貓兒。

當他送她去搭電梯時，她忍不住將腳下的新鞋秀給他看。他給予了恰到好處的誠摯讚美，而那讓她很開心。

「改天我要喝讓你愛上調酒的那杯雞尾酒。」

在計程車上，當她看著曼哈頓夜景，思索今日學到的直調概念之時，琴通寧的清爽滋味又在嘴中浮現，手指於是忍不住在膝上滑動起來，彈著〈Waltz for Debby〉。她想到單齊，他的爽朗笑容及不疾不徐的說話方式，接著想到尚大衛，他的應酬、那頓她其實不需要卻又在意的燭光晚餐，想著他倆之間是否出現了隔閡、為什麼會有隔閡，想著安娜今日的叮嚀。她的雙手不彈啞琴了，安靜憩於膝上，無助困惑地相握。

回到家，她先在家中的健身房跑了半小時的跑步機，沖了個澡，熱了通心粉，放了Oscar Peterson的「Canadiana Suite」專輯，慢慢地吃。

飯後，她抱著平板電腦坐上客廳沙發，想準備明日的工作內容，卻提不起勁。打開電視，她不停遙控轉著頻道，五分鐘後放棄，又關掉了。

她倒在沙發上，閱讀《戰地春夢》。

讀到凱瑟琳怯生生告訴弗瑞迪她懷孕時，她悠悠嘆口氣。唉，好吧，不管她和尚大衛之間的問題是什麼，至少不是懷孕。

也許根本什麼問題都沒有，只是她在胡思亂想。他們兩個都是工作狂，無法時時刻刻膩在一起也是理所當然的。

是嗎？

父親將她從沙發上搖醒時，已經將近十點。

他看起來精神奕奕，剛和幾名明星設計師、化妝品公司老闆以及時尚媒體高階主管吃完一頓圓滿的權力晚餐。爸爸告訴她明晚他和德拉曼加市長夫婦在蒙帕西俱樂部有約，問她要不要一塊去。呃，但我和尚大衛先約了，她說，正好也在同一家餐廳。沒關係，那你們就吃你們的，到時上前向他們打個招呼就行，路易斯交代完便進了主臥房。

蕾貝卡檢查手機，沒有未接來電。

一杯琴通寧建構好之後，下一步是輕鬆把它喝掉；一段感情建構好之後，下一步是什麼？

回到臥房，她放起Oscar Peterson彈的〈Waltz for Debby〉，一時興起，想去找爸爸一塊聽，敲他房門卻沒回應，知道他已就寢，只好回到自己房間，獨自欣賞。聽完Oscar Peterson的版本，接著又聽Tony Bennett的，以及Chick Corea與Gary Burton合奏的。聽著聽著，她昏沉倒在床上睡去。

隔天早晨，她起床後又檢查一次手機，仍未看到任何尚大衛的來電紀錄或簡訊。他們並不一定每晚都會通電話，因此這也沒什麼不尋常的。

望著窗外早晨清澈的天空，她伸了個懶腰，告訴自己別再多想。

盡量吧。

第三章 曼哈頓往事

1

僅存的兩塊冰和一點柳橙汁只將高球杯盛了三分之一滿。范夏娃舉起Stolichnaya伏特加，一口氣倒了等量進去。她拿吧叉匙胡亂攪拌兩下，舉杯灌一大口，杯子放下時只剩一半。

她咬著下唇，舉著那小半杯螺絲起子（Screwdriver），從她辦公室內的迷你吧檯踉蹌走回工作桌，眼睛滿布血絲，頭痛欲裂。她昨晚並沒回家，一直窩在辦公室畫設計圖，累了便倒在沙發上昏睡個半小時，醒來就灌咖啡和紅牛，再度畫到疲憊時就調杯螺絲起子喝，周而復始。

有人敲了門，夏娃沒應答，伏案唰唰畫著。查理・提明斯基探身進來。「不好意思，但公主殿下狂打電話，堅持要跟妳說話。」

查理・提明斯基是Summer Fan的資深設計師，身兼夏娃的特別助理，為她打點各式疑難雜症。他六呎一吋的身材瘦得不像話，僅有的幾兩肉因為拚命上健身房而練得結實硬挺，全身讓人工日曬機曬成虛假但合宜的小麥色，戴一副橘色Alain Mikli眼鏡。

幫我擋掉，夏娃嘶啞回道，悶頭繼續畫。提明斯基翻了翻白眼道，我已擋了一上午，但蕾貝卡每半小時就打來，越來越急，且開始把氣出在我身上。這樣下去，我在今天下班前就會被大小姐開除了！夏娃直盯著畫紙。有我在，她說，他們不敢動你的。

「妳都已經不是老闆了，」查理低聲咕噥，音量小心壓得不讓夏娃聽到。

夏娃的思路突然卡住了。她猛地抬起頭。幫我個忙，她吩咐查理，那邊那個雕像，對，我爸的，叫實習生來把它搬到這個角落。

那雕像是她父親的創作，一座兩呎半高的青花瓷裸體女子。夏娃喜歡將它換著擺在辦公室內的不同角落，從不同角度觀看它，尋找創作靈感。

遵命，查理面無表情地回應。夏娃要更多的咖啡。查理告訴她會交代實習生沖新的送過來。還要冰塊和有機柳橙汁，夏娃追加，要很多。

「我看得出來妳的伏特加還不用補貨。」查理冷冷瞧著夏娃酒架上半打未拆封的Stolichnaya。那麼我先告退了，他說。

夏娃繼續伏案工作。實習生怯生生敲門，送了熱咖啡、冰塊和柳橙汁進來，接著小心翼翼將青花瓷裸女像移到夏娃指定的位置，便悄悄離去。夏娃渾然不覺。稍微畫出些感覺了。她快馬加鞭，中途停下來灌了兩杯咖啡和一大杯螺絲起子。門再一次打開時，喧鬧聲令她眉頭緊緊糾結。

「這太誇張了吧！」蕾貝卡怒氣沖沖踏進，後頭跟著慌張試圖攔她的查理。

「妳要幹嘛？」夏娃頭仍沒抬，但臉色活像剛將桌上四散的草稿全吞進肚裡。

要算帳！蕾貝卡揚著一疊報告和請款單斥道。我今早聽說妳在距時尚週只剩一個月時拉掉所有已縫製好的衣服，從設計圖階段重來。這還不打緊，蕾貝卡又說，要緊的是我發現妳居然擅自把被砍掉的十五萬美元秀展預算加了回去。夏娃放下色鉛筆，冷冷嗆了她。蕾貝卡駁斥回去。兩人的用詞越來越難聽。別以為冠個麥克法登的姓氏多了不起，夏娃說，妳在時裝界還菜得很。蕾貝卡冷笑回敬道，就算妳曾是紐約的時尚一姊，最近幾季作品的風評及市場反應如何，大家心知肚明，「整個業界都在傳言妳已江郎才盡了。」

話才出口，蕾貝卡便後悔了。這句太過分了，她心想。

隔好半晌，夏娃才回話，聲音像紙一樣薄，「我不眠不休就是要證明他們是錯的。」

蕾貝卡想要為出口傷人道歉，但這麼做又會顯得自己立場不穩，何況夏娃自己方才話也講得重，她只好咬著牙硬撐到底。

「請妳證明的時候別太揮霍。那是公司的錢。」

夏娃低聲告訴蕾貝卡，她會放棄那十五萬美元的秀展預算，這話題到此為止。謝謝合作，蕾貝卡回道，補了句「日安」便轉身走出辦公室，後頭仍跟著方才插不進話的查理，低聲為自己撇清，「我一直勸她，蕾貝卡，但她就是不聽——」

夏娃走到迷你吧檯，又調了杯螺絲起子，拿著它走到青花瓷裸女像前，邊喝邊望著雕像沉思，老半天才又回到工作桌邊。

她拿起一支紅色鉛筆，在剛畫到一半的一張設計圖上塗抹，慢慢、一點一點來回，塗得整張圖面目全非，接著是另一張，又一張。鉛筆禿了，她將它削尖繼續塗，到頭來今日畫好的六張草圖全都報銷了。

她將它們揉成一團扔到地上，又灌了一大口酒，撫著痛得快裂開的頭，逼自己繼續作畫，追尋那已消逝無蹤的靈感。

2

「就算她是藝術家，酒氣沖天也太不像話了吧？」

下午兩點半，蕾貝卡和麥克法登總裁通著電話，一邊踩著樓梯，從Summer Fan爬上Fan & Friends。

她皺眉聽她父親的回應，往吧檯走去。我不曉得。我不是要批評你，總裁，但我覺得對她不需要那麼客氣……不，我知道，我沒有跟她一般見識。至少她已經把預算重新砍掉，我暫時就不會再去煩她了……晚上嗎？我知道，蒙帕西俱樂部，跟市長夫婦請安。我沒忘。那麼先這樣，總裁。

德拉曼加市長是麥克法登先生的好友。他的夫人主持了一個自閉症兒童慈善基金會。路易斯邀了市長夫婦晚上到他開的餐廳，商談在那兒舉辦一場基金會募款晚宴的事宜。

蕾貝卡嘆口氣，站到吧檯前，面對衝自己微笑的單齊搖了搖頭。

「你若是知道我今天早上和你姊大吵一架，就不會對我笑嘻嘻的了。」

「妳們為了什麼而吵呢？」單齊反而笑得更開了，比手勢請蕾貝卡坐下，為她倒了杯水。

她名義上是來視察樓下服飾店面的施工狀況，實際上卻是來找單齊吐苦水，因為他是最能理解整個狀況的人。

蕾貝卡簡單敘述了來龍去脈。我姊一向放縱自己，單齊聽了後說，談到時尚更是有旁人不能理解的堅持。我可不是旁人，蕾貝卡說，我是夏娃的主管，而若我不能理解，也就不能批准她的那些堅持，因為它們太花錢。「而且，我無法認同她的工作態度，我無法認同打著藝術的名義酗酒。」

「這點是很糟。我一直在規勸她，但沒什麼用。」

「你會勸她別喝酒，還真令我意外呢。」蕾貝卡挑眉。「你的工作不就是鼓勵人們喝酒嗎？」

「我的職責是為客人調酒，引導他們品酒。調酒師不會希望客人拚酒或用酒精麻痺自己，那樣子是無法欣賞酒的滋味的。」

蕾貝卡沉默半晌。

「我今天當了個賤人。」

「妳盡了妳的職責。」

「但也許我話不用說得那麼重。」

她長長嘆口氣。

「龐特先生今天會抵達紐約，對嗎？」她換了話題。「若沒問題，就照原訂計畫，明天上午十點開會討論試營運的細節囉？」

「沒有問題。」

「他不會無理取鬧吧？」蕾貝卡隨口問道。

「無理取鬧？」換單齊挑眉了。「我不明白妳的意思。」

「我聽說他喜歡興風作浪，為反對而反對。」她回想父親對此人的評語。「不好意思，我知道他是你老闆，也是你師父，但我們正努力搶救Summer Fan當中，有個酗酒亂花錢的創意總監已經夠傷腦筋了，還要和一個過去三十年都處於叛逆期的合夥人周旋，實在會很累。」

「我想妳多心了。」單齊的語調中有著不尋常的冷漠。「龐特先生並沒有那麼難溝通。」

蕾貝卡原本還想嘲諷個兩句，但看到單齊的表情，便知道該住口了。這是她頭一回看見他明顯不悅，她還以為他永遠都沒有脾氣呢。真妙，他可以允許老姊被人罵得狗血淋頭，卻不能容忍聽見他師父半句壞話。

氣氛變得有點僵。

「那麼就明天早上見了。」蕾貝卡起身準備離開，卻發現單齊臉上漾開了滿滿的笑容。幾乎同時，她身後傳來一陣爽朗笑聲。

她轉頭一看，一名非常英俊的中年男子正向他們大步走來，滿臉笑意。單齊出了吧檯迎上前。

奧斯卡．W．龐特一派瀟灑，左手勾了件Summer Fan灰色西裝外套在肩上，右手插在褲袋，一口整過的白牙完美映襯他那在法國聖托珮島以及西班牙伊比薩島上曬出的古銅色肌膚，自信滿滿，和他的徒弟擊掌相擁。

「你看起來挺不錯啊，小子！」奧斯卡開懷拍著單齊的肩膀，接著和蕾貝卡握手。

「好久不見，親愛的。」

「我們見過嗎？」蕾貝卡堆出個自小在曼哈頓上流社會訓練出的合宜微笑，不明白龐特為何跟她如此打招呼。

「而妳卻忘了。」他呵呵笑。「不怪妳，太久了。」

「真不好意思。」

她的確感到似曾相識，但話說回來，龐特是個名流，身影常出現在電視和報章雜誌上。

「是在什麼社交場合嗎？」

「妳會想起來的，」他俏皮答道。

他比她想像的要親切多了。有點輕浮，那口白牙也閃亮得太過完美了些，但基本上並不惹人厭。她甚至得承認挺討喜的。

他們在吧檯坐下。

「老樣子？」單齊向奧斯卡確認。後者點頭道，「也幫她調杯一樣的吧。」

「喔不，」她連忙拒絕。「不不，我還要回辦公室，不喝了！」

「妳會喜歡的。」奧斯卡敲了敲吧檯。「美妙得像首詩啊。」

「這是奧斯卡最愛喝的雞尾酒。」單齊微笑拿出攪拌杯和吧叉匙。「很有趣的。」

看到他恢復和善的態度，她遲疑了，想到方才的不愉快。或許這是個修補的機會。

「好吧，就一杯。」

「他是我最得意的門生，」奧斯卡對蕾貝卡炫耀。「得到本人的真傳。」

「你一定很自豪。」她虛應故事地微笑點頭。

單齊俐落切了兩大片檸檬皮備妥，取了冰塊在攪拌杯中攪拌，讓杯冷卻，把融出的水瀝乾，加入了四滴Marie Brizard Curaçao柑橘酒、兩滴Pernod艾碧斯和兩滴Angostura苦精。

所以，能讓你這位傳奇調酒師深深喜愛的雞尾酒，蕾貝卡找話題聊，它究竟叫什麼名字呢？榮耀晨光（Morning Glory），奧斯卡答道，展現白蘭地和裸麥威士忌天作之合的經典。它名字本身就頗有玄機，他說，是款能用來解宿醉的調酒。那麼令姊應該常常需要呢，蕾貝卡忍不住酸了單齊一句，馬上就有點懊悔，不過單齊似乎不以為意，只苦笑一下，而奧斯卡更是開懷大笑附和她的話，她於是鬆口氣也笑了出來，並找台階下說自己只是開玩笑。

單齊倒入六十毫升的Old Overholt裸麥威士忌和六十毫升的Martell VSOP白蘭地，加入六滴的阿拉伯膠糖漿，快速攪拌了六十圈。蕾貝卡注視著他的手。他攪拌的動作有種奇妙的專注力和韻律感，像催眠般牢牢吸住她的目光。單齊將酒倒入兩個冰鎮過的高球杯，各加入六十毫升的蘇打水。他用茶匙沾了些砂糖在高球杯中攪拌，杯面馬上浮起一層氣泡。最後，他把方才切好的檸檬皮放進杯中，將兩杯完成的雞尾酒推至他們倆面前。「兩位的榮耀晨光。」

「好香，」蕾貝卡嘗了一口後，忍不住讚嘆。

「透過苦精，裸麥威士忌和干邑白蘭地完美融合在一起。」奧斯卡望著面前那杯不斷浮起氣泡的調酒，眼神帶三分陶醉，語調卻又極為清醒。「阿拉伯膠讓它的酒體濃稠滑順，而艾碧斯的獨特香氣和Curaçao的焦糖柳橙味則為整杯酒畫龍點睛。」

蕾貝卡又輕啜一口。

不錯吧？奧斯卡問。很不錯，蕾貝卡點頭。別擔心，奧斯卡對蕾貝卡眨了眨眼說，這不過是偷閒小酌，妳不會變得像夏娃那樣在工作時間貪杯的。你也知道夏娃酗酒？蕾貝卡問。這也不是什麼新聞，奧斯卡說，反正夏娃是個藝術家嘛。你們這些人都把夏娃給寵壞了，蕾貝卡搖了搖頭說，總之我可一點都不擔心自己會變得像夏娃，因為麥克法登家的人絕對不缺自制力、自尊心和自信心。一點都沒錯！奧斯卡哈哈大笑附和，和她乾了一下杯。講到榮耀晨光，以前蒙帕西俱樂部有一位調酒師很會調這款呢，奧斯卡說，可惜現在那邊已面目全非了。蒙帕西嗎？我們晚上正好要到那兒呢，蕾貝卡隨口說道，我爸和市長夫婦有約。德拉曼加嗎？奧斯卡聽了笑一笑。

奧斯卡接著和單齊聊起從前的蒙帕西俱樂部。蕾貝卡保持禮貌在一旁聽著，一邊努力回想。

她想不起究竟何時見過奧斯卡。

她看了看錶，決定十分鐘後收心回辦公室，接著又啜了口美味的榮耀晨光，和這對師徒二人閒聊起來。

3

這天晚上，尚大衛六點半就下了班，到蕾貝卡的辦公室接她，相偕前往蒙帕西俱樂部。這是家位在東七十四街一間高檔飯店的餐廳，提供可口的牛排及法式料理，每晚八點之後有現場爵士樂演奏。飯店本身名字便叫蒙帕西，是間標榜五十多年輝煌歷史的老牌旅館，在五年前被麥克法登集團所收購，是由零售業起家的路易斯進軍飯店業的指標收藏物。而位於飯店一樓的蒙帕西俱樂部，則是尚大衛加入集團後的代表作。在馬托先生主導之下，這間原本已凋零過氣的老餐廳全面翻修、更新菜單，很快便躍升為上東區的熱門話題，一位難求。最令他得意的部分是砸重金大幅強化的葡萄酒單，那被評為全曼哈頓首屈一指。為了突顯葡萄酒的特色，他不惜廢掉原先的雞尾酒吧，開除了兩名自開幕便駐店的元老調酒師。在他看來，那並不算什麼代價。誰在乎他們啊，他總是這麼說，這家店如今可是請了全美排名前十的侍酒師呢！

對蕾貝卡和尚大衛來說，蒙帕西俱樂部是他們的定情之地。在麥克法登集團買下整間飯店後的三個月，蕾貝卡在這裡舉辦了她的二十一歲生日派對。當時他們來往並不密切。蕾貝卡還在紐約大學的商學院就讀大三，而尚大衛進入集團工作約一年多。兩人只在辦公室和公司的聚會上聊過幾次天。在那場派對上，尚大衛送了蕾貝卡一瓶白酒做為生日禮物，兩人並聊得很開心。之後，當兩人聊到此事時才驚喜地發現，那場派對是他們彼此產生情愫的開端。只是，當晚什麼也沒發生，他們也並未隨之展開約會。蕾貝卡那時正和一名薩克斯風樂手交往，而處於感情空窗期的尚大衛則忙於工作。儘管兩人相互吸引，卻一直到一年多後，她在他手下工作時才開始交往。

「啊！」當他們走進餐廳時，蕾貝卡苦笑了一下，因為所有餐桌上都點了小巧的蠟燭，顯然是尚大衛交代的。

所以真的有燭光晚餐可吃啊？蕾貝卡問，並在靠近演奏區左邊角落的一桌坐下，那是他們倆的老位子。當然，尚大衛說，得意撫了下他那獅子鬃毛般的華麗鬈髮，書書的心願我一定馬上照辦。他接著要她比較一下他們的蠟燭和別桌的。她觀察後窩心地連連點頭。相較其他桌的粉紅矮柱形蠟燭，他們的是蕾貝卡最愛的紫羅蘭色，造型較為細長，也有更精緻的雕花。還不止這樣喔，尚大衛得意微笑說道，向侍酒師使了個眼色。後者點點頭，三十秒後送上一瓶白酒。

「好可愛喔！」她開心打量著色彩繽紛的酒瓶。

記得當初我送妳的二十一歲生日禮物嗎？尚大衛問。怎麼忘得了，蕾貝卡答道，我連酒瓶都還留著，擺在臥房呢！

在當年的派對上，他之所以成功討了她歡心，送的那瓶白酒功不可沒：那是二〇〇二年的Cold Heaven Deux C，以法國隆河Condrieu和加州聖塔芭芭拉兩地生產的Viognier葡萄混釀，象徵她父母來自兩個國家的生長背景。

喔，那瓶現在很難找了，尚大衛在侍酒師替他們斟酒時解釋，我這次挑的是它的姊妹系列，同樣由加州和法國兩地的Viognier所混釀，二〇〇九年的Domaine des Deux Mondes

Saints and Sinners。太妙了，蕾貝卡呢喃，轉動酒杯，欣賞杯中顏色。由兩個世界共同孕育出的美麗寶石，就像書書妳一樣，尚大衛舉杯輕頌當年打動她芳心的台詞。謝謝你，大大，蕾貝卡也喜孜孜舉杯回應。他們傾身甜蜜接了個吻，然後才乾杯，各自啜了一口。

「典型Viognier的水蜜桃、杏桃和忍冬香氣。」蕾貝卡閉眼沉醉，甜甜笑著。「酒體淳厚，不會過甜。和當年那支比較起來，這支的奶油和香草香氣比較明顯。呵，雞尾酒喝多了，偶爾來點葡萄酒也不錯呢。」

雞尾酒？尚大衛狐疑地挑眉，妳什麼時候喝起雞尾酒了？喔，就最近才開始的，她說，跟著Fan & Friends的調酒師稍微碰一些——嘿，爸！她開心地揮手。

蕾貝卡和她父親相擁，在他面頰上親了一下。現在是下班時間，她可以不必稱他總裁。

一切都好嗎，你們小倆口？路易斯問，和起身迎接的尚大衛握了手。都很棒，尚大衛連連點頭答道，謝謝總裁。來喝點白酒吧，蕾貝卡邀請她父親。不了，路易斯婉拒，市長夫婦應該快到了，我要去門口等他們。

兩人重新坐定，尚大衛撥了撥頭髮，正要再度舉杯，手機響了起來。他一看來電，發現那是安娜，不禁暗暗咒罵一聲。他跟她說過了今晚不能打來。喂，歐伊沙魯夫，他接了電話，有什麼急事嗎？若沒有的話，我現在不太方便談公事，明早上班時間再說吧。他掛了。

尚大衛調整心情，重新堆出個笑容，這時電話又響了，是蕾貝卡的。嗨，安娜！蕾貝卡接聽。是啊，夏娃不知發了什麼瘋，把整批做好的春夏新裝都拉掉重做。沒錯，到時妳原先設計的鞋子和她新設計的衣服可能會不搭。最好趕快和夏娃聯絡，蕾貝卡建議安娜，妳才好確認新的大方向。喔對啊，我和尚大衛在吃晚餐。哈哈，有，有蠟燭，蕾貝卡低聲笑道。沒問題，我會幫妳轉達。真的很謝謝妳呢！

「安娜託我向你問好，」蕾貝卡說。

「是嗎？」尚大衛應道。「她真客氣。」

他鎮定告訴蕾貝卡他要去上洗手間。當他離座轉過身時，覺得自己的腸胃像被丟進洗衣機整個翻攪了幾大圈。他得去洗把冷水臉。尚大衛匆匆奔向化妝室，留下蕾貝卡獨自坐在他們那一桌，映著那美妙燭光端詳手中那杯白酒，細細回憶他們倆交往的這幾年戀情，臉上的微笑甜甜蜜蜜。

4

安娜掛了電話，安靜在跑步機上繼續跑。

「這樣應該嚇死他了吧？」她同樣身為模特兒的好友，來自斯洛伐克的雅米拉，從隔壁的跑步機上問道。她們兩人正在雅米拉所住飯店的健身房運動。雅米拉有頭淺褐色鬈髮、一雙妖媚的細長眼睛，和一個鷹勾鼻。她是安娜唯一透露這段戀情的對象。

「太過頭也不好，到時給嚇跑了，」安娜說。

「妳何必這樣委屈呢？」

「是啊，何必呢？我會好好反省一下。」她表情木然。

對了，雅米拉問，妳跟我提過Summer Fan第五大道的旗艦店要開一家酒吧，是嗎？叫做Fan & Friends，安娜點頭證實道，我那天去過，那邊的調酒師挺厲害的。哎喲，調酒我可沒啥興趣，雅米拉說，倒是他們那裡有一個很可愛的領班呢，我昨晚在蘇活區一家俱樂部認識的，叫做蓋布列。他比我這一季合作過的任何一個男模都還性感——

雅米拉嘰嘰喳喳聊了一會她新結識的Fan & Friends性感領班。安娜禮貌地傾聽，心裡想著她自己和尚大衛之間的問題。

哎呀，雅米拉腳步慢了下來，喘著氣說，我沒力氣了！我們去Spa好不好？安娜搖頭，直視著面前落地窗外的街景，說我要跑完一小時。雅米拉搖頭，說我從沒看過像妳這麼自律的人，跑趴永遠十點以前離開、就算隔天清晨沒拍照也十一點上床、酒偶爾才喝上一杯、香菸從來沒抽過，毒品更絕對不碰。雅米拉笑了出來，說我呢還需要幾支化妝品廣告才能奠定地位，可妳已經是個超模了，何必過苦行僧的生活呢？

「我若不是一路這樣咬牙苦撐，也不會有今天。」安娜調節呼吸，眼神堅定望著大樓窗外。我不會鬆懈，她說，何況在外地討生活，意志力更要堅強。

在異鄉確實辛苦，雅米拉同意，我每週一定要和老家通次電話，否則情緒容易低落。我真想念家人，雅米拉繼續說道，還好上個月我才剛回斯洛伐克度過假。我已將近十年沒回巴西了，安娜說。不可思議耶，雅米拉驚嘆，我做不到，家人是我的支柱。我唯一的支柱是我自己，安娜說。

「天啊。」雅米拉完完全全停住了。「我再也跑不動了！」

「妳先去沖澡吧，」安娜勸她。「晚點我再去Spa區找妳。」

她喝了口水，繼續規律地跑著。

不能指望尚大衛，不能指望家人。

「只能靠自己，」安娜・弗拉西歐喃喃說道，眼神堅毅望著窗外的曼哈頓夜景，一步步跑著。

5

當蕾貝卡看到那人時，她以為自己眼花了。

「怎麼了？」尚大衛注意到他女友的吃驚神情。

蕾貝卡嚥下口中的鮭魚，胡亂用餐巾抹了抹嘴，匆忙離座，趕往餐廳入口。她父親正在那兒迎接他所期待的——以及意料之外的——貴賓。

「喂，麥屁！」奧斯卡・W.・龐特閃著他那口白牙向他的老相識打招呼，而路易斯・麥克法登那鐵青的臉色顯然讓他樂壞了。「好久不見呀！」

蕾貝卡在一旁緊張不已。她知道父親對這位仁兄有多感冒。

「晚安，市長、市長夫人。」路易斯主動先和市長夫婦握了手，接著才握奧斯卡的。

「龐特先生。」

奧古斯丁・德拉曼加是個精力充沛、其貌不揚、表情豐富的男人；他的妻子是個容貌平凡、舉止合宜的女人。

「我聽說你們是老朋友了，」德拉曼加市長呵呵笑道。「我跟奧斯卡也很熟。下午他正好和我通電話，聊到我們今晚要見面。他說你們很久沒見了，提議一道過來給你個驚喜，叫我先別提。」

「真是天大的驚喜，」路易斯冷冷回應。

「妳好嗎，蕾貝卡親愛的？」龐特迅捷上前給了蕾貝卡一個擁抱。她瞥了父親一眼。

喔，她心想，好可怕的臉色。

「三位大駕光臨，真的倍感榮幸，」路易斯不慌不忙說道，引領大家前往備妥的貴賓桌。

「你沒告訴我你也認識市長！」蕾貝卡走在奧斯卡身旁，低聲斥責。「你利用我的情報跑來這兒鬧事！」

「我只是來和老朋友敘舊而已。」龐特嘻嘻笑。

「你是不速之客，而且不受歡迎！」

眾人就座。蕾貝卡和方才跟上前的尚大衛也加入了。

我和路易斯有十幾年沒說過話了喔，奧斯卡說。但你不是常到紐約來嗎？市長夫人問。是啊，奧斯卡答，但路易斯是個大忙人呢。我們倆都忙，路易斯笑了笑說。夫人知道麥克法登先生會調酒嗎，奧斯卡問。市長夫人驚喜地說我不知道呢。那不過是年輕時玩的小把戲罷了，路易斯說，明顯不願碰這話題。難得市長夫婦大駕光臨，奧斯卡笑嘻嘻問，你要不要露一下身手啊？市長您別聽奧斯卡胡說，路易斯揮手制止，我多年沒練，早就生疏了。路易斯當年本領可不差喔，奧斯卡說，我們還比賽過呢。

「比調酒？真的？」德拉曼加市長越聽越來勁。

「奧斯卡，你別——」

「哎呀，那可是場精采的對決呢。我們倆殺得難分難解！」

「誰贏了？」

蕾貝卡突然發現父親正朝她瞪圓了眼，這才意識到自己居然是方才那個提問的傻蛋。她胃一陣冰涼。

「喔，我親愛的，真是個好問題，」龐特呵呵笑道。「我很抱歉得傷妳的心，但那當然是在下啦！啊哈哈哈——」

接下來的半小時對蕾貝卡來說漫長無比。話題雖然很快便從當年的調酒對決帶開了，但她確信爸爸的心思仍舊停在那上頭。他的臉部肌肉比一旁明顯剛打過肉毒桿菌的市長夫人的還要僵硬。

不可思議，她心想。她從不知道父親會調酒。他們家中是設了座小吧檯，但她印象中只看過爸爸倒些威士忌或葡萄酒喝，沒看他調過雞尾酒。倒是媽媽好像會在假日簡單調些飲料給爸爸喝。她甚至不確定那是不是雞尾酒。

趁著眾人閒聊的空檔，路易斯示意蕾貝卡離席，將她帶到角落，問她龐特方才為何如此親熱地跟她擁抱。蕾貝卡只好說出當日稍早在Fan & Friends的經過，並招認是自己無意間惹來這場麻煩，向爸爸道歉。路易斯不悅之至，詳細追問他們在Fan & Friends的談話內容，但並未責備她。

蕾貝卡很想反問爸爸奧斯卡所說的調酒對決是怎麼一回事，但她知道此刻提這話題不啻是找死。

他們安靜回到位子上。

又過半小時後，龐特從容告退了，說他還有別的行程，有禮地和所有人一一握手道別。「小美女可以送我出去嗎？」他向她伸出手臂。蕾貝卡擔憂地望向爸爸。路易斯不耐地點頭。

她挽著奧斯卡．龐特的手來到餐廳大門，一路上想要發問，卻又打住。奧斯卡將他的Jaguar鑰匙丟給泊車小弟。

「很棒的重逢呢，」奧斯卡開口。

她等著他細說下去，隔了幾秒才明白他並無此打算。

「好吧，那麼再會了，」龐特轉身露出他那口白牙，頷首道別。

「你剛說的比賽——」蕾貝卡鼓起勇氣。

「找機會再告訴妳。」

「而且我還是想不起我們什麼時候——」

「改天會跟妳說。」他轉身步下大門台階，從泊車小弟那兒接過他的車。

蕾貝卡望著那台Jaguar消失在街角，深吸一口氣，轉身走回餐廳。

6

蕾貝卡打給單齊原本只是碰碰運氣，因此當她聽到他已下班離開Fan & Friends時並不意外，畢竟沒有道理叫調酒師夜裡九點半還守在尚未開張的酒吧。她告訴單齊她只是想找個地方喝一杯，放鬆一下，心裡想的卻是探取情報。單齊說不定知道她老爸和奧斯卡多年前比賽調酒的事。

「我正要去別間酒吧坐一坐。妳要一起來嗎？」單齊邀她。

蕾貝卡猶豫了片刻。爸爸和市長夫婦在十分鐘前已談完慈善晚宴的事，各自回家。這事尚未定案，因為市長夫人手上還有其他幾個場地在考慮。一送走市長伉儷，路易斯的臉便整個垮下來，隔兩分鐘便不發一言自己先回家。蕾貝卡很清楚，雖然是龐特惹的禍，某種程度來說卻也算她惹出的。此刻，她跑出來在飯店門口台階上打電話，尚大衛正在裡頭等她，準備待會送她回家。她並不想讓尚大衛跟來，總覺得他和這段過去格格不入。

她告訴單齊她不能待太久。那麼我等下用簡訊傳地址給妳，他說，店名叫Raw Essence。

蕾貝卡告訴尚大衛她要和珍妮絲聚聚。珍妮絲人不是在漢普頓嗎？他問。她回來個幾天，然後再回去，蕾貝卡撒謊，珍妮絲有事要找我聊聊。為什麼要今晚？尚大衛微微不悅，我們難得才約會一次呀，書書！

還是說實話好了，她心想。她從未跟尚大衛說過謊。

「我很抱歉，其實——」

他們的手機先後響起，都是簡訊聲。兩人各自查看了一下。

好吧，既然想去就去吧，尚大衛轉變態度說道，那我送妳過去。

他們上了他的公司座車。蕾貝卡告訴司機方才單齊傳來的地址，那是在西豪斯登街上。

在車上，尚大衛回發了封簡訊後，望著窗外一言不發。蕾貝卡歉疚地握著他的手，他只稍稍回握一下，就又鬆開了。蕾貝卡有點懊悔。搞得神祕兮兮，好像自己在偷情似的。這事有這麼急嗎？明天白天問就行了，何必趕現在呢？或著，回去問爸爸，不是更直接嗎？但她很肯定父親不會回答她，他根本不會談這件事。話說回來，搞不好單齊也不清楚來龍去脈，那她撒這謊豈不更無謂了？

在她胡思亂想之際，他們已駛到第五大道和第八街路口。她核對手機上的Google地圖，指示司機在麥克賓格街與西豪斯登街口放她下了車。蕾貝卡和尚大衛吻別，看他上了車，揮手目送他的賓士離去。

在車上，尚大衛要求司機讓他在東豪斯登街和第一大道路口下車，說他想散散步，放了司機下班。他在街頭踅了五分鐘，攔了台計程車，前往安娜的公寓。安娜是方才臨時以簡訊提議幽會的，而既然蕾貝卡也有約，尚大衛索性就回傳簡訊答應了。到時候，他盤算，甚至在安娜那兒過夜也無所謂。一個晚上接連和老闆、市長以及兩個女人會面，尚大衛心想，可真是充實呢。

在西豪斯登街上，蕾貝卡來到了單齊所給的地址，然而那裡哪有什麼酒吧，只有一間中餐館，玻璃櫥窗後頭吊著一隻隻燒鴨、油雞和一塊塊叉燒肉，店家招牌上頭用斗大的中文寫著「大滿福中菜」。一名瘦到皮包骨、看起來病懨懨的一名亞裔廚師正板著臉在櫥窗後頭的燒臘台剁著一隻鴨子。

蕾貝卡不禁懷疑單齊給錯地址了。她查看了中餐館的左右幾戶，仍舊未發現任何像酒吧的場所。中餐館位在一棟五層樓鑄鐵建築的一樓，二樓以上明顯是公寓住宅，有著分隔的大門出入口。蕾貝卡揣測，酒吧該不會是位在那扇大門後頭的區域，不過上前試著轉了下門把後，發現門是鎖住的，無法進去查證。正在傷神之際，一名穿著運動服、明顯是住戶的三十多歲男子步上大門前的台階，掏鑰匙開了門準備進入。蕾貝卡趕緊詢問。

「不好意思，請問這裡是不是有家叫Raw Essence的酒吧？」

男子轉過身，用憎惡的眼神瞅著蕾貝卡。

「又來一個！真是夠了！我們住在這兒就活該要每天被騷擾嗎？」

蕾貝卡聽不明白。「呃，我只是想請教——」

「滾遠一點！」男子罵了一句髒話後將門摔上。

蕾貝卡挫敗地退回人行道。她拿出手機，撥打單齊的號碼，卻被告知對方無法接聽。

「搞什麼呀？」蕾貝卡惱火了。

「妳是要找那家祕密酒吧嗎？」

蕾貝卡轉過身。中餐館的那名瘦乾巴廚師來到了人行道上，嘴裡叼著根菸，顯然是抽空檔休息片刻。

「喔對啊，」她急切應道。

燒臘師傅悠悠吐了口菸。

「進去大滿福，」他用懶洋洋的語調說道。「到裡頭找一座電話亭，進到裡面。在一座檯子上有一本黃頁電話簿，把它打開。裡頭有個紅色按鈕，按下去，然後等牆上的電話響起來後接聽，告訴對方妳要進去。」

蕾貝卡目瞪口呆。他是在尋我開心嗎？她心想。然而那名廚師看來是沒興趣尋任何人開心，只站在那兒表情漠然地繼續吞雲吐霧，不理會她了。

蕾貝卡沒有其他選擇了，只好試上一試。

她推門進入中餐館。

7

裡頭生意不錯，人聲鼎沸。她瞪大眼。眼前還真有一座電話亭，靠著餐廳的一面牆立在那兒。她剛剛在外頭怎麼沒注意到呢？

話說回來，她甚至不確定那是座電話亭。整座亭子都是用不透明的銀色金屬打造的，只在一側壁面上開了一扇小小的玻璃窗。由於前面擋著好幾個人，她看不見窗戶裡側有些什麼。不過，整間餐館裡也沒有其他看起來像電話亭的東西了，況且那亭子外頭已經有五個人排著隊，因此想必就是了。蕾貝卡也排了上去。不一會，她後頭已經又多了好幾個人，個個表情焦慮，急著想往前移動。

五分鐘過去了，她前面還剩兩個人。蕾貝卡注意到，目前進到電話亭裡頭的那三個人當中，只有一個是重新出來的，另外兩個則消失了。有小玻璃窗的那一側亭子壁面即是門。此刻，又有一位拉開那門進入了。蕾貝卡探著頭，在那人帶上門前的一瞬間瞥見了裡面牆上確實有具電話。

她等得有些不耐煩了，而她身後那一大票人——如今已有八個了——也煩躁起來，全都面露不耐。

「妳有預約嗎？」排在蕾貝卡身後一名纖細高個兒金髮女子問她，嘴裡嚼著口香糖。

「沒有，需要嗎？」

「沒有預約，妳進不去的啦，」金髮妹邊嚼邊宣稱。「既然如此，乾脆讓我們排妳前面，好嗎？」

蕾貝卡猶豫著。金髮妹的同伴，一個濃妝豔抹的黑髮妹，急切指著她的手錶補充，「他們預約保留的時間只有十分鐘，而我們的期限快過了。好啦，行行好吧妳。」

「喂，前面的，我有預約。讓我先排，好嗎？」隊伍後頭一名大個頭男子也發話了。

「我們也有預約，」那名高瘦金髮妹嗆他。

「哎喲，人家他今天生日耶！」大個兒的一名女伴指著他幫腔。「幫幫忙吧！」

出於在商場談判多年的直覺，蕾貝卡斷定那名濃妝黑髮妹和那個大個兒的女友都在撒謊。只不過為了進入一家夜店，蕾貝卡心想，嘴臉有必要那麼醜陋嗎？

她不讓。

她轉過身，等候已進入電話亭的前一順位客人結束，感受到身後射來眾多充滿敵意的目光。

透過亭門上的小小玻璃窗，她看見那最後一人的腦袋往左側移動了一下，跟著便消失了。蕾貝卡打開電話亭的門，走了進去。裡頭果真有一座檯子，上頭也確實有一本相當厚的黃頁電話簿。她試著去翻，結果很容易就打開了。那並不是真的黃頁，而是個盒子，裡頭一如那名廚師所描述的安置了一個紅色按鈕。蕾貝卡按了下去。

什麼事都沒發生。她等待著，忍受電話亭外頭那一群人大聲催促她動作快點。

蕾貝卡不耐地又按了按鈕兩遍。

牆上那具電話響了。蕾貝卡拿起話筒接聽。「喂？」

「喂，妳好，」一名女聲說道，接著用高高在上的拖長語調發問，「請問——我能怎麼幫妳呢？」

明知故問，妳幫我的方式就是把門打開呀！蕾貝卡在心裡咒罵。

「我想進去。」

「妳有預約嗎？」

「沒有。」

「沒有嗎？」

咿呀一聲，蕾貝卡左側的壁面現出暗門原形，自後方被拉開。一名女性領檯踏了出來，堵在門縫當中。

「讓我看看。沒有預約的話，得等上個——」領檯翻起一本冊子，裝模作樣。蕾貝卡確定她能夠不加思索報出等候時間。

「兩個小時，」領檯下了結論。

「什麼？」蕾貝卡探頭想查看酒吧裡頭。「裡面有那麼多人嗎？」

「抱歉。」領檯擋住她。「妳不能這樣賊頭賊腦的。」

「妳講話客氣點！我只是要——啊！」蕾貝卡看到救兵了。「嘿，趕快過來！」

單齊微笑從酒吧深處走出。

「沒關係，她跟我一起的，」他告訴領檯。對方於是很不情願地放了蕾貝卡通行。

蕾貝卡向單齊抱怨了方才的狼狽處境。他向她賠不是。「這裡收訊差，我手機應該因為這樣才接不到妳的來電。抱歉，我疏忽了，因為我自己常來，都忘了這地方對沒來過的人來說很難找。」

「難找還是其次。」蕾貝卡指出，「重點是那領檯自以為是的態度很不可取。這畢竟是服務業吧？」

單齊點頭同意。「我會跟經理反映。」

不過，妳現在總算也進來了，單齊說，就先放鬆好好玩一下吧。歡迎來到Raw Essence。

蕾貝卡靜下心來，觀察起周遭。他們置身於另一個世界：這家店中店的空間並不大，清水模與原木的裝潢樸實而俐落，除了吧檯外只擺了七、八張桌子。生意挺不錯，約有三分之一的客人因為沒位子得站著。小喇叭的樂音在屋內飄揚。曲子是〈My Funny Valentine〉，她猜想該是Chet Baker演奏的。

好神奇喔，蕾貝卡輕笑道，好像什麼神祕的會員制俱樂部。這是所謂的輕語式酒吧（Speakeasy），單齊介紹。輕語是什麼意思？她問。這種酒吧起源於禁酒令時代，他解釋，因為得偷偷摸摸營業，要求客人輕聲細語而命名。美國二十世紀初期的重要作家Dorothy Parker當年就常逛這一類輕語酒吧。到後來，禁酒令結束了，這種酒吧概念反倒繼續流傳下來。輕語酒吧的特色是低調，他詳加說明，位置隱蔽、門面不起眼，甚至沒有招牌，店面小但水準通常不差。

蕾貝卡這才有心思打量起單齊。下班時間的他打扮得要比穿制服有個性許多。從事服飾業的她忍不住和他聊了一下他的衣著：上身是一件合身的深藍Chambray布Kai D.襯衫，袖子捲起；下身是件靛藍小直筒牛仔褲，也是Kai D.，褲管捲到腳踝，襪子和皮帶都沒穿，配一雙靛藍色麂皮Sperry Top-Sider船型鞋。

蕾貝卡自己今晚穿得頗正式，因為要到蒙帕西俱樂部用餐的緣故。她上班時穿著套裝，下班時則直接在辦公室換上件從家裡帶去的一件白色絲質Summer Fan細肩帶禮服，搭配安娜送的那雙珊瑚粉紅細高跟鞋。

她略為懊惱地看了看自己腳下那雙鞋。剛拿到那天，她原本要和尚大衛分享一下，卻忘掉了。今晚她因此特地把它們穿上，滿心想讓她的男友欣賞一番，沒想到居然又忘了這事，而他也完全沒注意到她穿了新鞋。對尋常男人來說，忽略女友或妻子的新髮型、新衣、新鞋是通病，但馬托先生本身卻是對衣著打扮頗為挑剔的，這是不是代表他根本沒花心思在她身上呢？想到這兒，蕾貝卡眉頭不禁蹙了起來。

單齊反倒注意到她穿了那雙鞋。他向她提起上回她在Fan & Friends將它們秀給他看一事。蕾貝卡笑了出來，稍稍寬慰了些。

單齊為蕾貝卡介紹了酒吧經理傑森•艾肯，一位體格結實、蓄著工整山羊鬍、戴著金色方框眼鏡的非裔美人，年齡看來是與單齊相仿的三十出頭，斯文與幹練兼備。

我和傑森曾經是同事，單齊告訴蕾貝卡，Fan & Friends其實是我在紐約工作過的第二間酒吧，第一間就是Raw Essence，和傑森一起。

單齊向傑森提了方才蕾貝卡的不愉快經驗。酒吧經理馬上向她致歉，承諾會加強員工訓練。

他們和傑森寒暄片刻，接著來到吧檯的一端坐下。蕾貝卡眼尖，認出另一端的一位客人。「不會吧！你開什麼玩笑！」

那是范夏娃，而她也看到蕾貝卡了，冷冷瞧她一眼，在蕾貝卡正想和她禮貌性揮個手之際已又撇過頭，拉住經過的傑森，和他大聲聊了起來。

我老姊今天晚上設計圖趕出了個進度，過來放鬆一下，單齊說。別擔心，若妳不自在的話，我們不必跟她坐在一起。那就不要，蕾貝卡說，心想她可不打算晚上九點了再和夏娃戰個一回合。就算兩人不再吵，氣氛也肯定尷尬。

這裡的調酒水準挺不錯，單齊介紹。他自己要喝杯琴通寧，提議蕾貝卡也來一杯。她同意了。今晚的重點不是品酒，她只想快快切入正題。一等單齊點了酒，她便告訴他稍早的經過。

「很像我師父會做的事呢。」單齊喝了口剛送上的琴通寧。「玩興大發，逗弄妳爸。」

「他的舉止簡直像個高中生！」蕾貝卡翻了翻白眼，也喝了口她的琴通寧。

嗯，她思索一下，湊到單齊耳邊悄聲告訴他，我覺得你調的比較好喝呢。謝謝，單齊苦笑說道。為什麼？她問，琴通寧不是調酒師的基本功嗎？有時這牽扯到風格，他嘗了一口她那杯後，也湊到她耳邊低聲解釋，這杯我其實覺得不錯，只是因為使用的Boodles是藥草味偏重的琴酒，通寧水比例又壓得低，可能比較合男性口味。不過這裡不大適合談這些，對店家很不禮貌。

「好吧，總之我要問的是當年究竟發生了什麼事。」她突然明白兩人頭都貼到一塊了，有點難為情地抽回身。

「我大概曉得來龍去脈，不過有個人能夠講得比我更清楚。」

蕾貝卡順著他的手指望過去，看見吧檯另一端那個不知在喝第幾杯酒的女人。「喔不，」蕾貝卡呻吟一聲。「為什麼又把她扯進來？」但她仍同意了。

單齊領著蕾貝卡去找夏娃。他附在他姊耳邊，簡潔轉述了方才蕾貝卡所說的經過，並向她提出要求。夏娃答應了，儘管臉色有點難看。三人於是一塊換了位子，來到張空桌坐下。

蕾貝卡決定破冰。

「這個，早上我話說得重了些，不好意——」

「不用把人羞辱了再來摸頭。我不吃這套。」

「妳這個老——」

蕾貝卡忍住了。

夏娃瞪著她，等著她說下去。

放輕鬆，女士們，單齊笑道，妳們工作壓力都太大了。嘿傑森，幫我們加點水，好嗎？謝謝。放鬆吧，他又安撫她們道，酒吧是讓人和解，不是吵架用的。騙誰啊？蕾貝卡回道，紐約到處都是醉鬼在酒吧打架。今晚不會、這裡不會，單齊哈哈笑道。為什麼？她問。因為現在是故事時間啊，沒空打架，他答，微笑轉頭望向他姊。我們想聽妳說故事呢，老姊。

單齊一派從容的態度讓氣氛緩和了不少。

夏娃看了看她弟，目光又移向蕾貝卡，冷冷衝她挑了眉示意。蕾貝卡知道對方什麼意思。

「拜託妳，」蕾貝卡有點勉強地說了。

夏娃臉色好了些。

這麼閒，大小姐，居然玩起偵探遊戲？夏娃冷冷問道。我很好奇，蕾貝卡說，而若妳能告訴我當年的經過，我會很感謝。路易斯什麼都沒跟妳說過嗎？夏娃問。我連我爸會調酒這件事都是今晚才知道的，蕾貝卡說。他當然會調酒啊，夏娃冷笑說道，他可是幹過調酒師呢。

「什麼？」

「雖然時間不長，但的確是個專家。那是在他讀大學的時候。」

我爸從未提過這些，蕾貝卡目瞪口呆說道。那麼妳老爹有跟妳提過他和奧斯卡原本是好友嗎？夏娃問。沒有，蕾貝卡答。不過，這點倒不那麼令她意外。這兩個男人今晚的互動明顯透露出他們之間的熟稔。他們原先是的，夏娃繼續說，但為了某個女人撕破臉。

蕾貝卡一聽這句就明白了，卻反應不過來，呆望了夏娃半晌。

接著，她長長呻吟一聲，喔天哪，抱頭趴到桌上。喝點水吧，單齊好心遞給她。她搖頭，喔天哪，喔天哪天哪天哪。喝點酒吧，夏娃遞給她。蕾貝卡接過她自己那杯喝到一半的琴通寧，咕嘟咕嘟將剩下的喝乾。

她身後的擴音器靜默幾秒，接著播放起新的曲子。那是Chick Corea帶團演奏〈La Fiesta〉。

「三十年前，奧斯卡・龐特在倫敦的餐飲事業已經小有成就，」夏娃開始說故事。「而他的興趣是打拳擊，不但是個好手，還打業餘賽。有一回，他來到紐約比賽，就這樣認識妳老爹。」

「我爸跑去看拳賽？」

「妳爸是奧斯卡當時的比賽對手。那場比賽，奧斯卡小勝，但他們倆不打不相識，結為好友，之後每當奧斯卡來紐約時便會相約一塊練拳。」

蕾貝卡相當吃驚。他們家中有個設備齊全的健身房，當中吊著個沙包。她三不五時是會看見父親對著沙包練拳，但他年輕時居然狂熱到上場比賽，這他從未提過，也是她想不到的。

「這段我稍微曉得，」單齊接道。「他們原本只是拳友，但很快就發現彼此都有調酒師背景，相當興奮，還切磋了一下。」

「就那時比的？」

「那時只是一起研究，」夏娃接回去說。「真的比賽是在一年之後。而在這期間奧斯卡已經來過紐約好幾次，因為他在倫敦的餐飲事業越做越大，便逐步擴展到大蘋果來。先是考察市場，最後在這裡也開了店。」

「所以他們在比了拳擊一年後又比調酒。那他們參加的是什麼調酒比賽？誰主辦的？」

「沒有主辦人，那就只是他們倆之間的競賽。」

「沒事幹嘛要競賽？」

「自然是為了某種原因得分個勝負啊，」夏娃不耐回道。

蕾貝卡瞧著夏娃，想到她剛給的線索。

「他們倆曾為了某個女人撕破臉，妳剛告訴過我。至於這女人是誰，我們都很清楚。嗯，那麼讓我猜一下，他們比這調酒該不會是為了妳吧，是嗎？」

「我姊是裁判，」單齊證實。

我還要酒，蕾貝卡說。情緒不佳時不該灌酒喔，夏娃冷笑說道。難道妳想要下場跟我一樣嗎？隨便啦！蕾貝卡大叫，給我酒，酒精，烈一點的！妳要喝他們當年比賽的酒款嗎？單齊問。是什麼？無所謂！來！蕾貝卡喊道。老姊妳要一杯嗎？單齊問。就來吧，夏娃面無表情答道。單齊點點頭，向上前招呼的侍者吩咐。

「三杯曼哈頓（Manhattan）。」

8

「曼哈頓？」蕾貝卡皺眉沉吟。

「曼哈頓在經典調酒裡有舉足輕重的地位。它象徵了苦艾酒的普及化。它的基本配方是裸麥威士忌加上甜苦艾酒，也可用波本或是加拿大威士忌——」

「拜託你，現在不是講課的時候！」蕾貝卡打斷單齊。「為什麼要為了夏娃比調酒？」

他們兩個當時都在討我老姊的歡心，單齊解釋，而她下不了決心，於是他們覺得非得以男人的方式比個高下不可，輸的就退出。哪有人用雞尾酒來搶女人的？蕾貝卡啼笑皆非。他們倆不是打拳擊的嗎？她問，幹嘛不上拳擊場呢？

「因為妳爸之前已經輸過一回啦，」夏娃說。

「那又如何？他才不是個被擊倒一次就爬不起來的男人。他可是路易斯・麥克法登耶，曼哈頓的精品業巨人呢！」

其實他們倆原本的確有考慮比武，但被我否決了，夏娃淡淡說道。妳到底覺得我有多膚淺，真的會允許兩個男人為了我打架？蕾貝卡語塞。夏娃接著說，雖然我阻止他們戴上拳套，但這兩隻小公雞說什麼都還是要分個勝負。最後是路易斯自己提議用雞尾酒來對決，這主意聽起來就沒有肋骨斷掉的風險，我也就任由他們去了。

蕾貝卡閉上眼，揉著太陽穴。她稍早在前來的路上的確期待聽到好戲，可沒想到這麼荒唐。

這時，侍者將三杯曼哈頓端上了。蕾貝卡伸手取酒。單齊不知是白目還是存心逗她，居然還叮嚀得拿杯腳別拿杯身。她低吼一聲，克制住將酒潑到他臉上的衝動。

「有糖漬梅子和焦糖的香味，」她冷靜下來，喝了一口後分析。

「那是Maker's Mark的特色，」單齊解釋。「就是這裡的調酒師所選用的波本威士忌。」

「也有一絲苦味。」

「那主要來自苦精，當然波本和苦艾酒本身也是微苦的。」

「真有意思。好吧，回到三十年前，為什麼是曼哈頓呢？」

路易斯之所以提議比曼哈頓，夏娃繼續講述，不只因為那是他最得意的雞尾酒之一，也因為酒名本身的象徵。象徵？蕾貝卡只稍稍思索便明白過來，因為曼哈頓是我爸的地盤！他已經在拳擊場上輸給奧斯卡這個倫敦佬一次，夏娃點頭證實，不想連家鄉的尊嚴都輸掉。

然後呢？蕾貝卡追問，誰贏了？在舉杯品嘗之前，夏娃說，我便在考慮有哪些選項。很明顯我不能宣判平手，否則這兩個腎上腺素過剩的傢伙一定又會跑回拳擊場上。所以重點不是誰調的雞尾酒比較好喝，而是妳希望誰贏？蕾貝卡問。根本就是政治決定嘛，她嚷著。這種扯進私人恩怨的比賽，單齊苦笑說明，往往都是以政治決定收場。勝負勢必得分出的，夏娃總結，而我得考慮誰勝誰負所帶來的後果。蕾貝卡緩緩點頭，思索這番話。

「在兩杯都喝了之後，我宣布路易斯勝利。」

「不愧是我老爸！」

但事情沒有了結，夏娃說，因為奧斯卡不服輸。酒吧幹架嗎？蕾貝卡問。不是，夏娃說，奧斯卡笑著拍起手，上前和路易斯握手恭喜他，然後把我拉過去，把我和路易斯的手疊在一塊，要我看著路易斯的眼睛，重申他調的酒比較好喝。那麼妳有照做嗎？蕾貝卡問。當然沒有，夏娃說，那很蠢哪，我就把手抽開了，告訴奧斯卡我決定已經下了，也宣布了，沒必要再重複。然後呢？蕾貝卡問。妳爸瞪著我，夏娃說，很生氣。幹啥生氣？蕾貝卡蹙眉。等等，我懂了。天啊——

「因為路易斯明白了，夏娃在宣判時言不由衷，」單齊點破。

蕾貝卡望著單齊，又望向夏娃。

「妳比較喜歡奧斯卡的雞尾酒——不對，妳比較喜歡奧斯卡！」

夏娃並未正面回應，只繼續說故事。路易斯什麼話都沒說，她追憶，他就這樣瞪著我，而我則不敢正視他那挫敗惱怒的眼神。我爸很好面子的，蕾貝卡說，也許妳當時說謊是善意，但對他來說那肯定是天大的侮辱，更不用說比輸本身就夠讓人嘔的了。可想而知，那真是傷口上撒鹽。我們三人沉默站在那兒好半天，夏娃繼續說，最後路易斯先走出酒吧，接著奧斯卡拍了拍我的肩膀，要我保重，也出去了，留下我，獨自在吧檯坐了許久才離開。

蕾貝卡沉默半晌。

「好爛的結局，」她總結。

夏娃苦笑。

「真的！真的好爛！」蕾貝卡忍不住嚷道。「兩個男人都跑了，丟下妳一個人孤伶伶在那兒。那從頭到尾，這場對決有什麼意義呢？調了曼哈頓那麼經典的雞尾酒有什麼意義呢？妳煞費苦心所下的政治決定又有什麼意義呢？」

「真是多謝，」夏娃喝了口曼哈頓道。「我生命中這段重要的回憶被妳說成一文不值了。」

「妳為什麼要說謊？」蕾貝卡問。

「我必須澄清，我不認為我那是說謊，而是做了一個我不確定的選擇，所以顯得心虛，而他們兩個都看出來了。其實，我真的到了最後一刻都拿不定主意。奧斯卡的確比較吸引我，但也就稍微多那麼一點而已。妳老爸當年是有他的魅力的。他有溫柔的一面，並不像現在這麼冷酷。另一方面，奧斯卡有個大問題。他是個花花公子，就像我和單齊的老爸一樣。以常理來看，像路易斯這種穩重型的應該是安全牌吧。那真是一念之間的抉擇，而我咬著牙選下去了。哪知道，才選完不到三分鐘，我跟兩個男人就都玩完了。」

「原本可是兩個都等著妳挑的耶。」蕾貝卡為夏娃感到懊惱。「好可惜。」

「如果那麼輕易就玩完的話，」單齊說，「其實也不可惜。」

「也許，我已經隱隱約約知道，跟哪一個都不會有結果吧，」夏娃悠悠說道。「所以才會同意這整場愚蠢的對決。實在也沒什麼好怨的。」

「等等，那兩杯曼哈頓，」蕾貝卡想到。「單就滋味來說，妳到底是喜歡哪杯？」

「說老實話，那兩杯雖然風格不同，但真的都好喝，不相上下。」

「所以到頭來就回歸政治決定了，」蕾貝卡接道。「可悲呀。」

夏娃淡淡一笑，只喝酒不答話。

蕾貝卡沉默半晌，接著感謝夏娃告訴她這段過往，悠悠舉起她那杯曼哈頓，啜了一口。

「話說回來，今晚我們來到這兒，而妳問起這段過去，實在挺巧呢，」單齊說。

「巧什麼？他們當年正好是這一天比賽嗎？」

「不是，那是九月的事，」夏娃說。「巧的不是時間。」

「不是時間？」蕾貝卡蹙眉，繼而明白過來，瞪大眼環視四周，「不會吧？」

單齊喝了口他的曼哈頓，隔了幾秒才開口。

「這裡就是當年他們比賽的地方。」

第四章　麥克法登家的餐桌

1

第二天早晨六點按掉鬧鐘後，蕾貝卡從床上坐起來第一個念頭是，昨夜到底怎麼一回事？

她搔了搔頭，先下床把被子鋪整齊了——從她五歲開始，父親便堅持她起床第一件事先整理床鋪，儘管那時她小手小腳的只能夠跟在母親身旁幫忙拉拉被角。邊鋪床，她邊回想從夏娃與單齊口中聽到的那段父親的往事，只覺得比昨晚聽起來還更匪夷所思。

早餐桌上，父女倆之間的氣氛有點詭譎。

多年來，麥克法登家的規矩都是六點半全家共進早飯。原本林紡蓉在世時，氣氛總是和樂融融。她簡直像從電影《超完美嬌妻》躍出的角色，穿一襲Carolina Herrera或Summer Fan的洋裝，優雅美麗，笑嘻嘻抓抓蕾貝卡的頭髮、幫正在閱讀《華爾街日報》的路易斯按摩肩膀、招呼他倆吃東西、倒牛奶、拿麵包抹牛油或果醬、客氣地吩咐管家約蘭達換第二壺咖啡，並努力找話題讓大家交談。

自從八年前她病逝後，只剩兩人的餐桌便安靜許多。當蕾貝卡心情好時，她會試著扮演乖女兒的角色，學母親那樣開啟話題，但對話總無法維持太長。很明顯的，她無法替代母親。若碰上今天這種兩人都心事重重的日子時，那互動更少。

路易斯似乎知道女兒有一連串問題等著他，完全無視她欲言又止的模樣。他的表情冷靜得有點過頭，像正蓄勢待發。他眼睛盯著報紙新聞標題，嘴巴嚼著抹了橘子果醬、烤得恰好的金黃色吐司麵包，不時啜一口熱氣蒸騰的哥倫比亞黑咖啡。一股山雨欲來的態勢在餐桌上空彌漫。

這太可笑了，蕾貝卡心想，我們可是父女耶！

她鼓起勇氣。「爸，關於昨天晚上——」

「別問。」

馬上被擊落。

「我不想談，」路易斯補上一句，瞧都沒瞧他女兒，繼續用銳利的目光掃著報紙。

「你總不能連聽都不——」

「我當然可以。」他唰一聲放下報紙，凌厲的目光射向蕾貝卡，低沉的語調堅如磐石。「妳不就是要問我和奧斯卡‧龐特比賽調酒的那段過去嗎？那是我年輕時的事，在妳出生老早之前，甚至在我認識妳母親之前，所以與妳無關。那是我的隱私，而我不想討論。」

啪一聲，他將報紙抖直，啜了口咖啡，繼續讀起新聞。

「遵命，長官，」蕾貝卡只回了這句，深呼吸一下，重新拉椅挺直腰坐好，帶著尊嚴退下戰場。

她默默將自己盤裡的荷包蛋吃掉，搭配一大杯現榨柳橙汁，又吃了一個抹了少量奶油、烤得半焦的藍莓貝果，末了再將一杯濃濃的熱咖啡沖下肚。她將自己的餐具收拾了——和鋪床一樣自小訓練的——送進廚房，交給約蘭達。

「一比〇。」紅色鬈髮的中年圓胖波多黎各管家衝蕾貝卡揚了揚眉，接過她的餐具。她已在麥克法登公館工作十七年，對這裡的連續劇瞭若指掌。

「我會在週末前讓他說出來的，」蕾貝卡壓低嗓門放話。「一五一十。」

「沒錯，戰鬥到底。」約蘭達握拳向她揮了揮。「發揮你們麥克法登家的精神！」

「祝妳有美好的一天，約蘭達。」蕾貝卡拍了拍管家的肩膀，出了廚房。她速速刷了牙，用平板電腦讀了會兒網路版的《華爾街日報》。七點半時，她來到父親書房。

「公司見了。」她盡責地在爸爸臉頰上親了一下，而已經看完《華爾街日報》並接著讀起《紐約時報》的他只點頭咕噥了一聲做為回應。蕾貝卡拿起她的白色Isabella Rillini托特包，準備坐計程車上班去。她的階級尚不足以配公司車，而她雖然自己有台開了三年的福特——路易斯並未比照一般富裕家庭購買奢華車款給女兒，連這一台都只幫她付了頭期款而已——但尖峰時間在曼哈頓開車實在累人。她也無法忍受和麥克法登總裁坐他的賓利座車（他還有另一台加長型Lincoln，但只有在出席較正式場合才坐）一同前往麥克法登大樓，那會令她窒息。她和一家計程車公司簽了長期接送，如此一來每天早上在上班途中她便能好好調整心情，進入工作模式。

喔對了，路易斯將她叫住，你們今天不是要開會嗎，和奧斯卡・龐特？是啊，她答道，十點在三號會議室。改變地點吧，路易斯說，別在公司舉行，在酒吧就行了。酒吧？你是指Fan & Friends？蕾貝卡不解，為什麼在那裡？若有任何營運上的問題，在現場談一定更清楚啊，路易斯說。但是我已經通知單齊和其他人開會地點在公司了，蕾貝卡蹙眉說。

「跟他們改不就行了。」

麥克法登總裁的口氣並非在跟她商量。

「我曉得了，我會通知他們。」

2

所以會就在酒吧開了。

蕾貝卡在上班途中便以簡訊通知了與會人員開會地點變更一事。她先進公司開了其他兩個會，才前往Summer Fan旗艦店。天氣熱得不像話，她確定溫度飆破了華氏一百度，偏偏她搭的那輛計程車冷氣又壞了。當她走進Fan & Friends時，整件白色上衣都溼了。單齊已經到了，而尚大衛晚她兩分鐘後也趕到。奧斯卡和夏娃則一同抵達，遲到將近二十分鐘。蕾貝卡注意到奧斯卡的穿著和昨日完全相同。

她回想昨晚在他們三人喝完要離開Raw Essence時，她聽見夏娃醉醺醺打電話給奧斯卡，找他續攤。

而他今早和夏娃又是一道前來，蕾貝卡心想，所以也許他是在她那兒過夜囉？或是反過來？那麼他們兩人現在是在交往嗎，她又想，在三十年前那一段三角戀沒有任何結果之後？但此刻真的不是關心別人感情生活的時候。蕾貝卡強迫自己將這些雜念拋到腦後，專心準備會議。

眾人在中央落地窗前的沙發區坐下，喝著單齊沖的可口咖啡。

「是麥屁下令更改會議地點的吧？」奧斯卡哈哈大笑道。「他不想讓我踏進他公司，因為他認為昨晚我在市長夫婦面前讓他難堪，惱羞成怒了！」

蕾貝卡私底下其實也這樣想，但聽到奧斯卡在大家面前這樣赤裸裸說出口仍舊頗難為情。她趕緊將這話題帶過，切入會議主題。今日的主角是奧斯卡和尚大衛，而會談出乎她意料的順利。關於領檯的議題，奧斯卡完全同意尚大衛採用年輕辣妹的主張。至於其他的事項，尚大衛拚命在小地方一一找碴，但奧斯卡都巧妙地見招拆招。

「那麼就這樣吧，」尚大衛‧馬托不情願地總結。「雙方在這些文件上簽字，試營運就在兩週後的週五開始。」

簽完字後，奧斯卡提議大家喝一杯慶祝。

尚大衛拒絕了，說我還有別的事要忙。那麼急幹嘛？法國人不是很懂生活情調的嗎？奧斯卡揶揄。是沒錯，不過我們喝酒也會挑伴，尚大衛冷冷嗆道，而龐特先生您恐怕和我的生活情調並不太搭。不好意思，蕾貝卡在尚大衛離去後趕忙打圓場，他講話有時不大得體，工作壓力大的關係。沒關係，奧斯卡不以為意地笑道，我已習慣和抗壓性差、自信不足的鬈髮渾蛋打交道了——話說回來，妳不用趕回去工作嗎？

我上午沒什麼行程了，喝一杯無妨，蕾貝卡說。會議比她預期的要早許多開完，有一大段空檔。她意識到自己已習於在大白天飲酒，有點不安，但又有解放的感覺。好女孩！奧斯卡大笑道，那麼單齊，天氣熱，就調「那個」吧，我們夏天聚會時必喝的！「那個」是哪個？蕾貝卡問，隨同夏娃和奧斯卡坐到吧檯前，單齊則移到吧檯後。

「莫西托（Mojito），」夏娃代兩位男士回答。

喔，我喝過，蕾貝卡回想道，出去跑趴時常見到這款。有薄荷，對不對？是的，單齊答道，取了瓶白色Bacardi，置於吧檯上。記得我說過戴克利是海明威愛喝的雞尾酒嗎？單齊說明，這一款也是海明威所喜愛的。哎呀，我現在已經清楚你的手法啦，蕾貝卡取笑他，就是要扯到大文豪才有學問嘛！奧斯卡聽了放聲大笑。蕾貝卡取過酒瓶端詳。蘭姆酒，她說，所以你要用這個調莫西托？我將會做三種不同的版本，他說，又取了兩支不同的蘭姆酒。

單齊將三杯莫西托的材料一塊備妥。第一杯用的是白色Bacardi、薄荷葉、萊姆汁和糖漿。他將六片薄荷葉、二十五毫升的萊姆汁以及二十毫升的糖漿加進高球杯，用搗杵輕輕壓了幾下。薄荷的清新香氣馬上釋出。他接著倒入五十毫升的蘭姆酒，加進碎冰，稍微攪拌一下，在上頭插了一株薄荷葉做為杯飾，最後插進吸管。在這過程當中，他也同步調製了其餘兩杯莫西托。

「請用。」他將三杯莫西托端到三人面前。

「這薄荷香氣好清新。」蕾貝卡嗅著。「所以這三杯莫西托有什麼不同呢？」

「用的蘭姆酒不同，」單齊解釋。「分別是白色、金色和黑色的。妳這杯用的Bacardi Carta Blanca屬於白色，是最普遍的種類。特色是口感純淨，很適合拿來調製像莫西托這類清爽的雞尾酒。」

「好喝！」蕾貝卡喝了一大口。「薄荷和蘭姆酒真是絕配！大熱天消暑解渴，難怪海明威愛喝！那麼奧斯卡那杯用的是哪種蘭姆酒？」

「Zacapa 23，」奧斯卡介紹。「這是陳年的金色蘭姆酒，顏色來自陳放的木桶，香氣也受木桶影響，口感比白色的甜而且厚重，調出來的莫西托也比較厚實。」

他遞過他的酒杯讓她嘗了一口。

「確實比較甜，焦糖香味很明顯。」蕾貝卡用她那敏銳的舌頭辨味。「好像有梅子和水果乾的味道。」

單齊點點頭。「Zacapa用了五種不同的木桶陳放，滋味豐富。」

「妳再試試這個。」夏娃也將她那杯推到蕾貝卡面前。

「這杯味道又更重了，」她嘗了嘗後評論。

「我姊這杯用的是Gosling´s Black Seal。」單齊取了Gosling´s的酒瓶給蕾貝卡看。「這就是黑色蘭姆酒，發酵的時間更長，口味因此也更濃厚。」

「香氣馥郁。」蕾貝卡打開Gosling´s的瓶蓋嗅著。「咖啡、番茄……還有一種藥草味是什麼？」

「應該是小茴香，」奧斯卡解答。

「我調夏娃這杯的做法稍有不同，」單齊透露。「因為她很喜歡Gosling´s的濃郁香氣，我攪拌完後又特別再加了點蘭姆酒，讓它浮在碎冰上頭，香氣就更持久。」

「重口味的女孩！」奧斯卡低吼，和夏娃相視而笑，舉杯乾了一下。應該是重量級酒鬼吧，蕾貝卡在一旁乾笑，心想。

他們喝喝聊聊了一刻鐘。奧斯卡肚子餓了，說我早餐只用了杯血腥瑪麗和一個牛角麵包呢。夏娃於是提議到Curry My My吃午飯，那是奧斯卡在肉品包裝區開設的印度餐廳。城裡最好的印度菜！奧斯卡老王賣瓜一番，《紐約時報》給了它兩顆星喔！

不過單齊婉拒了。我要去獸醫那邊接馬丁尼，他解釋。牠怎麼了？蕾貝卡問。感冒了，他說，昨天送去打針。蕾貝卡得知他的獸醫診所位在東六十四街上，靠近第三大道。雖然先到那兒再回她公司要稍微繞一下路，但並不算太麻煩，便提議載他一程。

「你和你姊親嗎？」在計程車上，她隨口問道。

「還算不錯，」他說。「我們聚少離多，年齡又差一大截，不過總有不少話可聊。」

「但我看你和奧斯卡感情似乎還更好。」

他笑了出來。奧斯卡非常照顧我，單齊說，對我來說是個兄長。何止兄長，簡直像是你爸，蕾貝卡說。單齊聽了又笑。也許吧，他承認，我從小和媽媽長大，和親生爸爸相處較少，也許奧斯卡填補了這塊空缺。老爸在香港和倫敦兩邊住，單齊繼續說，我大概一兩年見上一次。他不是個好父親？蕾貝卡問。就比較忙自己的事，單齊含蓄地說，身為一個大師級藝術家，他行程很滿。那麼你會怨恨你爸嗎？話一出口，蕾貝卡又覺得問得太露骨了，不過單齊並不在意。倒不會，他說，就大家各過各的，這方面要感謝我媽，自小就把我訓練得很獨立。我的母親年輕時有段時間住在香港，和我父親相識並談起戀愛，懷孕三個月時發現他到處風流，便毅然決然離開，回台北我的外祖父母家待產。她讓我保留了父親的姓氏，認為這樣對我比較方便，而替我取的中文名字則反映出了她的價值觀。蕾貝卡這部分聽不明白——她的中文算是流利，但遇到艱深的用法有時仍轉不過來，何況他們一直都用英文對談。什麼價值觀？她問。

「一個人也能過得很好。」

3

他們抵達獸醫診所。蕾貝卡決定探望一下馬丁尼，等會再回公司，便把計程車放了。他們接了貓咪。牠看起來沒什麼大礙，只是虛弱了些，在蕾貝卡懷裡還算安分，懶洋洋瞧著周遭喧鬧的大街，偶爾有救護車或三兩結伴大聲聊天的路人經過時，才有氣無力轉過頭一探究竟。她提議他們吃頓簡餐。

「轉角有家咖啡館，走兩分鐘就到了，有很棒的帕尼尼波浪烤三明治和濃縮咖啡。我請你。」

他們來到第二大道，蕾貝卡懷裡抱著貓兒，單齊提著籠子。咖啡館生意挺好，他們在外頭排了十分鐘才等到位子。單齊將馬丁尼放進提籠內，置於一張椅子上頭。蕾貝卡決定來份雞肉波浪烤三明治、氣泡水以及濃縮咖啡。單齊點了和她一樣的。

好大一個三明治！我吃得很多，對不對？蕾貝卡拿起三明治笑問，豪邁咬下一大口。還好啦，有食慾是好事，單齊邊吃邊評論，不過想想妳在時尚界工作，飲食能這樣健康不容易。要以時尚界標準來看，我食量就跟豬一樣！蕾貝卡說，笑得更開懷了。在公司自助餐廳用餐時，許多女同事看到我的餐盤，都嚇得花容失色，不過我不碰宵夜，每週健身三次，所以身材還不至於走樣。妳爸應該也不准妳胡亂節食吧，單齊說，他應該管教嚴格。我看起來像接受嚴格管教長大的嗎？蕾貝卡問。單齊聽了失笑。這麼明顯嗎？蕾貝卡苦笑問道。好吧，你是對的，我從小餐盤裡就不准有剩菜，紅蘿蔔、綠花椰菜、青椒，給什麼吃什麼。我媽還會燉苦瓜湯，那是我爸的最愛，他很喜歡中菜，但是天哪，苦瓜對小孩子來說真是可怕！我每回都痛苦地在晚餐桌耗上一個小時，沒喝完面前那碗湯不准離席。

「好嚴格喔。」

「麥克法登家的餐桌可是個斯巴達訓練場呢。」

他們邊吃邊聊。為什麼給貓咪取這名字？蕾貝卡問，望向籠中打起盹的馬丁尼。很簡單的原因，單齊說，牠的名字就代表了牠所喜愛的。蕾貝卡愣了兩秒。不會吧！她驚呼。牠是六個月大時朋友送的，單齊說，一歲多的時候，有天我心血來潮，在牠水盆裡倒了一點調好的馬丁尼，沒想到這隻貓仔居然三兩口將酒舔得精光，而且還抬頭喵喵叫，好像在要求再來一點。於是我又倒了一些，牠一下子又喝光，接著端坐在那兒一動也不動，隔一會轉身想要跳上旁邊一張椅子，結果卻搖搖晃晃跳不起來，踉蹌走了幾步之後癱軟在地，呼呼大睡一個小時。從那之後，我就以這款酒醉初體驗的雞尾酒為牠命名。蕾貝卡大笑。你怎麼那麼可愛呀！她對籠子裡睡得很香的貓咪說。測試了幾回之後，單齊說，我不禁猜想這隻貓兒該不會真的懂得分辨雞尾酒的好壞，因為牠所喜歡的往往是調得成功的。不過酒量倒始終沒練起來，單齊又說，每回喝完就倒在地上睡得不省人事。

「你真是隻好命的貓，」蕾貝卡對馬丁尼說。

牠似乎沒有要反駁的意思。

4

午餐吃得很愉快，蕾貝卡幾乎忘了時間。她趕在一點五十五分回到麥克法登大樓，準備參加下午的會議。她進了一台空的電梯。門正要關上，又有人擠了進來。那是尚大衛。

「嗨！」蕾貝卡見到她男友有點驚喜。

尚大衛看到她卻毫無欣喜之色，只微微頷首。「日安，麥克法登小姐。」

蕾貝卡挨到他身旁，壓低嗓門說，「放心，沒有別人在，你可以叫我書書。」

尚大衛無動於衷。

「喔，你身上有菸味。」蕾貝卡嗅著。「你跑到外頭抽菸，對不對？壞孩子，你說過要少抽的。」

但尚大衛仍陰沉著一張臉。

「怎麼了，大大？」蕾貝卡喚著她男友的小名，送上個溫暖微笑。「你看起來很不開心，發生了什麼事？」

「我很忙。」尚大衛趁電梯門一開便邁步。「妳應該也是吧？幹活去吧。」

蕾貝卡錯愕望著她男友離去。

下午，她奮力戰鬥。她開了一個會，巡視了兩間Summer Fan的店面，又開了另一個會，審完一疊厚達一吋的帳單和報表。六點二十分，她將所有事都忙完，決定下班。她不想再像從前那樣加班了，沒意義，就連偉大的麥克法登總裁也不會在辦公室待到超過六點半。她要將部分工作授權出去，不再把自己逼得那麼緊。至於下班後的時間，即便尚大衛沒空陪她，她也要自己找事忙。她悠哉離開辦公室，前往她男友的樓層。

他仍舊沒精打采的。蕾貝卡正色問他究竟怎麼一回事，尚大衛終於回答了，說我覺得很累。為什麼累呢？她耐心追問。工作倦怠吧，他說，那個加勒比海餐廳的案子卡住了。市政廳把我們送審的設計圖打回來，說不合消防法規。地權也突然出現爭議，旁邊的一間育幼院跑來聲稱建地有一小部分屬於他們，弄不好可能要打官司。還有資金，有兩家銀行反悔，不願意貸款給我們了。

「資金方面，不是說有個大金主要投資嗎？叫什麼來著，歐伊希滷豬？」

本日頭一回，尚大衛抬起頭正眼瞧她。蕾貝卡不解地回望。

「歐伊沙魯夫小——先生。」他避開女友的視線，儘可能讓音調沉穩。「這位先生呢，他現在態度也有點動搖，所以我還在努力和他溝通當中。」

「可憐的大大。」蕾貝卡同情地上前替尚大衛按摩肩膀。「你只是壓力太大了。放輕鬆，你處理過比這些還更麻煩的問題。」

尚大衛吁了口氣。

「巴黎那邊也有事情，」他稍微放鬆，繼續說。「我媽今天又寫了電郵來，要我考慮回法國和我堂妹合開餐廳。」

「你有在考慮嗎？」蕾貝卡若無其事問道，暗自卻祈禱尚大衛拒絕。她可不想談遠距離戀愛。

「是有，」尚大衛說。「我加入麥克法登集團好幾年了，也已經幹出一點成績。如果想自立門戶，現在是不錯的時機。」

「你想重振你爸的名聲。」

尚大衛的父親吉勇・馬托曾是位世界名廚，開了許多家頗受好評的餐廳，後來卻因心臟病驟逝。措手不及之下，他母親被迫將這些餐廳收掉了大部分。多年來，尚大衛證明了自己在餐飲管理方面的能耐，不過廚藝只有業餘水準。他叔叔的女兒反倒被認為承繼了馬托家的烹飪天分，自高中畢業後便在法國多家米其林星級餐廳的廚房歷練。近來，她自認可以獨當一面了，於是邀尚大衛合作。他的母親和叔叔對此樂觀其成。他們一直希望這對堂兄妹能攜手重現馬托家在料理界的榮耀。

尚大衛沉默半晌，站起身，握住蕾貝卡的手。我當然想，他說，但我捨不得離開妳啊，書書。蕾貝卡感動得叫了一聲，頭埋到尚大衛肩上。

他撫著她的頭髮，心裡一片冰冷。他只是機械式地說該說的話、做該做的動作而已，根本沒有心思去想巴黎或遠離書書的事。佔據他心頭的是另一個麻煩，安娜。她又在不該打電話的時間打來給他，那是下午他在總裁辦公室向麥克法登先生報告加勒比海餐廳的大麻煩之時。情急之下，他將她電話直接切掉，等到四十分鐘後開完會躲到人行道上抽菸時才回電給她，結果當然是大吵一架。緊接著，當他忿忿將菸蒂扔掉走進電梯遇見蕾貝卡時，自然沒有好臉色。但，這些當然不能跟他女友提。

好吧，書書，尚大衛虛與委蛇親了下蕾貝卡的唇說，也不早了，我們下班吧。我們去吃咖哩好不好？蕾貝卡問，想起中午錯過的大餐，你去過Curry My My嗎？那是全肉品包裝區最夯的印度料理——抱歉，親愛的書書，尚大衛打斷她，我很累了，沒力氣在外頭吃。他祭出他的迷人微笑和輕柔語調，輕撫她的秀髮說，我們在路上買點外帶的中菜就好了，然後我就送妳回家，好嗎？「我很抱歉，我的愛，找別的時間我們再去吃印度菜吧。今晚我想早點休息。」

他得趕去安娜那裡安撫她才行。

5

但尚大衛到頭來並未安撫到安娜。當他送蕾貝卡到家後打給他的偷情對象時，她冷冷告訴他不必費心了，她今晚沒空。

「妳在哪兒？」尚大衛聽到電話那頭傳來音樂聲。那是法蘭克・辛納屈嗎？他心想。

「在外頭。」安娜懶得理他，講兩句便結束對話，並將手機轉為靜音。

「想喝點什麼？」

安娜注視著吧檯另一側的單齊。

「不好意思打擾了。我知道這裡還沒正式開張。」

「沒關係，就當作幫我試味道。」

「謝謝。那麼請給我一杯瑪格麗塔吧。」

單齊取出Herradura Blanco 46龍舌蘭和Combier Triple Sec橙酒，擺到吧檯上。他又取了個冰鎮的雞尾酒杯和萊姆片，將杯口在萊姆片上抹了一圈，沾上鹽，做成鹽口杯。他倒了四十五毫升的龍舌蘭進雪克杯，又倒了十毫升的橙酒和十五毫升的萊姆汁，加入冰塊，套上杯蓋，迅速搖撞了三十次。

他將瑪格麗塔推到安娜面前。「請用。」

「你應該常聽到女客人坐在你面前抱怨男人吧？」她啜了一口後問道。

「家常便飯，不過我也常聽到男客人跟我抱怨女人。」

「抱怨是種很消極的行為，不是嗎？」

「適可而止的話倒還好。人總要抒發情緒的。」

「可是來酒吧喝酒本身就已經是抒發情緒了，」她又喝口瑪格麗塔後說道。「坐在吧檯總該有個樣子吧，不該對調酒師亂倒垃圾。」

「那是理想狀態，不是每個人都像妳這麼有自制力的啊。」

「我也只是習慣自制罷了，為了求生存。」

安娜長長吁口氣。

「而且我自制力還不夠強呢，」她低聲說道。

若是的話，她就不會和尚大衛吵架，不會放不下這個糟糕的男人。

她將那杯瑪格麗塔喝乾。

「買單，謝謝。」

單齊不收，表示尚未營業。

「男人總是請我喝酒，他們以為這樣就有機會上床。」安娜向前傾過吧檯。「你也是嗎？你覺得請我喝酒就會有甜頭嗎？」

「老實說，」單齊撫著下巴。「我不覺得妳有那麼漂亮。」

安娜愣住了，接著苦笑一下，點點頭。
「我得走了。」她起身。「謝謝招待。」
「留點甜頭給妳自己吧。」
她蹙眉微笑，不解。
「別對自己那麼嚴苛。」
安娜苦笑，搖了搖頭。
「再見。」她轉身離去。
踏到人行道上時，她覺得比方才踏進酒吧時要舒坦多了。
她掏出她的手機查看，有兩通尚大衛的未接來電。
安娜淡淡笑了笑，將手機關上。
今晚她打算保持這樣的舒坦心情入睡。

6

蕾貝卡原本因為無法與尚大衛共進晚餐而有些失落，然而當她踏進家門時，發現正好趕上難得沒應酬的父親在吃管家燒的晚餐，便又雀躍起來。而晚餐的香氣則是另一個驚喜。
「咖哩！」蕾貝卡尖叫。
「冷靜點，蕾貝卡・麥克法登！」路易斯唸了他女兒，語氣卻不嚴厲，似乎心情不錯。
蕾貝卡很慶幸自己在回家的路上決定不外帶中菜。她盛了盤咖哩飯坐下。約蘭達燒完晚飯就下班了，家中只剩父女倆，而餐桌的氣氛明顯較早晨時好了許多。

蕾貝卡得知父親之所以心情愉悅，是因為德拉曼加市長稍早打了電話給他，確認了他夫人基金會的慈善募款晚宴選在蒙帕西俱樂部舉辦。能為市長這樣的大人物辦高級社交活動原本就是大事，對愛面子的路易斯來說尤其值得欣喜，足以讓他忘卻昨晚的不愉快，至少暫時如此。

她把握時機，在父親添了第二盤飯時進攻。

「對了，爸，跟我說一下你當年當調酒師的故事吧！」

路易斯原本嚼動的嘴停了片刻，慢條斯理將食物嚥了下去，喝口水，才不慌不忙應對。

妳怎麼知道我當過調酒師？他問。昨晚奧斯卡說的啊，她答。奧斯卡只提到我們倆比過調酒，他回。果然沒那麼好套話，蕾貝卡想，算了，搞小把戲沒用的，面對路易斯・麥克法登，有話直說比較快。

「我問夏娃的，」蕾貝卡坦言。

路易斯冷冷瞧著她。「她跟妳說了些什麼？」

我已經知道你們年輕時的三角戀了，蕾貝卡說，決心把話攤開，但盡量輕描淡寫，有關你大學時在酒吧打工、和奧斯卡比拳擊以及比調酒的經過，都聽說了。

路易斯沒吭氣，但蕾貝卡感受到一團火正在父親身上蔓開。她趕緊補上下一句，但夏娃沒跟我說詳情！身為你的女兒，與其從旁人那兒得知這些往事，我真的希望能聽你親口說。好不好，爸爸？

父親的表情柔和了些。

調酒對決的經過就像妳所聽到的那樣，他說，沒什麼可說的了。那麼你當調酒師的那段呢？她問，當初為什麼會踏入這行？那只是我在讀州立大學時的一份打工差事，他說，是在艾柏尼市中心的一家酒吧。半工半讀嗎？真辛苦，蕾貝卡舀了匙咖哩飯說，聽起來像是個有為青年的奮鬥故事。

路易斯捻了捻他的八字鬍，明顯害臊。

「這個嘛，其實也算是個愛情故事。」

蕾貝卡的湯匙停在嘴邊。她以為自己聽錯了，從不苟言笑的路易斯・麥克法登口中居然冒出「愛情故事」這個詞彙，而且是他本人年輕時的羅曼史！趕快說趕快說！她放下湯匙，正襟危坐，拜託！哎呀，這從何說起，路易斯靦腆笑了兩聲說，又是開心又難為情。蕾貝卡記得爸爸上回出現這種神情，是在他四十五歲的生日派對上，當時母親送了他一條手織圍巾，而他在眾親友起鬨下擁吻了她。

十八個月之後，母親便診斷出子宮頸癌，從此父親臉上原本便少見的笑容便更加稀少了。

其實也沒什麼特別的，路易斯玩弄著他的湯匙說，在我大一剛入學時，兄弟會的學長們在一家酒吧辦了迎新派對。吧檯前坐了個女孩子，穿了件紅色風衣，腿非常美，臉更不用說，一頭深褐色長髮紮成馬尾，又辣又騷。我一眼就迷上她，很快打聽到她的身分，原來是酒吧老闆的女兒。我想接近她，正好那時又需要賺生活費，就跑去那家店的吧檯打工了。蕾貝卡聽了哭笑不得，所以你當上調酒師是為了把妹？一開始的確是，路易斯說，不過我在調酒方面學出了興趣，下功夫鑽研，很快就成為店裡的首席調酒師。然後呢？蕾貝卡問，你跟酒吧老闆的女兒有進展嗎？我們開始約會，路易斯追憶。我當然是迷上她，但她也很喜歡妳老爸喔。我們可真的是打得火熱！蕾貝卡邊聽邊搖頭笑著。但同時我也發現她很愛玩，路易斯繼續說，她的約會對象不只我一個。我試著跟她溝通，但沒什麼交集，她不想定下來，想保持開放式的關係。這樣持續了半年多，新鮮感漸漸消退，我開始厭倦了。有一晚，我們約會完，我開著當時的一台二手雪佛蘭送她回家，到了她家門口發現另一台車子在那兒守著，一台紅色保時捷，我知道那是酒吧一位常客的。那傢伙是個律師，不用說當然是個很有錢的律師。我早就聽說他們有往來。當時我也沒跟她吵架，就放她下車，看著她走向那台保時捷。我望著她站在那兒，手插在她常穿的那件紅色風衣口袋裡，和那男的有說有笑，突然心裡一片雪亮。我掉頭開走，下了決心，從此再也沒約她出去。

「你就離開那家酒吧了？」

「沒有，我是個敬業的人。」

在那之後，路易斯說下去，我仍舊在她爸的店當調酒師，也看著她和一個又一個男人在店內打情罵俏，一開始心裡很不是滋味，但慢慢就放開了。半年後，我交了個新的女朋友，仍舊在那家酒吧工作，而那個女孩的玩樂對象也不斷更換，律師、銀行經理、無所事事的小開等等，沒有一個是像我這樣的窮鬼。我畢了業，辭掉酒吧工作，離開艾柏尼，很快就被曼哈頓的水晶百貨公司所僱用，展開我的零售事業，從此再也沒當過調酒師。喔，還有，這部分妳也知道，十五年之後，妳八歲時，我把水晶百貨買了下來。

蕾貝卡聽得目瞪口呆。

「那個女的後來怎麼樣了？」她問。

「沒再聯絡。過了兩三年，我輾轉得知她嫁人了，對方當然是有錢人，細節就不清楚。」

蕾貝卡用湯匙玩弄著她盤中的咖哩，回味著她老爸的戀愛史。

「就是這樣，」路易斯平靜做了總結。

「好精采喔！那再說說你那段三角戀有什麼好玩的部分吧！」

「今天說夠了。」路易斯的和藹表情消失了。「吃飯吧。」

倒也真足夠了，她心想，這已經算大大突破她老爹的尺度。

「遵命，長官。」蕾貝卡盈盈一笑，重新舀了匙咖哩飯。在麥克法登家的餐桌，她心想，人生大道理和商業情報是永遠不缺的，但愛情故事居然也聽得到，且男主角還是偉大的路易斯・麥克法登，那就真是難得。

她將已涼的咖哩送入口中，和爸爸聊起加勒比海餐廳與育幼院之間的占地爭議。

第五章　雨後的下午蘭姆酒

1

隔週二的下午，安娜打了過來，告訴蕾貝卡她已和夏娃就春夏新裝的設計變更溝通完畢——配合Summer Fan創意總監突然將整批服裝重新設定，安娜已經將她所負責的那十雙鞋子做了調整——但夏娃衣服的設計圖不是還沒畫完嗎？蕾貝卡問。是還沒，安娜說，不過新的大方向已經擬定，儘管與原先有出入，我那款珊瑚粉紅細高跟鞋卻仍舊可留著，而整體進度應可及時趕上。蕾貝卡對安娜的溝通能力感到佩服，妳怎麼搞定夏娃的？

「我就陪她喝酒啊。」

蕾貝卡的笑容垮了下來。

我昨天跑去夏娃的辦公室，安娜說，一進去發現她已經開喝了。看到我，夏娃提議也調杯酒給我喝，我就答應了。第一杯是莫斯科騾子（Moscow Mule），後來夏娃又調了螺絲起子和威士忌高球（Whisky Highball）。在辦公室喝開了是嗎？蕾貝卡冷冷問道。

「我們聊了一個下午呢。夏娃鼓勵我大膽追尋夢想，確定方向就勇往直前。」

「像夏娃這樣大量補給酒精，要豪氣往前衝倒是不難。」蕾貝卡酸了一句，「也許還真能達陣呢，如果她分得清東南西北的話。」

講到這，安娜說，夏娃那時拉著我去欣賞她辦公室那座裸女雕像，看起來確實已喝得暈頭轉向，腳步都踉蹌了，我還擔心她把雕像撞倒呢。不過我得說，安娜笑道，我對她的藝術品味可真不敢恭維。那是她爸的作品，蕾貝卡說明。這她有告訴我，安娜說，所以我也沒敢批評。言歸正傳，總之我會確保夏娃士氣高昂趕出作品，必要的話就再陪她喝。這也是工作，她說，否則少了衣服，我苦心設計的鞋子也上不了伸展台。

掛了電話，蕾貝卡直搖頭。酒精已融入Summer Fan的時尚基因了，她不確定這是好事。

蕾貝卡打給珍妮絲，向她坦承日前假冒她名義出去喝酒的事。珍妮絲對此毫不在意，聽到蕾貝卡老爸的精采往事時倒是尖叫連連，直言太酷了，沒想到夏天的曼哈頓居然比漢普頓還有趣。蕾貝卡邀請她的好友在Fan & Friends開始試營運時來坐坐，順便在她的時尚部落格幫忙宣傳一下。珍妮絲答應了。

蕾貝卡也和尚大衛告解她那夜撒了小謊，告訴他自己其實是和單齊約了去Raw Essence。她向男友道歉，交代了來龍去脈，包括她父親的三角戀故事。

尚大衛起初只是蹙眉，聽到單齊的名字時眼睛便瞪圓起來，越瞪越大，張嘴似要斥責。但沒隔幾秒，他態度又轉變了，像是想到什麼，眼皮垂下，嘴也闔上，冷冷聽她說。

「這樣啊。」尚大衛聽完只冷淡點點頭。「我瞭。」

「『我瞭』？你的反應就只有『我瞭』？你不覺得這是大事嗎？我爸耶，跟他們兩個居然有這樣的糾葛！」

「那都是過去的事吧。每個人都有過去，何必大驚小怪。」

他根本不在乎，對她的說謊、對她的告解、對她家族的過往。這讓她困惑且有點受傷。

酒吧已裝修完畢，而服飾門市的改裝也如火如荼趕工。蕾貝卡除了忙著監工、調度旗艦店試營運的前置作業、處理大小雜事之外，還試圖盯著春夏發表會的準備工作，這期間自然也和夏娃起了好幾次摩擦。

在Fan & Friends開始試營運的一週之前，蕾貝卡帶著單齊來到麥克法登大樓。

「我們只有十分鐘，」蕾貝卡在等電梯時告訴單齊。「總裁和你談完後就要趕去機場，飛往亞洲視察那邊的分公司。請小心應答。他雖然名義上只是跟你聊聊天，實際上就是審核你的資格。如果對你不滿意，他很有可能當場把你開除的。」

「他在這兒幹啥？」

蕾貝卡和單齊轉過頭，發現尚大衛站在那兒，眉心糾結瞪著他們。蕾貝卡向他解釋，麥克法登總裁想在Fan & Friends開張前和酒吧負責人打個照面。尚大衛眉頭蹙得更緊了，滿臉不屑瞧了單齊兩眼，和他們進了電梯。

「你喜歡紐約嗎？」尚大衛問。

「喜歡，」單齊答。

「我也喜歡紐約。我懷念巴黎，那是我的故鄉，但我享受紐約的活力與多采多姿。你的故鄉是哪裡？」

「台北。」

「台北是個什麼樣的城市？」

「台北也是個有活力的城市，此外還很親切。」

「看得出你來自這樣的地方。你待人的確是挺親切哪。你選擇當調酒師是因為喜歡親切招呼醉鬼嗎？」

「馬托先生！」蕾貝卡蹙眉。
「我選擇當調酒師是因為我熱愛雞尾酒這門藝術。」
「喔，藝術是嗎？憑什麼說這是藝術？因為你們會把酒瓶拋到空中玩雜耍嗎？」
「馬托先生，你太失禮了！」
電梯抵達三十二樓，麥克法登總裁與馬托副總裁的辦公室都在這層。
「其實我不會丟酒瓶，」單齊說。「那屬於花式調酒，是調酒的一派分支，要練得好也是不容易的。」
尚大衛嗤之以鼻，邁步走出電梯。
「對了，雖然不能說喜歡，但我的確會親切招呼醉鬼，還有自以為是的無知渾球。祝你有個美好的午後。」
尚大衛狠狠瞪向微笑的單齊與噗哧笑出的蕾貝卡。
相較於尚大衛的睥睨，路易斯打量單齊的眼神倒更讓蕾貝卡緊張。在那冷酷的表層之下，若隱若現藏著某些她無法解讀的複雜情緒。路易斯當然清楚單齊的身分，而蕾貝卡並不確定父親是否會因為他是夏娃的弟弟而有好感，反倒相當憂心他會因他是奧斯卡的徒弟而有負面成見。
麥克法登總裁問了單齊幾個問題：你要如何經營這家店？你希望吸引什麼樣的客群？第一個月營業額目標？單齊有條不紊地回答。這些其實都是之前雙方開會時討論過的，而蕾貝卡不禁臆測她父親只是想藉機看看單齊本人。
「你最喜歡的雞尾酒是哪款？」路易斯問。
「馬丁尼。」

「你最拿手的呢？」

「不敢講最拿手，不過有些客人滿喜歡我的側車。」

「你認為我會喜歡你調的酒嗎？」

「我希望不會讓您失望，有機會也期待您能親自品嘗。」

會談照規劃在十分鐘內結束。路易斯指示祕書送單齊至會客室稍候，要求和麥克法登小姐單獨說話。蕾貝卡問了父親對於單齊的看法，而在聽到總裁淡淡表示，他認為夏娃的小弟應該可以勝任Fan & Friends經理一職之後，她鬆了一口氣。父親接著簡潔交代了幾項工作重點，叮囑她正常飲食，便和她擁別，出發前往機場。蕾貝卡開心地告知了單齊他過關的好消息。

兩天後，她接到奧斯卡的電話。

2

奧斯卡是上午十點打來的。

「聽說妳老爸出城了？」

是的，有事需要轉達嗎？她問。不用，我要找的是妳呀，小公主。可以去妳家聊聊嗎？奧斯卡要求。聊啥？而且你幹嘛叫我小公主？蕾貝卡問。到時再說明，奧斯卡說。

蕾貝卡答應了，因為今天是週日不用上班，而且她正好也想找單齊來，拿一組Fan & Friends貴賓包廂要用的水晶杯參考樣本給他看，於是約了師徒倆下午到她家喝杯咖啡。

她想散散步，便和單齊約了公園大道和東七十二街口碰頭，離她家約十分鐘路程。

「你喜歡走路嗎？」蕾貝卡問，和單齊悠閒往她家走去。

「有時候。」

「我很喜歡走路。公園大道這一段挺好走的。有時我下班會在這一帶下計程車，再走路回家，中途也許還會在Lenox Hill醫院外頭逗留一下。」

「夏天也是嗎？」

「白天當然太熱。今天還算好，不過我下班時反正都已經入夜了。初秋的時候最棒。春天不錯，但比不上秋天，整個空氣很清新舒爽的感覺，包圍著你。」

「當我從酒吧下班時，如果喝了酒不方便騎自行車，我會牽車走路回家。」

「騎自行車上下班，是在台北的時候嗎？」

「台北、倫敦、東京，還有之前在這裡的Raw Essence時，都是。在酒吧工作有時免不了喝個一兩杯，下班後回家開汽車或騎機車當然都不方便，自行車要騎要牽都有彈性。」

「聽起來，自行車是調酒師的好朋友。」

「自行車是調酒師的好朋友。好的運動鞋也是，還有風衣——冬天夜裡三點走路回家風很涼的。」

「想到都冷。」

「妳喜歡在台北的街道走路嗎？」

「你怎麼知道我去過台北？」

「我知道好些妳的事。我姊和我聊過，奧斯卡也有。」

「你可真是有備而來。」

「吧檯是各種情報的匯集地。」

「台北的話，我喜歡走巷弄。師大那帶走起來挺舒服的，我外公外婆就住那一帶。」

這時下起驟雨，他們於是用跑的。

「到了！」

蕾貝卡哈哈大笑，領著單齊奔至她家大樓正門口的遮雨篷底下。門房趕忙上前開門。奧斯卡已到了，在大廳等他們。蕾貝卡帶領他們進入電梯，不一會他們便直達十一樓。麥克法登公館占據了這棟大樓最頂兩整層的十一、十二樓，是座將原本兩戶雙層閣樓改建成一戶的寬廣公寓。蕾貝卡開了家門，帶領客人穿越玄關，來到一間採光明亮、富麗堂皇的寬敞客廳，角落擺著一台史坦威演奏型鋼琴。飯廳和客廳的連接處是吧檯區，擺了座質樸老派的桃花心木長方小吧檯，配上四張高腳椅，左後方是酒櫃。

龐特一進屋內便逛了起來。採光很棒啊，前面陽台這側的風景不錯，咦雨停了耶，喔麥屁這酒櫃擺了一堆波本呢！Woodford Reserve、Four Roses Single Barrel，奧斯卡一瓶瓶仔細看。嗯也有Old Grand-Dad 114 Proof和Evan Williams Single Barrel 1994嘛，這邊是Henry McKenna Single Barrel。單齊也湊了上去，兩名調酒師站在那兒看得津津有味。

「我從來都沒進來過呢，」奧斯卡說。「總是外頭經過而已。」

「你怎麼可能進來過？我爸那麼討厭你。你今天來到底是要找我談什麼？」

「跟妳母親有關。」

「什麼？」

「當然還有妳老頭。」

蕾貝卡瞪著他。

3

「我媽？你見過我媽？」

蕾貝卡氣急敗壞問道。她感到火大，並非全然是對奧斯卡，而是對整個事態。短短兩週之內，她對雙親從小到大的認知竟給徹底改寫了。

「見過不止一次呢。」

「究竟怎麼一回事？」

她打了個大噴嚏，於是轉身走到吧檯，抓了擱在上頭的Isabella Rillinni托特包——她原本去接單齊時要背著包包，後來嫌麻煩沒帶，就順手擱在吧檯上，而也幸好如此包包才沒淋溼——從裡頭翻出一條出門時總會備妥的Summer Fan絲質手帕，先將溼答答的臉和頭髮簡單擦了擦。

奧斯卡饒有興味地望著她。

「啊，妳這手帕確實有在用嘛！」

「你在講什麼？」她對這番沒頭沒腦的話蹙眉，沒功夫理會他，大步往衣物收納間走去，抱了三條大浴巾出來，一人分了一條，因為另外兩人也都淋溼了。他們在客廳的一組Ralph Lauren Home沙發坐下，將身子擦乾。蕾貝卡邊擦邊又打了好幾個噴嚏。泡壺熱茶大家喝好了，她提議，或是咖啡，邊喝邊說。可以試試更有意思的東西嘛，龐特指著酒櫃吩咐，單齊你來調吧。又是酒！蕾貝卡嘆道。隨便啦，要就弄吧，廚房東西你們都可以用。她交代完便起身進臥室去換乾的衣服。

單齊從酒櫃找出了一瓶未拆封的El Dorado 8 Year Old蘭姆酒，接著進了廚房，翻出了奶油、砂糖和一堆香料，取了三個愛馬仕馬克杯，隨後將所有材料器具帶到吧檯。他在三個馬克杯中以目測各倒了四十五毫升的蘭姆酒，各加進一個方糖大小的奶油、一茶匙的蜂蜜，再分別注入九十毫升的熱水。他找不到吧叉匙，便拿了根普通湯匙代替，將它們攪拌均勻，最後磨進肉桂、荳蔻和香草。

單齊將三杯熱飲用托盤端出。蕾貝卡已換了乾的衣服回到客廳。

「這是什麼？」

「熱奶油蘭姆（Hot Buttered Rum）。」

他們安靜啜著。陽光灑在陽台上，透過落地窗也照進屋內。三人散坐在沙發上，人手一杯熱氣騰騰的雞尾酒，望著陽台外頭雨後的天空。

「奇怪，我好像沒看過我爸喝蘭姆酒呢。」蕾貝卡不解。「這屋裡會有這瓶也真妙。他都是喝波本啊，有時換點葡萄酒喝而已。」

「酒櫃裡頭也就這一瓶而已，」單齊說。「其他確實都是波本。」

她沒再多想，打算找時間再問父親。

「蘭姆酒和香料的香氣讓人好放鬆呢，」蕾貝卡說，整個人沉靜下來。

「冷天或著涼時，熱奶油蘭姆是絕佳的療癒飲料，」單齊說明。「蘭姆酒本身就有香草和奶油的香氣，和這些配料相呼應。」

「肉桂的香味好棒。」蕾貝卡將杯子拿近嗅著。「讓我想到以前我媽烘的肉桂捲。」

我媽會在週末的午後烘，蕾貝卡敘述，因為那時候我爸才會在家，這樣他才吃得到剛出爐的。我們會三人坐下來，配著熱紅茶吃，像現在這樣眺望窗外景色，天氣好時就會跑到屋頂的露台吃。偶爾約蘭達也會加入，不過她週末通常放假。

「但我們先切入正題吧，」蕾貝卡道，轉向奧斯卡。「你到底要跟我說什麼？」

「關於那場調酒對決，妳聽夏娃說過了吧？」龐特啜了口熱奶油蘭姆。「那麼就從那兒接下去說吧。雖然我和妳老爹翻臉，但到了他結婚時，我們倆之間的裂痕終於稍微修補，而那已是三年後的事了。」

麥屁結婚時並未邀請我，奧斯卡說。欸，你非得侮辱我們家的姓氏嗎？蕾貝卡不滿地打斷他。不好意思，小公主，這不是針對妳，但我得回到過去，故事才說得精采啊。我幾十年來都是這樣叫妳老頭的。總之呢，雖然沒被邀請，我聽說之後還是送了賀禮，於是麥屁就不好意思了，打電話向我道謝。雙方恢復來往，不過只是禮貌性的，一直到又過了一年才比較熱絡。

「過了一年，」蕾貝卡喃喃複誦，恍然大悟。「就是我出生的時候嘛！」

「是啊，小公主，妳是大功臣呢！」

奧斯卡起身，推開落地窗，走到陽台。他們跟上。

從這個角度看不大清楚，他說，人倚著護欄向前傾，手指著方位。那邊，我方才在過來之前還先繞過去停了一下，緬懷往事呢。哪邊？蕾貝卡不解。Lenox Hill醫院，龐特說。蕾貝卡怔怔望著他。

「妳出生的地方，」奧斯卡轉身補充道。

「我知道我在那兒出生。你當時在場？」

「妳老爸好開心哪，那是我看過他笑得最燦爛的一次。他不只和我擁抱，還把我整個人抱起來呢！而妳媽，她人很虛弱，因為生妳生了好久。」

「這部分他們跟我說過，夜裡七、八點就送進產房，卻拖到隔天中午才把我生出來，折騰死我媽了。夏娃也有到嗎？」

「沒有，她和妳老爹當時好長一段時間沒有來往，況且妳出生那時候她可忙得緊呢。」

蕾貝卡瞧著奧斯卡。你的笑容有點古怪，她說，怎麼回事？喔，只是一處有趣的小細節，我先賣個關子，龐特敷衍道，妳遲早會自己搞清楚的。

「我們稍早前走來妳家時，妳提到妳下班散步時會在Lenox Hill醫院外頭逗留一下再回家，」單齊回想道。

「我會站在對街，看著醫院，思念我媽。」蕾貝卡低聲說道。她會想像母親生她時有多辛苦，想到這個家，以及母親生前最後一段時光。「她在那家醫院生我，也在那兒過世的。」

她沉默數秒，轉過身，示意他們跟她走。

他們自內梯往上爬，經過雙層閣樓公寓的上層，又再往上，開了門，出到屋頂露台來。一座小巧的溫室出現在他們眼前。

「而且是在上東區耶，」單齊讚嘆，望著眼前的景象。

他們走進溫室，裡頭種了滿滿的紫羅蘭，除了紫色，還有不同層次的藍色、粉紅、紅以及混色的。總共有十七個品種，蕾貝卡介紹。

「瑞秋最愛的花，」奧斯卡說。瑞秋是林紡蓉的英文名字。

在妳剛出生那段期間，龐特說，我不時會上麥可法登公館串門子。不是這裡，是舊家，位於格林威治村，一棟聯邦風格的磚造屋，那時路易斯剛開始發跡。我記得客廳裡就有擺著紫羅蘭的盆栽。

「這我有印象。我爸會買紫羅蘭回來。我媽就試著自己種，但都長得不好，隔沒幾個月就死掉，然後我爸就又買新的給她。我們在舊家一直住到我七歲，才搬來這間大樓，」蕾貝卡敘述。「而我爸送給我媽的大禮就是這間溫室，那對媽媽來說是美夢成真。她花了很多時間去研究怎麼養紫羅蘭。當然，我爸提供了最好的設備給她，還特地請了園藝專家來幫她上課。到頭來，她自己都成了種紫羅蘭的專家。」

妳老爸很愛妳媽，奧斯卡說，而那也是我們再次翻臉的原因。究竟發生了什麼事？蕾貝卡追問。要了解麥屁這人，得掌握他的兩大缺點，奧斯卡說。

「第一點是麥屁壓抑過度，這每個人都知道。第二點是麥屁對愛情沒有安全感，這點就只有少數人曉得。」

蕾貝卡不禁想起爸爸大學時主動和酒吧老闆女兒斷絕往來的往事。

那段日子，也就是小公主妳大約兩歲的時候，龐特繼續說道，妳老爸的事業遇到瓶頸，不只天天工作到很晚，回到家還很暴躁，而那讓妳的媽媽很焦慮。

「有時瑞秋便會和我討論該怎麼辦，而可愛的路易斯居然開始懷疑我們倆是不是在搞七捻三——」

「請別告訴我你勾引了我母親，」蕾貝卡冷冷打斷龐特。

「當然沒有，」奧斯卡聳聳肩道。「那跟當初我們同時追夏娃不同。我認識妳媽時她已是路易斯的妻子。我知道分寸。」

但我爸一定不信，蕾貝卡推論。完全不信，奧斯卡說，麥屁的疑心病越來越重，到最後我們終於吵開了。那天我跟他吵得面紅耳赤，而且惡言相向，徹底絕交。當我再次見到路易斯時，已經是十幾年後的事了，奧斯卡說。

「在妳母親的葬禮上。」

4

「我得趕緊把那組杯子找給你，」蕾貝卡站在他們家寬闊儲藏室的門口對單齊說。「不然等會怕忘了。你拿去參考看看Fan & Friends的貴賓包廂是否要訂同款的。」

「你們家這健身房不錯耶！」奧斯卡大聲說道，出現在他們身後。「我剛打了一下那沙包。那讓我想到當年跟妳老爹練拳擊的光景呢。真是懷念啊！」

蕾貝卡沒閒功夫理他。她忙著在儲藏室裡頭翻箱倒櫃。「請先別吵我。我得找到那組杯子。」

「什麼杯子？」奧斯卡問。

「就這些杯子。」蕾貝卡說，開封了四、五個裝了各式餐具、蠋台、鍋碗瓢盆的紙箱，才找到她要的那個，搬了出來。那裡頭是一組高級水晶酒杯，從高球杯、雞尾酒杯到香檳杯一應俱全，共有十八件。

這些是我滿十八歲時的生日禮物，蕾貝卡說明，從來沒用過。那時我母親已經病危，我整天守在醫院，生日是在她病床前過的。過了一週，媽媽就過世了。又過了一週，我開始清理家中物品，才注意到有份包裹，打開簡單看了一下就裝箱收進儲藏室了。那時我根本無心喝酒。

蕾貝卡從紙箱中翻出一張小卡片。

「你們看，這上面寫著獻給我以及恭喜我終於成年了，」蕾貝卡指著卡片說明。「但是沒署名，所以我根本不曉得這是誰送的，」

「我曉得，」奧斯卡說。

你對我們家的編年史還真清楚呢，蕾貝卡瞪著龐特說，我爸媽的過去、我出生的醫院，連我生日禮物誰送的都曉得，好像這是你的人生似的。哎呀，小公主，奧斯卡說，我們倆的人生比妳想的要更有交集呢。這組酒杯是我送給妳的，奧斯卡又說。

「照理說，我應該吃驚。」蕾貝卡眨了眨眼。「但聽完這一大串天方夜譚後，我已經麻木了。」

「妳再看一次那張卡片，」龐特指點。

她照做了。「這有什麼玄機嗎？我看不出來。」

奧斯卡指著卡片內頁右下角，那兒以非常小的花體字印上了三個英母字母。

「這不是卡片的印刷廠商名稱嗎？」蕾貝卡蹙眉。「ＯＷＰ……天哪！ＯＷＰ！」

她吃驚望著得意微笑的奧斯卡。「那是你的姓名縮寫。」

她接著又依照奧斯卡的指示，一一拿起杯子翻看，底部統統刻上了「送給蕾貝卡，來自ＯＷＰ」的細小字樣。

「我不知道該說些什麼。」她直搖頭。「當然是該說謝謝啦，我知道。只是我不懂——幹嘛送我生日禮物？當時你不都和我們家斷交十幾年了嗎？」

「不只那一年送，小公主，從妳出生起，每年生日我都送。」

蕾貝卡瞧瞧他，瞧瞧儲藏室裡頭，又瞧瞧他。那房間裡頭沒有其他來路不明的禮物了，蕾貝卡說，我肯定。應該都被妳老爸攔截後扔了，奧斯卡推論，而這一份可能是因為當時瑞秋病重，路易斯沒空打理瑣事才漏掉。

「等等，至少還有一樣他沒扔。」龐特瞇眼狡猾笑了笑。「那組一套六款的Summer Fan經典款蠶絲手帕。妳剛剛擦臉的就是那一組其中一條啊。」

「你在胡說些什麼啊？那是我爸送我的聖誕禮物！」

「我可不這麼認為喔。」

「算了，那不重要。」蕾貝卡不耐擺擺手。「就當那是你送的吧。他可能只是不想讓我知道你的存在而已。話說回來，你送這些酒杯的時機實在讓人哭笑不得。十八歲在美國還未達法定飲酒年齡耶。」

「在英國已經是了。」奧斯卡聳聳肩說，「不過的確是我疏忽了。總之，就像妳所說，兩家都斷交了，一直送禮確實奇怪，但我當初還是希望這個心意能維持到妳成年為止。從出生的那缸女兒紅開始，一直到這組酒杯為句點。」

「女兒紅？」

「我特地請懂得釀酒的中國朋友做的，好大一罈子呢。」奧斯卡伸長手臂比劃著。

可是為什麼？蕾貝卡大叫。為什麼你要每年送我禮物？為什麼你特地跑來告訴我更多往事？過去這幾週所聽到的已經把我生活搞得雞飛狗跳了！因為呢，小公主呀——還有，為什麼一直叫我小公主？你又不是我什麼人！準備好迎接今天最後一個驚喜了嗎？奧斯卡問。

「我是妳的教父。」

隔週五，Summer Fan第五大道旗艦店展開試營運。服飾門市於上午十點開門，酒吧則是晚上九點。

他們刻意不大肆張揚，因此Fan & Friends生意頗為清淡，整晚只來了十幾個客人，幾乎都是麥克法登集團的同事和時尚圈朋友。

珍妮絲來了，從漢普頓帶回一身曬得均勻完美的膚色以及一籮筐的曼哈頓上流社會八卦。兩人坐在吧檯前，珍妮絲嘰嘰喳喳不停地說，蕾貝卡有一搭沒一搭地聽，心思全在奧斯卡告訴她的那些往事上頭。

「你們找的這酒吧經理還挺可愛的嘛！」珍妮絲對蕾貝卡咯咯笑道，喝著單齊為她斟的第三杯香檳。單齊本人則剛走到吧檯外頭，巡視全場。珍妮絲撥弄著她那染成白金色且燙得筆直的頭髮，不時推擠一下身上那套香草色Summer Fan小禮服的胸部，調整事業線，並不自覺地摸一摸那奮力藏住她腰部游泳圈的馬甲，環視整間店面。

珍妮絲的五官其實挺標緻。蕾貝卡一直認為，她的好友若是能瘦個二十磅下來，整個人會極為亮眼。話說回來，儘管略微超重，珍妮絲總是有辦法找到條件不錯的男友。她兩個月前結束了一段感情，目前正在尋覓新對象。

我喜歡你們的裝潢，珍妮絲啜著香檳評論，有傳達出Summer Fan高雅又兼具活力的曼哈頓精神，不過既然是時尚夜店，燈光也許可以再挑逗一點。唔，那個服務生長得好像小賈斯汀耶！喔，那一個像羅伯‧派汀森，是這裡的領班，對嗎？叫什麼名字？蓋布列？很好。哈，我喜歡那邊那個走路時的背影，屁股看起來很有彈性——他轉過身咧，哎呀，不就是單齊嘛！珍妮絲拍膝大笑。放心吧，親愛的，我會在部落格上幫你們大肆宣傳的！嗯，這些一口點心好好吃喔，尤其是巧克力慕斯口味的。我要再多拿幾個。咦，我的香檳喝完咧，來請單齊調點雞尾酒吧。上次說那個很好喝的叫什麼，戴奧辛？

但珍妮絲等不到兩分鐘便放棄了戴奧辛，離開座位直驅那位酷似羅伯・派汀森的領班蓋布列，向他又索了一杯香檳喝，並黏著對方有說有笑。蓋布列是個百分之百符合馬托先生所訂外場標準的年輕帥哥，身段柔軟，總是知道在何時丟出恰到好處的不同笑聲和笑容。

蕾貝卡獨自坐在那兒，觀看酒吧內的動態。

夏娃帶著查理・提明斯基來的，開心擁抱了先到的安娜以及她的好友雅米拉，一塊有說有笑進了貴賓包廂。不知怎的，看得蕾貝卡有點不是滋味。

尚大衛，蕾貝卡注意到，也跟她一樣，一副心事重重的樣子。他們是從辦公室一塊過來的，但抵達之後兩人便分開，起先是各自和不同的人寒暄聊天，到後來卻成了各占據一角落獨處。此刻，她的男友獨自背倚著吧檯站在另一端，左顧右盼，身後那杯香檳幾乎沒碰。他今天甚至沒有去找單齊的碴，自始便獨自在那兒悶著。

他注意到蕾貝卡的目光，衝她擠出個笑容，拿起香檳走上前來，跟她乾了杯，噓寒問暖幾句，又從容離去，回到他方才的位置繼續獨處。蕾貝卡淡淡苦笑。她的男友永遠懂得如何為自己保留最多的精力、時間做他想做的事，然後抓準時機摸摸她的頭，讓她即便受了冷落也沒啥具體理由可抱怨。精明而又自私的尚大衛・馬托。

但她愛他。這種無傷大雅的小心機她是可以寬容的。

她猜想尚大衛是在煩心是否接受巴黎的工作機會，以及那間籌備中的加勒比海餐廳。她想關心他一下，但又提不起勁，因為她自己心頭上都堆著沉甸甸的煩人事情。為此她又感到些許罪惡。她能怪他冷落自己嗎？她是否也冷落了他？

她想到他們之間的隔閡越來越深，最近下班後一塊吃晚飯時雙方都悶不吭聲。有時蕾貝卡會想找話題，但尚大衛都反應冷淡，到頭來變得無話可說，兩人坐在那兒各自想著自己的心事。

蕾貝卡嘆口氣，試著不去想這些。

龐特到了，一如往常的瀟灑帥氣，對蕾貝卡行了兩下親吻禮。他們寒暄兩句，沒提任何敏感的家族史話題。她剛相認的教父隨即加入夏娃和安娜的包廂，談笑風生起來。

二十六年前，當蕾貝卡出生時，人在醫院的奧斯卡立刻便要求當她教父，而喜不自勝的路易斯也一口答應了。這是上週日她從龐特先生口中得知的。

蕾貝卡想著這段不久前才得知的過往，搖頭感嘆。

那時候，她的父親、母親，以及教父，三個人想必是和樂融融的，哪曉得日後會翻臉？

她意識到自己不停地嘆氣，對於自己突然感到厭惡。

她上了化妝室一趟。在走回她吧檯位子的途中，蕾貝卡經過夏娃那個包廂，看見珍妮絲垂涎的那位領班蓋布列從裡頭走出，手上托盤盛著幾個喝完的酒杯。看見那些貴賓包廂專用的高級水晶杯，蕾貝卡不禁莞爾，因為單齊後來採用了和奧斯卡送她的成年禮同樣的款式。

蕾貝卡的注意力隨即由杯子轉移到貴賓包廂那批人身上——蓋布列正打算離開，但看來已有些醉意的雅米拉卻拉著他，笑鬧著不放他走。她又注意到夏娃。透過半開的房門，她瞥見Summer Fan的創意總監正坐在那兒高談闊論，一左一右坐著奧斯卡和安娜，都專注傾聽著。夏娃似乎也瞧見她了，但不動聲色，繼續對她的聽眾發表高見。

「早在她出生之前，我就是時尚圈的老鳥了！」

蕾貝卡不確定那是否算準時機嗆她的，但她並不在意，因為這番話讓她靈光乍現。

「我明白奧斯卡上禮拜天賣的關子是什麼了！」蕾貝卡在用iPad上網查詢後，告訴回到吧檯的單齊。

「奧斯卡說我出生時夏娃正忙得緊。我查出了那一天其實正好是Summer Fan首家門市開幕的日子。」

「我只知道週年慶是在六月，」單齊思索道。

「六月十日，」蕾貝卡說出明確答案，讀著Summer Fan的官網資料。

「對了，那就是這裡啊！」單齊也想了起來，環視四周說。「首家門市其實就是現在這間曼哈頓旗艦店的前身，當年開幕時只有一層樓，過了好幾年生意做大才擴充到整棟。」

「所以二十六年前的那天有兩個寶寶出世，」蕾貝卡下結論。

她如今更進一步明白，夏娃對自己接管Summer Fan為何如此難以平衡了。二十六年之後，兩個寶寶都長大成人。這一個意氣風發，那一個卻淪落到被變賣，且偏偏是被這一個給支配。至少夏娃很可能是如此看待這事的。

蕾貝卡想到方才瞥見的夏娃以及坐在她身旁的奧斯卡。雖然她只看見片刻，教父當時臉上的表情卻讓她印象深刻。他微笑著，而那笑容透露著很深的情感。當然，他們是老友，當年也是情人，不過她覺得那笑容裡就是多了些什麼——

她腦海裡閃過之前便想過的疑問。

「夏娃和奧斯卡現在有在交往嗎？」她問單齊。

「他們是會約會，但保持開放式的關係，」單齊說明。他並告知蕾貝卡，她的教父這麼多年來一直是個風流浪子，很難得會跟哪個女人定下來。

蕾貝卡想找尚大衛。她希望和他一同離開這兒，找地方獨處，但他不見了。她尋遍四處，找不著他。

她又瞧見蓋布列。他的人氣之旺無庸置疑，剛擺脫了雅米拉，又被珍妮絲給再度纏上了。後者整個人黏上他，玩弄著他黑色制服襯衫的領口。蕾貝卡想要提醒她的姊妹淘現場有個潛在情敵存在，卻找不到適當機會。珍妮絲此刻除了蓋布列的呼吸聲之外，顯然聽不見任何其他聲響。

蕾貝卡又繞了整間店一圈。回頭再看，更多人不見了。夏娃那間包廂房門敞開，裡頭換了一批人，只剩查理和雅米拉還在，其他看來是他們新找來的朋友。

蕾貝卡回到吧檯。

「你師父呢？」

「剛和夏娃一起離開了。」

蕾貝卡查看手機，發現有封尚大衛的簡訊，上頭說他頭很痛，又找不到她，就先回去睡覺了。

起初，蕾貝卡很憤怒，他居然就這樣把她拋下，自己跑走。她撥了電話，打算跟他吵架。電話響了好幾聲後，轉語音信箱。她嘆口氣，將電話掛了。突然間，蕾貝卡精疲力盡。她懶得跟他生氣了。她和單齊道了別，叫了計程車孤伶伶回家。

五十分鐘之後，奧斯卡和夏娃躺在她臥室的床上，赤身裸體，兩人分一根菸抽。

「可是麥屁把她教得很好啊。」

「若換了個環境我也許會喜歡這孩子，但現在這局勢怎麼可能？」

「也許我當初該買下整個Summer Fan的。」

「你知我知那會是個大錯誤。你做餐飲一把罩，但隔行如隔山。」

「妳會度過這關的。」

「光過關不夠，我要重新高飛。」

「麥屁會助妳一臂之力的。他還是有可愛的地方。」

「你不覺得這些年他的心越來越硬了嗎？」

「因為瑞秋不在他身邊。」

「我記得在瑞秋的喪禮上，你很激動。我記得很清楚。」

「她是個好女人，但我還為路易斯難過。只有她能照顧他。」

「那麼誰能照顧你呢？哎喲，你不需要女人照顧。你把自己照顧得好好的，到處傷女人的心。」

「這麼說太嚴厲了吧……對了，我是明天還是後天要飛倫敦啊？我看看……妳繼續說。」

「你是個不錯的人，奧斯卡・威廉・龐特，但卻是個不可信賴的男人。」

「喔，手機行事曆上有寫，是明天，接著是十天後再飛回曼哈頓。每個月這樣到處飛，有時頭都昏了……講到哪兒了？男人女人是嗎？總之，妳呢，妳是個特別的女人。對我而言，沒有任何女人像妳這麼特別。」

「甜言蜜語就免了吧，我才剛跟你上過床而已。你就像我老爸，一模一樣，睡了一個又一個。菸拿著，我要去尿尿。」

在另一張床上，兩個偷情的人同樣赤身裸體躺著，其中一個正試圖點菸。

「你在想什麼？」

「沒什麼。」

「你在想蕾貝卡。」
「沒有。」
「沒有嗎？好吧，那我有。」
「妳想她幹啥？」
「想著她有多好命，要什麼有什麼，而那會是她的致命傷。」
「她很認真過活呀。」
「你居然幫她說起話來了。」
「我們換個話題吧。」
「我要去洗澡了。菸請到陽台去抽。」
那是個輾轉難眠的夜晚，對他們來說都是。

6

蕾貝卡三天後來到Fan & Friends，對單齊說。
「妳是指那些生日禮物？被妳爸扔掉了？」單齊邊問邊為她點的琴通寧備料。蕾貝卡點頭。
「他都扔了。」
路易斯昨晚結束亞洲的出差之旅回到家。一開頭父女倆還閒聊幾句，談到路易斯在台北停留了兩晚，探望岳家。外婆的風溼有好一點嗎？外公養的兩隻小鸚鵡最近是不是常打架？蕾貝卡當時問。她每個月會用Skype和外祖父母通一兩次話，對老人家的狀況大致算清楚。聊了五分鐘，蕾貝卡便忍不住了。她已憋了一整個禮拜。我有些問題，爸爸，她說。什麼問題？路易斯眼神變得警覺。我有個教父，對嗎？他的名字是奧斯卡．龐特，蕾貝卡說，看著父親。路易斯並不大吃驚。我就猜想妳遲早會知道的，爸爸說，在近來發生這一連串事之後。為什麼瞞著我？她問。沒必要說，他說，我跟龐特斷交多年，如今純粹因為生意而重新往來，私交就免了。蕾貝卡問到生日禮物。丟了，路易斯說，統統丟了。那都不是給你的東西呀！蕾貝卡生氣地抗議。抱歉，但丟了就丟了，我也生不出來，路易斯起身說道。我累了，沒別的事的話——還有事，蕾貝卡打斷他，我開了瓶你的蘭姆酒，因為要招待奧斯卡和單齊。路易斯愣了兩秒，望向酒櫃。招待？他問，妳讓那傢伙進到這公寓？我知道你可能不會認可，蕾貝卡聳聳肩，但來都來了，我也無法將這事抹滅掉。

「然後呢？」單齊問，將調好的琴通寧放到蕾貝卡面前。

她悠悠喝了一大口。

「我很幸運腦袋沒被吃掉。」

她從未看過父親發那麼大的火。

他滿臉通紅，那兩撇八字鬍隨著臉部肌肉抽搐而抖著，向她咆哮。

「很糟，」蕾貝卡搖頭回想。「糟透了。」

真可惜，我挺想喝那罈女兒紅的，她說。妳對女兒紅清楚嗎？單齊問。

「我知道那是中國古時候生女兒釀好封埋起來的酒，到了女兒長大出嫁時才打開來宴客。」

「那是紹興酒的一種，起源於浙江省紹興，」單齊說明。「主要是用糯米釀的，有的會添加其他穀物，屬於黃酒。」

他從架上取了一瓶玉泉陳年紹興酒。「雖然現在沒有女兒紅可喝，至少有一般的紹興可嘗嘗。」

他用一口杯倒了點給她。蕾貝卡嘗了口。

「有種像肉的味道，」她說。「帶著微微的酸味和鹹味，好特別喔。」

「那應該是酒麴的味道，女孩子一般來說比較不習慣。通常這是拿來佐餐的，搭中菜的雞肉、豬肉都很適合。來試試不同的喝法吧。」

單齊取了個高球杯，放進冷凍庫冰鎮，又切了片三公分長、一公分寬的葡萄柚皮備妥。接著，他將四十毫升的Havana Club Añejo 7 Años蘭姆酒倒進三件式雪克杯，又倒入二十毫升的紹興酒、一吧叉匙的Campari苦味酒，以及二十毫升的葡萄柚汁，放入八分滿的方塊冰，套上杯蓋，迅速搖撞了二十次。他在冰鎮過的高球杯中放了兩個中型冰塊，倒入搖撞好的材料，再加進四十毫升的Schweppes薑汁汽水。做到這兒，他停了下來。

「我先跟妳解說一下杯飾（Garnish）的概念，這是雞尾酒在酒體之外的裝飾部分，往往也有增加風味的畫龍點睛之效，以使用水果居多，而馬丁尼所用的橄欖也是其中一種。」

他拿起剛切好的葡萄柚皮，繼續說明。

「杯飾若用的是柑橘類的果皮，就叫柑橘皮。以上次介紹的琴通寧來說，通常是使用檸檬皮，不過我偏好萊姆皮，因為香氣比較清爽，而且帶有一點苦味，可以補強通寧水的滋味。今天這一款雞尾酒，我用的是葡萄柚皮。關於噴擠柑橘皮的部分，上次提過了。」

他從杯口上方噴擠葡萄柚皮的油，再將果皮輕輕放上酒面。

「請用。」單齊將完成的雞尾酒端至蕾貝卡面前。

「這杯叫什麼？」

「迷惑（Bewildered），是我自己發明的酒譜。」

「好喝！」她嘗了一口後讚嘆。「你紹興明明加得不多，香氣卻很明顯，而且更有親和力了呢！」

「首先，搖撞會將空氣打入酒體，讓口感柔和。再來，熟成蘭姆酒的圓潤香氣會包覆烘托著紹興，葡萄柚汁和Campari的苦味則將味覺的空間拉開，薑汁汽水又進一步將這些滋味統合起來，而紹興本身的香氣也就因此凝聚了。」

「沒聽說明的話，很難猜出用了哪些材料呢。」

「所以才叫它迷惑。雖然基酒是蘭姆酒，但Havana Club和玉泉紹興的味道有共通點，況且Havana Club七年的個性內斂，因此紹興的滋味反而更鮮明。兩者讓葡萄柚汁和薑汁汽水沖淡後，變得更容易親近，卻又有點難以捉摸，會讓喝的人停下來思考這是杯什麼個性的酒。這是我特別為妳所創的酒譜。」

「謝謝。還真適合我此刻的心境啊，」蕾貝卡感嘆。

酒很好喝，她還連喝兩杯，可越喝越悶。她撥電話給尚大衛，但他沒接。

上週六他們曾見面吃晚飯。關於週五晚上他拋棄她先跑走的事，他那時跟她道歉了，但語氣冷淡、沒啥誠意。蕾貝卡感到心很涼，也懶得大做文章。

怎麼會變成這樣的？怎麼辦？

她又撥給尚大衛一次，仍舊沒接。

「你幾點下班？」她問單齊。

「再一個小時。」

「等會陪我去Raw Essence，好嗎？」

「這裡喝得不開心嗎？」

「一個人喝得悶哪，你現在又值勤。我希望你是和我坐在吧檯同一側，以朋友的身分，而非調酒師。」

「心情不好時不該喝太多喔。」

「那你就更該陪我去，確保我不會喝過量。」

八十分鐘後，他們來到大滿福中菜館。蕾貝卡一進門便向上回那位好心指點她的廚師打招呼並致謝。他照舊在那兒忙著剁燒臘，對於蕾貝卡的感謝只酷酷地頷首回應，便繼續揮舞起手中的菜刀。電話亭前幸運地沒人在排隊，而Raw Essence的暗門很快便為他們開啟。那位領檯的態度大幅改善了，對蕾貝卡相當客氣，她猜想一定是酒吧經理傑森交代過的關係。

他們和傑森簡單寒暄兩句，在一空桌坐下，各點了一杯戴克利。蕾貝卡開始胡扯。男人究竟是怎麼一回事？為什麼那麼難溝通？她問單齊，接著自己回答，算了，你也是個男人，問不出什麼像樣的答案。你想聽我和尚大衛怎麼認識的嗎？那是在聖誕夜，蕾貝卡自顧自說下去，我加班到八點，正要趕回家和我爸吃聖誕大餐，卻發現那個法國來的經理居然還在辦公室——那時他還沒升到副總裁——於是聊了起來，聽他說他為了要趕案子隔天才要搭班機回巴黎，且會錯過團圓餐。當時我還忍不住覺得，這人熱情談論工作的樣子真是帥氣。現在想一想，我到底有什麼毛病啊？自己已經是個工作狂，居然又愛上另一個工作狂！蕾貝卡加點了杯戴克利，邊說邊喝，接著又點了一杯。嘿，我喝了三杯戴克利呢！她咯咯笑道，這樣文筆會不會變得像海明威一樣好呢？

「我送妳回家吧。」

蕾貝卡搖了搖頭。

她靠在單齊的肩頭，他們臉貼得很近。她可以清楚聽見他呼吸的聲音。他們的額頭貼到一塊。蕾貝卡暈陶陶的，她感覺到自己的臉發燙。一切如此美好。他們的唇幾乎要靠上了。接著她清醒過來。

「結帳吧，我請客。」

計程車上，他們兩人坐得要近不近，身體微微貼著，但又沒依偎到一塊。單齊握著她的手，蕾貝卡一顆心怦怦跳，望著窗外，兩人一言不發。

離家只剩兩條街時，她將手輕輕從單齊手中抽離。

計程車開到她家門口。單齊要計程車司機等著，陪她下了車。

氣氛尷尬起來，他倆都遲疑著。

「那麼就……」蕾貝卡欲言又止。「明天見。」

「好啊。」單齊點點頭。「沒問題。」

「我下班後會去酒吧找你，然後我們可以喝一杯——喔不，你工作時也不方便盡興喝，那麼也許就等你也下班後——不，這樣可能不大好——我想我們還是別——」

「沒關係。」單齊輕輕拍了拍她的肩頭。「沒關係，就到時再看吧。」

「好啊。」

「好，那就——」

「那就——」

「妳自己上樓沒問題吧？」

「沒問題，有電梯！我沒那麼醉！」

他們靠近，彼此都衡量著是否要吻別。在最後一刻她改變了航道，臉頰笨拙地擦過他的，草草對空氣空親了一下。蕾貝卡意識到自己的身體整個僵直了。

「那就晚安囉。」

「晚安。」

「回去小心。」

「沒問題。」

他笑著揮揮手上了計程車。那坦率的笑容讓她稍微自在了些。

蕾貝卡進了家門，小心不發出聲響，輕手輕腳進了臥房，倒在床上。她感到暈眩，胸口很悶，胃也不大對勁。兩分鐘後，她衝進浴室，掀開馬桶蓋。

「喔，天哪。」她搖搖晃晃起身，抹掉嘴角的穢物，洗了把臉，罵了句髒話。

蕾貝卡蹣跚回到臥房，再度倒在床上，不省人事。

第二天早上，她睡到八點四十才匆忙趕去上班，沒吃到約蘭達準備的早餐，那是繼她十一歲重感冒向學校請病假臥床三天後的頭一回。

第六章　三角的頂端

1

蕾貝卡足足一週沒再上Fan & Friends。她不曉得如何面對單齊，她連自己都不曉得如何面對。雖然那晚沒真的發生任何事，但原本是有可能的，而那足以令她心慌。

一個人想這事想到六神無主，她打給珍妮絲。

「這沒什麼呀，妳就是喜歡上這男的嘛。去嘗試看看！」

「我有男朋友耶！」

「你們又沒結婚，而且這年頭就算結了婚也不該設限。妳要真有罪惡感，別上床就行。繼續和他見面吧，然後傾聽妳的內心，找出答案。」

珍妮絲心情好得不尋常，說話的語調像在唱歌。

一問之下，蕾貝卡才得知她的閨中密友已展開一段新戀情，對象正是Fan & Friends的帥氣領班蓋布列。蕾貝卡告訴珍妮絲那天在酒吧雅米拉曾對蓋布列示好。

「沒在怕的！」珍妮絲自信滿滿。「蓋布列喜歡的是像我這樣的肉感正妹，排骨精他沒興趣。」

尚大衛完全沒懷疑蕾貝卡的潛在不忠，應該說根本沒空注意她，或周遭任何事物。週二晚上他們到Curry My My用餐，他居然忘了自己已點過菜，把侍者叫過來責問為何不給菜單。而當蕾貝卡上了趟洗手間回到座位上時，發現他竟吃錯餐點，把他自己那份不辣的雞肉綠咖哩留在她面前，吃起她那盤大辣的牛肉紅咖哩，邊猛灌Evian礦泉水邊用法文咒罵。三不五時，他便拿起手機離開餐桌，隔沒兩分鐘又回來，眉頭深鎖。蕾貝卡問怎麼了，他回答那個金主歐伊沙魯夫最近都躲著他，電話愛接不接。這傢伙是個難搞的渾球，尚大衛忿忿評論。

蕾貝卡無心吃飯。她根本食不下嚥。她無法和她的男友溝通。他們彷彿處在兩個不同的次元，面對面相望但完全沒有交集。氣氛壓迫到她想逃開。

喔，尚大衛，我很愛你，蕾貝卡心想，但你這樣搞下去我真的會崩潰。

回到家，父親也在跟她冷戰。

他冷冷瞅她一眼。晚飯吃了嗎？吃了，和尚大衛。路易斯點點頭，目光移向電視上的福斯新聞頻道。就這樣，一整天講到的話就是這一句：晚飯吃了嗎？

蕾貝卡只能借助運動發洩。週三下班回到家，她在家中的健身房做了半小時重量訓練，又狠狠對著沙包亂打了十分鐘，接著練了四十分鐘的彼拉提斯。週四早上，她五點三刻就起床，到中央公園慢跑了半個小時，回程路上又忍不住繞到Lenox Hill醫院，仰望著整座醫院跑了一圈才回家。

晚上回到家，她躺在客廳沙發上把《戰地春夢》一口氣看完了。儘管這已是她不知第幾遍讀這本書，看到悲劇收尾時心情仍舊大壞，躺在沙發上恍惚睡去。醒來時，她發現肚子上蓋了條毯子，那想必是父親蓋上的。天氣其實挺熱，不大會著涼，但她摸著那條毯子，心頭還是暖暖的。已經十點多了，她尚未吃飯。她從廚房冰箱取出約蘭達冷藏的母親食譜版通心粉，用微波爐加熱。父親這時正好也進來泡茶喝。父女倆站在那兒，小心避開敏感話題，有一搭沒一搭閒聊了五分鐘，關係算是解凍。

吃完晚飯後，她回到臥房，突然起了衝動想打電話給單齊，掙扎了半天卻又作罷。打過去是要說什麼？而且她沒事為何要打給他？這念頭本身就令她有罪惡感。另一方面，她也期待著單齊打來。這兩天以來，幾乎是一有空檔，她就會拿出手機查看，但一通也沒有。她會自責，但仍舊無法自拔地繼續查看。

週五晚上，蕾貝卡洗完澡躺在床上焦躁地玩弄手機，突然靈光一閃。她從床上猛然坐起，想起週二晚餐時她男友狂打電話的焦躁舉止，那不就跟她這幾天的樣子如出一轍嗎？

到這時，她才頭一回懷疑尚大衛。

多久了？和誰？為什麼她如此遲鈍？

蕾貝卡拚命想冷靜下來，但越想越心慌，只好打給珍妮絲。

「聽起來不大妙，」她的好友評論。

「妳也這麼認為嗎？所以不是我胡思亂想？」

「我從來就不大信任那個傢伙。以直男來說他實在太自戀了，那表示他為所欲為。我不意外他在外頭搞七捻三。」

「妳怎麼都不警告我？」

「抱歉，親愛的，我疏忽了。可是這種事妳自己也該提防呀。這是所有女人都該要有的生存能力嘛！欸，妳不是個麥克法登嗎？應該要精明幹練吧，怎麼會讓妳的男人日日在妳面前胡搞呢？」

這番當頭棒喝對蕾貝卡來說是更大的打擊。掛了電話，她呆坐在床上好半天，為自己的天真感到震驚。

隔天在早餐桌上，她向父親查證。

「籌備中的加勒比海餐廳案子是不是有找一個叫歐伊沙魯夫的金主參與？」

父親還沒開口，她就已從他那責怪的目光得出答案。

「妳在說什麼啊？什麼金主？」

蕾貝卡深呼吸，將荷包蛋切開，強作鎮定吃著。

「再說，從來沒聽過這樣的姓氏。」路易斯啜了口哥倫比亞咖啡，低頭看報。「這傢伙是哪裡人？」

「東歐——」蕾貝卡臉色慘白，切了一小片蛋白，沾了半熟的蛋黃，送入口中。「和非洲的混血。」

到底是誰？

她還沒準備好向尚大衛質問。她不知如何啟齒。

是她有問題嗎？為什麼他會想找別的女人？

蕾貝卡感到自責。會發生這種事，她認為，某種程度來說是她咎由自取，因為她太遲鈍。

她害怕從尚大衛口中證實這整件事情，聽她的男友承認對她不忠，證明她確實是個天真的笨女人。

她真的是個麥克法登嗎？麥克法登家的人不該如此膽小。

整個週末，她都想打電話給尚大衛查問，卻又不敢，而她的男友則是一通都未撥來——他們已經好幾個晚上未通電話了。

掙扎半天，她仍舊選擇逃避。

她得先理出個頭緒，再找男友問個明白，雖說究竟要理什麼頭緒她也不清楚。

週一，在又期盼又害怕的心情下，蕾貝卡在高階主管會議上見到了她男友。他絲毫不在意她。開完會，她藉口要討論Fan & Friends試營運的成效，跟他回到他的辦公室。尚大衛沖了咖啡，他們邊喝邊談，而蕾貝卡也邊觀察他。她的男友絲毫未察覺她的神色有異，明顯心不在焉，眉頭照樣深鎖。他以前就是這樣整天滿面愁容嗎？蕾貝卡不禁想到。好像不是呢。從什麼時候變成這樣的？從開始偷情之後嗎？而自己為何都未有警覺？蕾貝卡看著她的男友在那兒愁眉不展，感到匪夷所思：他居然為了別的女人心事重重，而忽略眼前她的存在，絲毫未察覺東窗事發。那不就跟她之前一樣遲鈍嗎？她在男友身上看到了自己的可笑倒影。

那天晚上，她下班回到家，坐在臥房床上想到這一切，第一次因為男友不忠而掉淚，但沒哭太久。她感覺整個心空蕩蕩的。究竟怎麼一回事？

她起身，擦乾眼淚，出了家門，叫了計程車。

二十分鐘後，她終於重新踏入Fan & Friends。

距離她和單齊上回見面已經一週了。她依舊清楚記得在計程車上讓他握著手、在Raw Essence吧檯耳鬢廝磨的觸感和相隨而來的心悸。

單齊看見她，露出那令她懷念的溫暖微笑。蕾貝卡也報以笑容，在吧檯坐下。

「你知道嗎？我過了很特別的一週，」她說。

「妳中樂透了？」

「我不買樂透。」

「妳臉上蹦出了七十顆青春痘？」

她大笑。「我上回長痘子是十七歲。」

「妳在美國銀行門口制止了一樁搶案？」

「膽子沒那麼大。」

「還是妳戀愛了？」

蕾貝卡的笑容消失。

「如果是的話，為什麼我笑不出來。」她垂下頭。

「愛情不一定都是甜美的。」

「呵，你經驗很豐富嘛！」她抬頭瞪他。「你應該讓不少女人嘗過愛情的苦澀滋味吧！」

「其實我沒談過幾次戀愛。」

「所以你都是勾引女人，讓她們愛上你，到頭來又不認帳，是嗎？『我可沒跟她談過戀愛喔！是她單戀我，不算數喔！』」

「妳需要喝一杯。」

「要雙份的！不管你要調什麼！」

單齊笑著開始備料。

蕾貝卡喝著單齊倒給她的檸檬水，聆聽擴音器播放的音樂，一如往常是法蘭克・辛納屈，曲目是〈I've Got You under My Skin〉。她有點懷疑單齊是否故意挑這首詠諧情歌回應他們方才的對話，但忍住了沒問。辛納屈唱過太多首詠諧情歌，而若真問了，單齊說不定反而藉機嘲弄她。她的自尊本週已傷痕累累了。

「所以這杯的基酒是琴酒？」蕾貝卡將注意力放到單齊剛擺到她面前的一瓶

Beefeater。

「是的。這是杯經典調酒，叫做航空之夢（Aviation）。」

單齊又拿出另外兩瓶酒擺在她面前，其中一瓶是他之前調海明威戴克利時用過的Luxardo Maraschino櫻桃酒。蕾貝卡注視著那另一瓶G. Miclo出品的酒。

「Liqueur de Violette，」她讀著品名。「居然有紫羅蘭做的酒？」

「要不要嘗一點？」單齊用一口杯倒了一點給她。

「還真有紫羅蘭的香氣。」蕾貝卡聞了聞後嘗了一口。「很優雅的清甜。」

單齊倒了四十五毫升的Beefeater琴酒進雪克杯，又加了兩吧叉匙的檸檬汁、一吧叉匙的Maraschino櫻桃酒，以及三滴紫羅蘭利口酒，放入八分滿的方塊冰，迅速搖撞了二十次。他將雞尾酒倒入冰鎮的雞尾酒杯，最後噴擠入檸檬皮的油，將杯飾放到酒面。

「航空之夢。」他將雞尾酒端至蕾貝卡面前。

「為什麼叫這個名字？。」

「它的名稱起源於天空的淡藍色，不過真正調出來的顏色會隨著紫羅蘭酒的品牌和使用比例而不一。G. Miclo這支紫羅蘭酒本身的紫色很淡，調出來的航空之夢也就只是相當淺的粉紫色。」

「紫羅蘭的香氣變淡了，」她啜了一口評論，滿臉笑意。「和Maraschino的堅果香味穿插在琴酒香氣的縫隙當中，若有似無的，反而比純飲更迷人呢。真是杯高雅的調酒。」

「非常適合妳和妳媽。」

「要是她也能嘗到就好了。」

「說不定妳爸調給她喝過呢，別忘了他當過調酒師啊。」

「也許吧。」她笑容變得有點感傷。

「找時間我教妳，妳就可以自己在你們家客廳的吧檯調，」單齊提議。「端上樓頂的溫室，邊喝邊欣賞真的紫羅蘭，紀念妳母親。」

「聽起來不錯，但我從來沒調過雞尾酒耶。」

「我會教會妳的。」

單齊放了下一首辛納屈，〈Violets for Your Furs〉。

蕾貝卡莞爾。

「我們家也會放這首歌，我媽的最愛。」她笑出聲。「我爸也真的會拿紫羅蘭來別在她的衣服上呢，不見得是皮草，大衣、洋裝、上衣都有，有時甚至插在她頭髮上。你知道，他這方面很老派的，會煞有其事幫她別上去，花老半天去調整花的角度。所以那畫面其實很滑稽。我媽也很配合，就像個娃娃般坐在那兒任他擺布，然後會轉頭對我做個鬼臉，意思是說：要不然怎麼辦呢？就陪他玩呀。」

她笑得前仰後合。

就這樣，蕾貝卡啜著航空之夢，聽著那首熟悉的歌，沉浸在美好往事當中。

一直到整首歌播完，她思緒才飄回當下。

所以你這一週過得如何？蕾貝卡問。不算特別，但挺不錯，單齊回答。沒有墜入情網？蕾貝卡試探問道。也許有吧，單齊答。

「也許有？」蕾貝卡複誦。「什麼叫也許有？」

「我比較慢熱。」

「慢熱？」

她的好心情忽然沒了。

「就是在談感情時不容易沖昏頭——」

「等等！」她打斷他。「你是說我沖昏頭了？」

「當然不是。」

「不然什麼意思？不，算了，我不想聽。」她站起身，感到幻滅。「天啊，我真是丟人現眼。而你呢，你很機車。」

「妳反應過度了。」

「我可是有男朋友的人，」她嘆道，苦笑。「儘管他最近行為很混帳、儘管他很可能在外頭偷吃，但他曾經對我很好，而且目前仍是我的男友。而我居然在這兒做些愚蠢的事，出盡洋相。我還是你的主管耶。這真是太可笑了，更別提不專業。」

「蕾貝卡，請聽我說——」

「拜託，什麼都別再說了。我真是把事情越弄越亂，」她邊說邊直搖頭，翻著皮包。「請幫我結帳。拿去，不用找了。」

「身為公司高階主管，妳其實可以簽帳。」

「我跑來做這麼瞎的事，沒臉簽公司的帳。我得走了。」

單齊送她到了電梯口。

「這真是一週來的精采句點，」她對他說。「喔，差點忘了一週前的開頭呢，也是跟你一同度過的嘛。真多謝了。」

電梯門很配合地適時關上。

2

蕾貝卡恢復了加班的習慣。

她會忙到九點鐘才回家，洗個澡，倒頭就睡。

週二晚上，尚大衛心血來潮找她一塊吃晚飯，但她以工作忙碌為由推掉了。他有點困惑，但並不大在意。

她和夏娃之間的預算大小爭執仍舊不斷。隨著時裝秀的逼近，夏娃變得益發焦躁，但蕾貝卡已學會如何應付她。這對她來說已是小事。

比起花心思處理感情問題，埋頭工作還真是容易許多。

她沒什麼機會找珍妮絲談心。她的好友陷入熱戀，每天晚上都泡在Fan & Friends，黏著蓋布列。當她們有機會通電話時，珍妮絲都是滔滔不絕分享她自己的戀情，沒心思聽蕾貝卡訴說。蕾貝卡能夠體諒。她為珍妮絲高興，也免不了暗暗羨慕她。

蕾貝卡邀請了珍妮絲出席Summer Fan的春夏發表會。珍妮絲希望帶蓋布列一塊去，蕾貝卡也答應了。

「單齊也會去吧？」珍妮絲問。

蕾貝卡不是很想見到單齊或甚至去想他。但她也清楚，他們是同事，遲早得因公務打交道的。

比方像Summer Fan在發表會當晚於Fan & Friends舉辦的慶功派對，就是個他們必須討論的議題。

週三晚上，她七點就下了班，前往Fan & Friends，打算跟單齊商談派對的事。在計程車上，她為著等會的相見忐忑不安。

當蕾貝卡步下計程車，準備走進Fan & Friends獨立於Summer Fan服飾店面之外的外部電梯間時，她看見了一個讓她駐足的畫面。

她瞧見了奧斯卡。她的教父正開著一台黑色凱迪拉克的後座車門，協助一名女士坐上車。

在那個女人的身影輕巧縮進車子之前，蕾貝卡瞥見了她的面孔一眼。不算太年輕了，但非常美麗。

奧斯卡心情極佳，和那名美女有說有笑，跟著也敏捷上了後座——顯然駕駛座是有司機待命的。凱迪拉克隨即揚長而去。

蕾貝卡乘了電梯前往酒吧，思索著。

她推測，奧斯卡和他的女伴剛剛是從Fan & Friends離開。酒吧九點才開始營業，但身為老闆之一，奧斯卡要安排在開店前使用貴賓包廂個把小時是很簡單的事。雖然方才雙方相距幾步之遙，從教父的舉動看起來，她直覺他就是喝了點小酒。此外，以地點來說也太巧了。他總不會是陪女人逛Summer Fan買衣服吧。

奧斯卡是個花花公子，她在之前就聽夏娃和單齊提過，因此他和美女相約並不讓她感到意外。讓蕾貝卡思索的是那女子的面容。那讓她想到什麼，但又說不上來怎麼一回事。那女的似曾相識。她們見過嗎？不，不可能。她肯定自己與此人素未謀面。

蕾貝卡搖搖頭。算了，眼前她有一堆比這重要許多的事得傷神。

她來到Fan & Friends，坐到了吧檯前。

單齊以他一貫的溫暖笑容迎接她。

蕾貝卡原本還擔心，在那一天她失態之後，如今見面會尷尬。但她真是多慮了。單齊總是讓她自在的。他一如往常，從容、爽朗、風趣。幾乎她一坐下，人就放鬆了大半。

公事很快便討論完畢。她向單齊點了杯戴克利，接著近乎著迷地望著他以熟稔帥氣的身段將它搖撞出。當他將它放置她面前時，那杯雞尾酒可真是閃閃發光。她迫不及待嘗了一口。嗯，真是可口。她幾乎忘了他調的戴克利有這麼好喝。

她給了他一個感激的微笑，而他也回報了一個了解的笑容。

蕾貝卡知道，他知道她在做什麼。他們這算是和解了，之前的尷尬事情就當作沒發生過。正確來說，應該是她和他和解了，因為單齊從頭到尾根本沒跟她吵過。

望著面前那杯戴克利，蕾貝卡淡淡一笑，釋懷了。要不然怎麼辦呢？總不能一直賭氣下去，他們都是成人了。至於之前那些令她困惑的問題和讓她生氣的答案，就先擱著吧。

她和他隨口聊著。春夏發表會的那一天也是Summer Fan第五大道旗艦店正式開幕的日子，服飾門市和酒吧都是，晚上的慶祝派對將盛大舉辦。因此，單齊並不打算去看秀，而要早點到酒吧做準備，不過他很好心地准許被珍妮絲下令陪她出席的蓋布列去看了秀再回來幫忙。

「對了，我剛在樓下看到奧斯卡，」蕾貝卡隨口提到。

蕾貝卡笑了出來。珍妮絲近來找到機會就帶著她的新男友四處獻寶。

「是嗎？」

「他跟一位美女在一起。他們是來這邊喝酒，對吧？」

「我不方便透露別的顧客的隱私。」

蕾貝卡想要追問，不過單齊雖然笑容友善但態度堅決，她只好作罷。

她和單齊之間接下來會如何發展，她並不曉得。

更重要的是，她和尚大衛仍舊是男女朋友，而他們之間究竟會變得如何，是她和單齊是否會有任何可能的大前提。她到底要何時跟尚大衛攤牌，向他傾瀉她胸中滿滿的質疑，這她也不曉得。不知怎麼，她就是裹足不前。

這不像她。她是蕾貝卡・麥克法登，是有話直說，且直說得很不客氣的。

照說是的。

一切都卡住了。

終於，Summer Fan的春夏發表會來到。

珍妮絲興高采烈地帶著蓋布列提早來到後台探班。她像隻花蝴蝶般到處穿梭，找人嘰嘰喳喳，沒多久便和查理・提明斯基起了衝突，原因是他對她的男友講了些很不禮貌的話。提明斯基看來不大喜歡蓋布列。雖說蓋布列很有風度，但珍妮絲可不願受氣，和查理互嗆起來。蕾貝卡趕緊上前排解了。她知道提明斯基心情不好，因為夏娃近來都把她自己的壓力發洩到他身上。蕾貝卡安撫了雙方，看看秀展也快開始了，便拉著珍妮絲來到觀眾席，蓋布列跟在後頭。麥克法登先生也到了。他們全都在第一排就座。

安娜親自上台走秀。

看著安娜自信滿滿地開場展示第一套服裝，蕾貝卡暗自讚嘆她真是儀態萬千。夏娃本次共發表三十七套服裝，穿插搭配安娜設計的十雙鞋子。安娜的好友雅米拉也上場了，穿的是編號第四和第二十八的兩套服裝。

模特兒們一個接一個上了台又下台。很快來到最後一套，一件銀色緞面無肩帶禮服，自然也由安娜擔綱展示，搭配的正是她送給蕾貝卡的那款珊瑚粉紅細高跟鞋。蕾貝卡今天也穿著她那一雙出席了。當經過蕾貝卡面前時，安娜朝她眨了眨眼，蕾貝卡報以會心一笑，並豎起大拇指。

模特兒們魚貫出場謝幕，而安娜也再度上台，和夏娃手牽手向觀眾鞠躬。蕾貝卡領著全場起立鼓掌叫好。

投射燈在伸展台的底端牆上打出「Summer Fan Featuring Anna Fulasio」的標記。蕾貝卡的目光移向那組閃閃發亮的巨大文字，停留在最末一個字。

隔了數秒，她望向安娜，後者正在台上向狂熱的觀眾們揮手拋飛吻。

其中一個飛吻是拋給蕾貝卡的。

3

秀展結束四小時之後，單齊在吧檯後點頭微笑迎接了今晚第一位客人。

「慶功宴八點才開始喔。」

「我知道，只是想先喝一杯。」安娜在吧檯前坐下。「一個人先靜一靜。我已經講了一個下午的話，等會派對上又要跟一大票人寒暄應酬。」

「瑪格麗塔？」

安娜點點頭。單齊開始備料。

「所以瑪格麗塔是杯什麼樣的酒？」安娜問。

「以橙酒和萊姆汁烘托龍舌蘭風味的雞尾酒，也可用檸檬替換萊姆。妳不是喝過我調的嗎？」

「只是想聽聽你怎麼描述它。」

「妳在考我。」

「你沒那麼容易被考倒吧？」

單齊笑了笑，將材料一樣樣倒入雪克杯。

「瑪格麗塔好喝的關鍵在於三角平衡。萊姆汁和橙酒是三角的底部，一個酸、一個甜，烘托著頂端的龍舌蘭。調得好，龍舌蘭本身帶堅果香氣的甜味以及細微的草本植物香氣會整個綻放；調不好，龍舌蘭從頂端跌下來，三角也垮掉。」

單齊套上雪克杯蓋，俐落地搖撞，將完成的瑪格麗塔倒入酒杯，端給安娜。

「很紮實的三角，」安娜嘗了一口後評論。「龍舌蘭在頂端狂熱搖擺呢。」

「謝謝。」

「真有意思，」她沉吟片刻後說。「談到酸甜平衡，還有其他不少雞尾酒也是透過這概念調出來的，不是嗎？」

她將面前那杯雞尾酒底下的杯墊抽出，往前推。

「很多，酸甜平衡是很基本的調酒公式，」單齊說明。「事實上，同樣的橙酒搭萊姆或檸檬汁配方，只要把基酒抽換，就成了支全新的調酒。」

「比方像白蘭地。」安娜從吧檯一旁的一疊杯墊當中抽了一個，放到原先那個的左下角。

「側車。」單齊點頭。

「或是琴酒。」她又拿了一個，擺到頭一個的右下角。

「白色淑女（White Lady）。」

安娜注視著她所排出的那個杯墊三角。

「只要基酒抽換，就成了不同的雞尾酒，」她說。她拿起左下角的杯墊，將頂端那個往下拉至那空出的位子，又將右下角的推到頂端，再把第一個補進新的空位。她持續以逆時針方向緩緩推移著杯墊。

「真有意思，」安娜又說。

「妳是懂雞尾酒的。」

「談不上懂，接觸過而已。」

她把杯墊三角形推轉了好幾回才停下，啜飲一口瑪格麗塔。

可以幫我調另外這兩杯雞尾酒嗎？安娜要求。當然沒問題，但妳要同時喝三杯嗎？單齊問。請先調就對了，謝謝，安娜說。

單齊很快地調好側車和白色淑女。安娜將三杯雞尾酒一一置於排成三角形的三個杯墊上。

「已經七點半了呢。」安娜看了看錶。

「差不多該有同伴加入了，」她說。

單齊望著走向吧檯的第二位客人。

「歡迎光臨。」

「晚安。」尚大衛心不在焉地點頭致意。這是他和單齊相識以來第一次和他見面打招呼。

「可以借一步說話嗎？」他站到安娜身邊。「我需要跟妳討論一下加勒比海餐廳的廣告代言。」

「啊，對，加勒比海餐廳。」安娜輕笑一聲。「我想目前這話題可能不大適合。」
「妳為什麼要約這裡？我以為我們要——」
「歡迎光臨。」單齊點頭致意。
尚大衛轉過身，吃驚地望著剛抵達的蕾貝卡，不自覺又轉頭望向安娜。
「真想不到，」安娜在高腳椅上轉過半身，笑盈盈輕聲說道。
「又一個三角形呢。」

4

蕾貝卡站在那兒，望著安娜和尚大衛。

她在一個小時前收到安娜傳來的簡訊，要求約在這裡見面。她心裡有數，這是要攤牌。直覺告訴她，安娜已發覺東窗事發了。

下午發表會結束後，蕾貝卡上前向安娜道賀。儘管勉力堆出個笑臉，蕾貝卡心裡卻清楚自己的臉色僵得很，而安娜想必也察覺到了。

看到尚大衛也在這兒，就令蕾貝卡意外。怎麼回事？難不成她的男友要當著另一個女人的面甩掉她嗎？

「當事人都到齊了嘛。」蕾貝卡走上前，腳下已換了一雙白色Summer Fan高跟鞋。下午發表會一結束，那雙珊瑚粉紅細高跟鞋就被她在後台脫下。當初安娜送她這雙鞋時，曾說過蕾貝卡穿著它們出門可藉機為品牌宣傳，不過媒體對此從未注意過（因為他們早就不期待穿著千篇一律的她帶動流行趨勢），然而她可一點都不在乎。而尚大衛也從未留意過她曾擁有這雙鞋子，原本她倒是對此耿耿於懷，只是如今那也不重要了。下午在後台，她將那雙敵人送的鞋子毫不留戀地踢到一旁，從模特兒走秀穿完的一堆鞋子當中找了一雙尺碼合的換上，當然避開了安娜設計的款式，一直穿到此刻。

「蕾貝卡，書書，聽我說——」尚大衛的聲音很虛弱。

「我都知道了，尚大衛，」蕾貝卡說。「不必再裝了。」

安娜明顯是全場心情最愉悅的。

「坐吧，」她笑咪咪邀請。

「要幹嘛？」蕾貝卡冷冷反問。「我沒興趣陪兩位演連續劇。」

「當然不演連續劇。都是成人了，我們可以用文明的方式溝通。」

「沒什麼好溝通的，安娜。妳是個虛偽冷血的賤貨。至於你呢——」蕾貝卡轉向尚大衛。「你是個自私軟弱的爛人。你背叛了我。」

「書書，我們別——」

「而我，我天真得可悲。」蕾貝卡搖了搖頭。她意識到自己眼眶泛淚，於是拚命克制住。她不會在這兩人面前哭。她將頭抬高，緩緩深呼吸。

「妳把心裡話說出來了，很好啊。」安娜說。「這正是我約大家來的用意，當面把話說清楚。」

「就把他給妳吧，」蕾貝卡說。

「蕾貝卡！」尚大衛驚呼。

「真是慷慨呢，」安娜呵呵笑道。「不過，我也不想要了呢。」

「什麼？」尚大衛大叫。

「我完全不在乎。」蕾貝卡搖頭。
「喔，親愛的。」安娜轉頭對尚大衛嘟起嘴。「你一口氣被兩個女人甩了呢。」
尚大衛來回望著她們兩人，張口結舌。
「我需要喝一杯！」他對單齊咆哮。
「已經準備好了。」單齊指著那杯側車。
「是的，側車是點給你喝的，」安娜在一旁證實，接著轉頭讚美單齊。「真是專業啊。我沒明說，你照樣猜出來了。」
「因為不大可能是另一杯啊。」單齊苦笑。
尚大衛拿起那杯側車，咕嘟咕嘟一口氣喝乾，放下酒杯，喘口氣，轉身欲離開。
「這杯是十七塊美金加稅，謝謝，」單齊要求。
「什麼？」尚大衛暴跳。「你好大的狗膽！我可是公司高階主管！」
「很不好意思，」單齊聳聳肩道。「但這筆消費還是必須入帳。」
「記我公司帳就好了！」
「通常是可以的，但是我們今天已經被包場，這筆帳要拆開另計。」單齊笑嘻嘻。「為避免帳目混亂，恕不接受公司簽帳。」
尚大衛怒吼一聲，從他那精緻的黑色Summer Fan西裝外套暗袋翻出皮夾，從中抽了一張百元大鈔拍到吧檯上，拂袖而出，沿途並對竊竊私語圍觀的其餘酒吧工作人員破口大罵。
「喝一杯吧。」安娜指著那杯白色淑女。「這是特別為妳點的喔，蕾貝卡。妳想必渴了吧。」
「去死吧妳。」

「喝吧。我可沒下毒，這是單齊調的。邊喝邊聽我說另一件事，很快就說完了。妳會感興趣的。」

蕾貝卡正好渴了，便端起那杯雞尾酒，喝了一大口。

「有屁快放，」她說。

「我只是希望我們往後能合作愉快。」安娜雙手合十。

「不會再有什麼合作，這次的Summer Fan限量系列是第一次，也是最後一次。」

「喔，那真是太可惜了。下午發表會一完，各大百貨公司的採購立刻下了大批訂單呢。妳父親，啊抱歉，我知道妳不喜歡人家在妳面前這麼叫，我是說麥克法登總裁他本人，對銷售成績可是相當滿意呢。」

蕾貝卡皺眉。她知道通路對於安娜限量系列的反應頗佳，但她尚未與父親討論到這部分。

「而且是滿意之至，」安娜接著說。「馬上找我去談話。我們相談甚歡，他向我提議一件事。」

蕾貝卡望著安娜，寒毛直豎。

「從妳的表情看來，妳好像心裡有數了。不愧是個麥克法登，實在機伶。如果妳在感情方面反應也這麼敏銳就好了。」

「他跟妳提議了什麼？」蕾貝卡的聲音乾到嘶啞。

「要我擔任Summer Fan的新任創意總監。」

蕾貝卡的確已猜到，但仍倒抽口冷氣。

「時間差不多了耶，」安娜看了看錶道。「慶功宴快開始了，可夏娃倒不一定會來了呢。」

安娜攤了攤手。

「麥克法登總裁現在應該正在開除她吧。」

安娜舉起她那杯瑪格麗塔。

「乾杯？」

第七章　無法超越的滋味

1

「妳這個下三濫，」蕾貝卡說。「妳比我想的還更卑鄙無恥。」

「用那種話罵我沒什麼意義，」安娜說。「不痛不癢。」

「夏娃一手打造了Summer Fan，沒有人能取代她。」

「妳應該看過各大百貨在秀展後下的採購單了吧？這是有史以來最糟的一季，正規商品賣出的數量只有我那批限量款的六分之一。她絕對該被換掉，而我正是最佳人選。」

「妳不過設計了幾雙鞋子，那不代表妳有資格在Summer Fan這樣的一線品牌掌舵！」

「查理・提明斯基會擔任我的副總監。他會協助我將腦中的概念化為具體的衣物。」

「查理？這事他也有份？」蕾貝卡感到又挨了一拳。

「沒什麼好訝異的。拜託，」安娜冷笑道，「連妳自己都不願和夏娃共事了，不是嗎？」

「不管我對夏娃有多不滿，至少我會正大光明和她溝通，而不是背後捅一刀。」蕾貝卡搖搖頭。「妳這下流的女人，妳不配。」

「看來，妳說什麼都不信我是憑實力坐上這位子，也許我該幫妳把事情合理化，」安娜說。「如果我說我和妳爸有公務之外的關係，妳會比較能接受嗎？」

蕾貝卡愣住。

「什麼？」

「妳聽見我說的了。」

「妳和我爸上床？」

「我不會說得這麼露骨，」安娜微笑道。

理智像根絲線在蕾貝卡腦中綳斷。

「妳這個賤——」她撲上前，但被從吧檯後頭衝出的單齊拉住了。

「員工們都在看，」單齊在蕾貝卡耳邊告誡。

蕾貝卡轉頭一瞧，原本在酒吧另一頭看戲的其他調酒師以及侍者們紛紛撇過頭。

她點點頭，示意自己已冷靜下來，單齊於是鬆開手。

「好好享受妳的慶功宴吧，」蕾貝卡沉聲說道。「這事不會就這樣算了。」

說完，她便大步離去，拒絕了跟在一旁想要送她的單齊。

「我可以再來一杯嗎？」安娜問。

「慶功派對還要一會才開始呢，」單齊答。

「請為我調吧。我很喜歡你的雞尾酒。」安娜微笑。

單齊回到吧檯後頭。

「你對我很生氣。」安娜坐回高腳椅。「這也難怪，我把你老姊踢走了。」

「這個品牌是她的命。」單齊沉著臉。「這樣做實在太殘忍了。」

「我並不是針對她，只是正好有這機會，我就抓住了。」

「妳想喝什麼？」

「隨你調吧。」

單齊點點頭，備起料來。

他用鐵夾夾了顆方糖，放到一張紙巾上頭，接著取了Angostura苦精，倒了三滴在方糖上，將方糖夾進預先冰鎮的香檳杯。他開了瓶已冰鎮的Bollinger Special Cuvée香檳，緩緩注入至八分滿。

「香檳雞尾酒（Champagne Cocktail）。」單齊將雞尾酒推至安娜面前。

「慶功時少不了的。」安娜微笑，啜了一口。

兩人沉默了半晌。

「我剛剛確實生氣，」單齊說，「但現在好些了。」

「為什麼？」

「我姊的問題是冰凍三尺，早就有跡可循，而路易斯是個十足的商人，就算沒有妳介入，她遲早還是可能被換掉的。」

「還真理性哪。」

「雖然這麼說好像有點冷血，但我們都是成人了，要走的道路都是自己挑選的。」

「可不是嗎？」

說完，安娜苦笑了一下。她的神情和緩了，露出在自信之下潛藏已久的疲憊。

「以一個慶功的人來說，妳的喜悅之情稍微淡了些，」單齊觀察道。

「我只是覺得五味雜陳。」

「怎麼說？」

安娜沒回話，又喝了口香檳雞尾酒，入口時眉頭很輕微蹙了一下。

2

「不好喝嗎？」單齊問。
「不，很好喝。」她搖頭。「只是變得比剛剛甜了。」
「因為方糖融解了。香檳雞尾酒的味道會隨著時間明顯變化。」
「我此刻比較不想喝甜的。」
「我明白了。」
單齊又取出了那瓶Bollinger香檳，並拿了Guinness黑啤酒，擺在吧檯上備妥。接著，他新拿了個冰鎮過的香檳杯，放到吧檯上，將Guinness啤酒慢慢注入到將近半滿，接著拿了吧叉匙靠在杯口，沿著吧叉匙緩緩倒下等量的香檳。
「黑絲絨（Black Velvet）。」他端上這杯新的雞尾酒。
「謝謝。」安娜喝了一口，閉上眼，滿意地點了點頭。
「這就對了，」她說。
「苦味才是妳現在所要享受的，」單齊點出她的心境。
「苦味才是屬於成人的滋味呀。」
「不過就算是成人，像妳這樣在勝利時刻品嘗苦味的仍舊很少。」
「這我倒不懷疑。」
安娜沉默一會，又啜了口黑絲絨，望向單齊。
「你知道我曾被性侵過？」

當年我十四歲，安娜說，那是我繼父。

單齊神色凝重聆聽著。

「其實他並沒真正得逞，因為我抵死不從，最後只是被他毛手毛腳到，衣服給扯破。但是這對任何年齡的女人來說都夠可怕的了，更別提對那麼年幼的我。」

當時我們人在里約熱內盧的家中，安娜回憶，我母親不在。我好不容易掙脫，從臥房逃到浴室，把門反鎖，聽著我繼父在另一側咆哮、又捶又踢著門。

「我渾身發抖，但卻沒有哭。」安娜的表情冷漠而專注。「在那種情況下驚慌哭泣是很正常的，可我卻異常的冷靜，把浴室的氣窗敲破，想辦法爬出去了。」

我們家的公寓在三樓，安娜繼續追述，我沿著屋外的水管慢慢爬下地，中間一度沒抓緊，差點墜樓。那是下午兩點多，街上只有三、四個行人，但全都瞪著我，衣衫不整，身上好幾處都被窗戶破玻璃割傷，鮮血滴滴答答。

「我學校的一個好朋友就住在附近。我跑去求救，他於是陪我去報警。警方到了我家中，逮捕我繼父，但他當天晚上就交保放出來了，而且後來連起訴都沒有。」

「為什麼？」

安娜眼神迷離了些。

「那部分要講比較久，」她說。「先跳過，好嗎？」

單齊體諒地點點頭。

「總之，」安娜繼續說，「從那天開始，我再也沒回過那個家。」

「妳才十四歲耶，怎麼獨立生活？」單齊問。

「我住到了那個好朋友的家。他的父母願意收留我，也和我母親溝通好了，因為我表明了不會再回去。我媽每月貼補他們一些伙食費，但我過不久就開始打工賺生活費，學著自力更生。你猜我是在什麼地方打工？」

「酒吧。」

「真聰明。」安娜讚許地笑出聲。

「沒錯，酒吧，而且是吧檯。因為某些原因，我原本其實就接觸過一些調酒基本知識。而當我去找工作時，那就成了我的本錢。我那時儘管才十四歲，但已經發育得像個成人，因此謊報年齡人家也相信。就這樣，我做了一陣子的調酒師。當然，那不是什麼像樣的酒吧，我其實也就是胡亂調個一通，完全不能跟你這種受過紮實訓練的相比。不過，總算是有這方面的經驗。」

安娜喝了口黑絲絨，說了下去。

「兩年後，我被一家經紀公司簽下，展開模特兒生涯，搬到了聖保羅。又隔兩年，模特兒事業上軌道了，我就搬來紐約，定居在這兒。」

「妳很了不起，」單齊說。「堅強，而且勇敢不退縮。」

安娜臉上揚起一絲既傷痛又感慨的微笑。

「對許多女孩子來說，模特兒是份美夢般的工作，可以打扮得漂漂亮亮，又受人矚目；對我來說，這是翻身的唯一機會。我對於賣弄美貌既不喜歡也不厭惡。我必須生存下去，而且非得成功不可。我是沒有退路的，那從我十四歲起就斷了。」

「當個名模對妳來說也還不夠，」單齊指出。

「模特兒壽命很短，我得做長遠的事業規劃。我雖然是半路出家，但花了很多力氣邊工作邊自學服裝設計，不管畫設計圖或縫製衣服都搞到半夜，隔天清晨就出門拍照。因為我長這樣子，得加倍辛苦才能讓人認同我的內在實力。」

「如今妳得到妳要的了。」

「你真的不恨我？」安娜微笑問道。

「為了妳用卑鄙的手法把我姊從她辛苦創立的公司踢掉嗎？答案是不會。」單齊苦笑，表情惆悵。「但我為她感到難過。」

安娜又喝了一口，隔半晌才又開口。

「話說回來，調這杯時不是應該兩個同時倒嗎，啤酒和香檳？」

單齊笑了出來。「果然專業。」

「不，跟你相比，我真的只懂皮毛。」

「黑絲絨的原始做法的確是將香檳和黑啤酒一左一右同時倒入杯中，不過這倒法雖然花俏，兩支基酒的比例卻很容易出現誤差，因此我會分開倒。」

「你不做沒把握的事，」安娜評論。

「不大喜歡，但很多時候還是得硬著頭皮上場，」單齊聳聳肩道。

「人生不能等準備好再過。」

「可以這麼說。」

「你覺得我準備好當Summer Fan的創意總監了嗎？」

「我並不是時裝方面的專業。」

「我問的並不是技術層面，而是心理層面。調酒師的第一專長是調酒，第二專長就是看人吧。」

單齊望著安娜。

「是的。」他點點頭。
「我相信妳準備好了。」
蓋布列上前，提醒單齊慶功宴即將開始。
「賓客們馬上就要入場了，」單齊告知安娜。「妳會和大家宣布妳的好消息嗎？」
「目前這還是機密。麥克法登總裁會擇日正式宣布。」
客人們陸續進場，頭幾位是雅米拉和幾名模特兒。雅米拉打老遠就看到安娜，揮手尖聲喚著她。
安娜笑盈盈朝她也揮了揮手。
「我得過去打招呼了。」
她將剩餘半杯的黑絲絨一飲而盡，站起身。
「謝謝。」
「我什麼都沒做。」
「你聽我說了心事。」
「那本來就是調酒師份內的工作。」
安娜瞇眼瞅著單齊，臉上掛著好奇的微笑。
「你對於我和路易斯的關係有什麼看法？」
「身為調酒師，我不會去評斷顧客的隱私。」
「那麼身為朋友呢？」
「我還是沒有意見。妳和誰交往是妳的自由。」
「蕾貝卡一定恨我入骨。我一口氣搶走她生命中兩個男人。」

單齊雙臂撐在吧檯上，聳了聳肩，苦笑。

安娜傾身靠在吧檯上方，一隻手搭到了單齊的手上頭，輕輕握了一下。

「也許我會把蕾貝卡所有的男人都搶走呢。」

說完，她嫣然一笑，轉身前去迎接她的朋友們。

3

「就是這樣了。我很抱歉。」

路易斯看起來的確歉意十足。夏娃坐在他辦公桌前，一言不發。

「妳會有優渥的財務補償，這點我跟妳擔保。」

夏娃望著路易斯，仍舊未答腔。這樣過了好半天，她垂下頭，繼而望向牆上的時鐘。

「你應該動身去慶功宴了，」她起身說道，停了停，補了一句，「我不會擋你的路。」

她出了總裁辦公室，正好遇上急切趕來的蕾貝卡。兩人面面相覷，夏娃接著轉身離去。

「為什麼都沒跟我說？」蕾貝卡進了辦公室，急切對她父親質問。

「妳最好把房門帶上，」年長的麥克法登警告，「而且嗓門放低點。」

「我好歹是Summer Fan的營運長！」她低聲叫著，繼而意識到失言了。「至少我相信依我近來的表現，我應該會當上營運長。」

「妳會的。我會在下週一發布妳的人事命令，連同夏娃和安娜的，」路易斯冷冷答道。

「拜託！開除夏娃？」

「妳不是一再跟我抱怨她狀況很糟嗎？」

「是很糟，但有必要下手這麼重嗎，總裁——爸？她創辦了Summer Fan哪，她就代表了、就是Summer Fan耶！」

「正因如此，我並沒真的開除她。她只是轉為顧問職而已。」

「然後讓安娜來掌舵？」

「安娜的設計功力比大家想的要高強，」路易斯不慌不忙回應。「可別小看她。」

「在領教過了她的本事之後，我可不敢，但我得說耍心機才是這女人的最大長處。」

「我會把這叫生意頭腦，而這也正是她比夏娃出色之處。」

「是啊，你跟她打炮是因為她有生意頭腦！」

話一出口，她便知自己說過頭了。

路易斯瞪著她。

「打炮？」

「我知道這個用詞太難聽了，抱歉。」蕾貝卡搖頭。「我太激動了。」

「妳認為我和安娜上床？」路易斯露出匪夷所思的表情。「妳瘋了嗎？」

「你否認嗎？」

「妳好好看著我的眼睛，然後告訴我妳老爹有沒有在扯謊！」

蕾貝卡照做了，數秒之後赫然發覺她父親說的是真話，又驚又受挫地抱頭喘了口大氣。

「我的天哪！你真的沒有！」

「哪天若我真要和安娜或任何女人上床的話，我會先傳簡訊跟妳報備，」路易斯酸道。

「還想要什麼？我的監護權嗎？妳得先等我失智。」

「對不起，爸爸。」蕾貝卡懊惱之至。「我是個白痴！」

「誰告訴妳我和安娜上床的？」路易斯眉心糾結追問。

「這個——」蕾貝卡猶豫，很清楚安娜其實只是誘導她這麼想而已。「沒有人。」

她腦海中浮現安娜呵呵奸笑的模樣，不禁暗暗咒罵。

父親沒再多問，但神情看來已了然於胸。

「妳太嫩了，」路易斯搖了搖頭，淡淡評道。「人家拿塊紅布抖一抖，妳就像頭公牛一樣悶頭往前衝。」

蕾貝卡無言以對。

「這就是為什麼我之前不跟妳透露創意總監換人的決定。妳太感情用事、太容易心軟。妳會壞事。」

路易斯開了辦公室的門。「我們得趕去慶功派對了。主人不能遲到太久。」

他邁步離去。蕾貝卡重重嘆口氣，帶上房門，緩緩尾隨在她父親的巨大身影之後。

4

「所以你們不會去度假了？」

珍妮絲喝了一大口香檳雞尾酒，問蕾貝卡。她們人在Fan & Friends，慶功派對正酒酣耳熱。珍妮絲已喝了四杯香檳雞尾酒，那是吧檯今晚主推的調酒。

蕾貝卡搖了搖頭。

原本她說服了父親，趁本週秀展忙完一塊到漢普頓過週末——儘管別人都已結束度假，紛紛從當地返回曼哈頓，遲了總比沒去好——只是在今晚大吵一架之後，她實在無法和老爸一同下鄉共享天倫之樂。

「我完全沒心情度假，」蕾貝卡告訴珍妮絲。「也沒心情開派對。」

她啜了一小口香檳雞尾酒，完全不在乎自己喝的是什麼，也不像往常一般向單齊追問這支酒的背景。就算她想，單齊也沒空理她。他忙進忙出，心情似乎完全不受姊姊惡耗的影響，幹勁十足，一會招呼客人，一會在吧檯後頭調製雞尾酒，或是在全場穿梭指揮酒吧員工。

「不過夏娃會被砍頭我並不意外。她這季的作品真是前所未有的糟。她真的已經江郎才盡了。」珍妮絲朝著從眼前經過的蓋布列擠眉弄眼。

「但發表會才剛結束，有許多評論都尚未貼上網，就連採購們下的訂單也只是暫訂的。這根本是早就預謀好要砍她的。」

「親愛的，是不是預謀都不重要。」珍妮絲聳聳肩。「根本沒有人在乎夏娃了。如今安娜才是焦點。」

安娜確實是全場的焦點。所有人都想和她說話。她保持合宜的笑容，有條不紊地應付大家。

至於夏娃，蕾貝卡整晚只聽見兩位賓客詢問她人在何處，而世人甚至還不知道她已不再是Summer Fan的創意總監。珍妮絲的看法看來並非無的放矢。

珍妮絲看見查理在找蓋布列的碴，於是上前解救她男友。查理只擺了擺手便離開，並未和珍妮絲吵起來。他顯然心情不錯。蕾貝卡看情況並不需要她調停，便放心轉過身。她有事要問單齊。

單齊忙翻了。她跟在他身邊足足五分鐘，才找到空檔和他說話。

「我很擔心夏娃，我想找她聊一聊。」

「我今晚打過好幾通電話給她，但她手機關機了，」單齊說。「家裡電話也沒人接。」

「她睡了嗎？」蕾貝卡看了看錶。「但現在才九點。」

「不大可能，但有可能把自己關在家喝悶酒。」

「派對再過一小時就結束了。到時我們一起去找她，好嗎？」蕾貝卡提議。

「好啊。」

單齊繼續去忙了。蕾貝卡轉過身，看見查理・提明斯基朝她走來，手裡端著杯香檳雞尾酒，春風滿面。

「玩得開心嗎，親愛的？」查理笑嘻嘻問道。

「還不錯。看得出來你倒挺自得其樂的。對了，恭喜啊，副總監，」蕾貝卡盡責地祝賀。

「啊，妳知道了嗎？也對，妳本來就該知道的，畢竟妳是公主殿下嘛！和我們不一樣，不費吹灰之力就可以坐上高位，」查理咯咯笑道。「謝謝囉！」

「你有見到夏娃嗎？」蕾貝卡決定不理會他話中的刺。

「我應該要見到她嗎？」查理搖頭晃腦。「呵呵呵，我可整晚都沒見到那老巫婆喔！而且我很高興以後再也不用見了！」

「這傢伙真是鼠輩！」蕾貝卡在查理離開後，對剛回到她身旁的珍妮絲說。

「鼠輩在時尚界的食物鏈可是爬得很快的，」珍妮絲冷冷評論。

「妳知道，我不曉得這渾球有什麼毛病，」珍妮絲又說。「他就是喜歡找蓋布列麻煩。可憐的蓋布列。他人那麼好，對大家都那麼好。」

「我想有人會同意妳這番話，」蕾貝卡說，望著不遠處。蓋布列就在那兒，和一位模特兒交談著。

那是雅米拉。她明顯正對珍妮絲的男友放電，抓著他的手，咯咯笑得花枝亂顫。

「開什麼玩笑！」

珍妮絲怒氣沖沖大步上前。蕾貝卡焦急跟上去。

「喂，大鼻子！」珍妮絲喝斥，右手直指著她情敵臉部中央的標的物，上臂一大團贅肉劇烈搖晃。「離我男人遠一點！」

「閃一邊，胖子，」雅米拉憤怒吸了吸她那鷹勾鼻，不慌不忙回道。

「胖子？妳叫誰胖子？」珍妮絲氣炸了。

蕾貝卡花了好大一番力氣才將她們勸開。蓋布列保持禮貌的笑容藉機閃避了，而雅米拉也悻悻然離開。

「這厭食女真的以為蓋布列會看上她這種貨色嗎？」珍妮絲啐道。

「我不曉得，珍妮絲，」蕾貝卡遲疑道。尚大衛的事件讓她對男人沒什麼信任感。「我想妳是該提防一下。雅米拉確實挺有魅力的。」

「蕾貝卡！」

「哎呀，我也不是說她比妳有魅力，只是——」

「那妳也認為我是胖子嗎？」

「當然不是。呃，我意思是，也許妳可以稍微少吃點——」

蕾貝卡不知該怎麼接下去，而珍妮絲的眼睛已瞪圓了。幸好這時她父親過來解救了她。

「來跟市長打個招呼，」路易斯吩咐。「他特地到一下就要走了。」

德拉曼加市長看來心情頗佳，和她熱烈寒暄。只是，蕾貝卡和他講不到兩句話，原本在酒吧另一端的安娜便瞬間現身，熱情握著市長的手，將話搶過。

「雖然我對這婊子厭惡之極，仍不得不佩服她的手腕，」蕾貝卡退到一旁，對利用空檔跑去裝了一大盤一口點心的珍妮絲嘆道。

「妳知道妳們倆的差別在哪嗎？她比妳飢渴，」珍妮絲邊嚼邊口齒不清地分析。食物明顯已迅速讓她忘卻方才不愉快的經歷。「恕我直言，但我認為這是她有辦法把尚大衛搶走的關鍵。」

「也是她之所以能幹掉夏娃的原因嗎？」蕾貝卡悶悶不樂問道。

「她發了狠，」珍妮絲點點頭說。

「也許我真的該提防她對我老爸下手。」蕾貝卡擔憂地望向不遠處的安娜。

「妳確定她的目標是妳老爹嗎？」珍妮絲問。

珍妮絲用下巴比了比，蕾貝卡困惑地隨之望向正與安娜以及她父親有說有笑的那一位。

「什麼？市長？」蕾貝卡驚呼，並趕緊壓低音量。「妳在開玩笑吧！市長可是有老婆的！」

「寶貝，妳情報實在太過時了。」珍妮絲直搖頭，又塞了塊一口點心進嘴裡。「這就是不看八卦雜誌的後果。德拉曼加已經閃電跟他太太辦妥離婚了。」

蕾貝卡這才注意到市長今晚是單獨出席。

「為了安娜？」

「其實謠言只傳出他認識了一個狐狸精，被迷得暈頭轉向，不惜付出大筆贍養費給他老婆。至於這對象究竟是誰，狗仔隊一直沒拍到，」珍妮絲說。「我也只是看到他和安娜聊得熱絡才突發奇想。」

蕾貝卡望向安娜，後者周旋在她父親和德拉曼加之間，談笑風生。

「妳看那小爛貨志得意滿的樣子。」珍妮絲望著安娜評道，「這想必是她有生以來參加過最棒的派對。」

蕾貝卡苦澀點點頭。

「反倒可能是我所參加過最糟的，」她說。

5

派對散場時，單齊告訴蕾貝卡他發現了夏娃的行蹤。

「她人在Raw Essence。」

「為什麼我們沒早點想到呢？走吧。」

夏娃看起來出奇的沉靜，隻身坐在吧檯。

「她喝了一晚悶酒，」Raw Essence的經理傑森告訴他們。「亂喝，什麼都喝，喝得不像話，所以我打給單齊，要他來接人。」

「我不需要人接，」夏娃接道，遲緩的語調明顯帶著醉意。她拿起面前一杯雞尾酒灌了一大口。

「那是曼哈頓嗎？」單齊問，和蕾貝卡在夏娃身旁坐下。

夏娃點點頭。傑森在一旁補充，「今晚的第三杯曼哈頓。」

「妳不能再這樣酗酒下去了，夏娃，」蕾貝卡關切道。「如果不把它戒掉，一切只會越來越糟。」

「妳少教訓我。我會落得這步田地，是誰害的？當初是誰引狼入室，找那蛇蠍女來設計鞋子的？」

「是我。」蕾貝卡臉色慘白。「關於這點，我很抱歉。當初那似乎是個好主意。但是請聽我說，妳被換掉這件事，我先前也被蒙在鼓裡。」

「我不管那麼多，也不想聽妳辯解。」夏娃搖著頭。「妳已不再是我的主管，這裡也不是妳老爸的地盤。這是奧斯卡的店。所以放尊重點。」

「奧斯卡的店？」蕾貝卡詫異。

「在和路易斯對決的好幾年之後，他把這裡買下來了，連同外頭那間中餐館，」單齊說明。

「幸虧如此，如今我走投無路之際，才還有個喝酒和呼吸的地方。」夏娃在高腳椅上轉過身，為蕾貝卡指著方位。「三十年前的吧檯是設在靠左邊那面牆，現在雖然搬到這一頭，但我坐的相對位置是一樣的。」

「所以當年妳就是坐在這個座位上品嘗他們倆調的曼哈頓？哇。」蕾貝卡神往。

夏娃沒吭氣，將面前那杯曼哈頓一飲而盡。「下一杯！」

蕾貝卡想要勸阻，但單齊按住她的肩頭，搖了搖頭。

「還喝曼哈頓嗎？」傑森問。

「XYZ，」夏娃改點。

「終於點這杯了。」傑森點點頭。「我等了整晚呢。」

「為什麼？」蕾貝卡不解。

「XYZ是英文的最末三個字母，所以這酒名原先是取『無法超越的滋味』的含意，」單齊為她解釋。「而後來也引申出結束的意思。」

「一切都結束了，」夏娃喃喃說道，表情茫然而抽離。

「就別這麼戲劇化了，夏娃。」蕾貝卡撇撇嘴。「結束的只是妳在Summer Fan的任期，天無絕人之路。話說回來，這杯聽起來倒也滿適合今晚的我喝嘛。」

夏娃狐疑瞧了她一眼，蕾貝卡於是向她簡潔交代尚大衛和安娜偷情，以及自己因此今晚和他分手的經過。

「可怕的女人。」夏娃淒涼搖著頭。「我們倆都被她搞慘了。」

「就請來個三杯吧，」單齊對傑森要求。

「你又有什麼結束的？」蕾貝卡問。

「倒沒有，我只是單純喜歡『無法超越的滋味』。」

傑森取了波士頓雪克杯的不鏽鋼杯部分，倒入九十毫升的Havana Club Blanco，又加了四十五毫升的Cointreau橙酒和等量的檸檬汁。

「他用的雪克杯和你平常用的不同耶，」蕾貝卡注意到。

「那是波士頓雪克杯，分成不鏽鋼杯和玻璃杯兩部分，」單齊說明。

傑森加了冰塊進不鏽鋼杯，套上玻璃杯的部分，開始搖撞。

「和三件式雪克杯相比，波士頓雪克杯的搖撞空間拉大，混入的空氣和融解出的水也較多，」單齊繼續說明。「酒精的苦澀味較容易去除，搖出來的口感比較有親和力。」

傑森使勁搖撞了二十次，取下玻璃杯蓋，將雞尾酒倒入三個預先冰鎮的雞尾酒杯，在杯子上方分別噴擠了檸檬皮後，一一端上。

「和戴克利的味道有相似之處。」蕾貝卡品味著。「但是香氣比較豐富。」

「這兩支都是套酸甜平衡公式的蘭姆雞尾酒。戴克利的甜味取自糖漿、酸味是用萊姆，純粹突顯蘭姆酒的味道，」單齊說明。「而XYZ的甜和酸則採用柑橘酒和檸檬，香氣的層次較多，較為端莊優雅。」

「過了這麼緊繃的一天下來，我居然還有心情聽調酒師講課，真不知自己有什麼毛病。」蕾貝卡又喝了一口XYZ。

「別把它當聽課，當調劑吧，」單齊說。

「聽了三十年後，就不會想把它當調劑了，」夏娃接道，喝了一大口。「整個麻痺。」

「很難說，也許會聽出新的領悟啊，」蕾貝卡試著為她打氣。

「三十年，」夏娃仍喃喃自語。「到底剩下什麼？」

「就重新開始嘛！別這麼消極吧！」蕾貝卡急了。

夏娃轉頭用白眼瞪她，搖了搖頭，又轉回去。

「奧斯卡。」夏娃凝視著牆上一排排的酒。「我看見了他。」

「妳是說，當年在這兒比賽的奧斯卡身影浮現在妳眼前，是嗎？」蕾貝卡微笑問道。

「她是說她看見了本人！」

他們轉過頭，望著奧斯卡・龐特大步踏進酒吧。

「渴了！」奧斯卡走到吧檯前，端起單齊的那一杯，仰頭一大口。

「XYZ。」他咂了咂嘴。「真恰當呀！」

「你嘴角有血！」蕾貝卡驚覺。

「眼圈也黑的。」龐特指了指自己的左眼。

「不會吧你，」夏娃冷冷說道。「為什麼你不能成熟點，都這麼多年了？」

「都這麼多年了，混帳還是混帳。」奧斯卡若無其事聳聳肩。

「你說的是我爸嗎？」蕾貝卡警覺問道。「你該不會是跟他打架了吧？」

「那不是重點，」奧斯卡說。

「那重點是什麼？」

奧斯卡冷冷環視他們所有人，好半晌才宣布。

「Fan & Friends要收掉了。」

第八章　穿越雲朵的日光

1

蕾貝卡最先的反應是望向單齊，他和她一樣滿臉錯愕。她又望向夏娃，後者看來則是毫不意外，冷笑一聲便低頭喝她的ＸＹＺ。

「請解釋！」蕾貝卡要求。

「我聽說夏娃被開除的事，就去派對找妳老頭，結果一言不合。」奧斯卡揮了記示意的拳。

「永遠長不大。」夏娃搖頭。「兩個都是。」

「麥屁的右勾拳這麼多年來還是挺夠力的。」奧斯卡撫著微微腫起的嘴角左側。「顯然他有好好利用你們家那沙包在鍛鍊。不過別擔心，我傷得不嚴重。」

「我才不擔心你咧！我爸有沒有受傷？」

「沒什麼大不了的，」夏娃冷冷安撫道。「他們倆以前常這樣對打。」

「當年最嚴重也不過斷了兩根肋骨。妳老爹年輕時忍耐力滿強的，當初送到醫院的路上還跟我有說有笑。嗯，現在忍耐力也算不錯啦，今晚被我扁了也沒吭一聲。」奧斯卡說來若無其事，蕾貝卡聽了可瞪大眼，拿出手機撥她父親的號碼，卻轉到了語音信箱。

你們到底在哪裡打架的？她嘆口氣問道。我和單齊離開時派對已散場，她說，我父親應該是直接回家才對。本來是的，但我在麥屁要坐上他的賓利之時把他叫住了，奧斯卡解釋，我們於是在路邊談。當我們打起來時，司機還衝了上來，可被路易斯喝住了，奧斯卡敘述。好吧，我得說，混帳歸混帳，至少他還算有骨氣啦。

「別擔心，妳老爸只是肚子挨了一拳，痛一晚就沒事了。」

蕾貝卡撥打家裡的電話，但無人應答。我要趕回家去，她起身說道，我得去看看我爸狀況到底如何。

單齊接下來提的問題卻讓她又停下腳步。

「請問Fan & Friends為什麼被扯進去？」

蕾貝卡轉頭望去，單齊的神情是罕見的不悅。

「都打起來了，還怎麼合夥？」奧斯卡攤了攤手。「之前是看在夏娃的面子上才跟這老屁眼合作——抱歉，親愛的，」他轉頭向蕾貝卡致歉。

「所以現在要拆夥？」蕾貝卡揮手寬恕了那幼稚的無禮。「但股權怎麼處理？」

「老子不玩了，原則上會把我的賣給麥屁，但今天只談到這兒——打完架很累，妳知道——至於麥克法登集團要以多少價格收購ＯＷＰ集團這邊的酒吧股份，要等下週上班後才會正式談判。」

「你們倆用打架來解決感情問題、用關店來了斷私人恩怨，但扯到金錢利益時就立刻正經八百地就事論事。」蕾貝卡抱頭。「難以置信，我爸和我的教父！」

「在商言商嘛。」奧斯卡聳聳肩。

「沒有人問我的感受，」夏娃嗤之以鼻。「這間酒吧好歹還冠著我的姓氏。」

「那麼妳感覺如何呢，親愛的？」奧斯卡厚臉皮地接過話。

「像個剛被推上台等著被拍賣的奴隸！給我一個雙份龍舌蘭！」

「我帶著團隊們花了很多心血在這間酒吧上頭，」單齊抗議。「現在才剛做出點成績耶。」

「我相信你不會被開除的，」奧斯卡悠哉回道。「麥屁知道你的表現很好，他會惜才。或著，若你還想跟著你師父的話，我就再開一間店給你經營就好了。」

單齊閉上眼，深深嘆口氣。蕾貝卡從沒瞧過他如此憤慨灰心。

「現在呢，我要點杯紅眼（Red Eye），」奧斯卡若無其事地轉移話題，對蕾貝卡說。「就像當年我和妳老爸練完拳擊後一定會喝的，補充元氣。」

傑森在吧檯後點點頭，開始備料調製。

「否則呢，」奧斯卡繼續說道，「我可沒精力應付我那發火的徒弟呢。」

單齊沒吭氣，只冷冷瞧著滿臉悠然的奧斯卡。

「在對我發飆之前，你介意先為你的小女朋友介紹一下這款雞尾酒嗎？她很好學的。」奧斯卡望著他徒弟，左手大拇指向蕾貝卡比了比。

「我才不是他的——哪有你這麼不正經的教父？」

單齊開了口。

「紅眼的酒譜很簡單，啤酒加上番茄汁，比例抓二比一或一比一都可以，視個人口味可以隨興調整。有的版本會打顆蛋進去。因為適合在宿醉時兩眼充滿血絲的早上喝，所以取這名字。」

蕾貝卡啼笑皆非地點頭，來回望著這對師徒。「謝謝，但現在真的不是最適合教學的時候。」

「您的紅眼好囉！」

傑森端上一個盛著橙紅色液體的高球杯。

「讚！」奧斯卡仰頭灌了大半杯，遞給夏娃。她將它接過也喝了起來。方才她點的那個雙份龍舌蘭早已只剩空杯。

「她這樣不會酒精中毒嗎？」蕾貝卡低聲問單齊，但他沉著臉沒回應。

「哎呀，這真讓我想到美好的往日哪。」奧斯卡伸個懶腰，指著夏娃手中那杯紅眼。「拳擊、青春與調酒！」

「Fan & Friends什麼時候開始歇業？」蕾貝卡問。

奧斯卡露出他那口原本潔白如今滲著血絲的牙齒。

「即刻呀。今晚的慶功宴也算是暫別派對吧，會一直關門到兩方的股權買賣談妥為止。這算是我跟妳老爹今晚唯一的共識。」

單齊起身，走到奧斯卡面前。蕾貝卡屏息，擔心這師徒二人是否也要打起來。

不過從單齊那疲憊模樣看來，他應該只打算動口而已。

「你教會我關於調酒和酒吧的一切，我其實沒有資格批評你。」

「所以你現在打算批評我囉？還真難得呢！」奧斯卡轉向蕾貝卡。「妳知道他向來都很尊師重道的。說吧，我洗耳恭聽。」

「除了商人之外，你還是個調酒師，全世界最棒的之一，而那一直是最讓我尊敬你的部分，但今晚你所做的——」單齊欲言又止。

「說完啊，像個男子漢好不好？」奧斯卡揮手催促。

「——在我看來，對雞尾酒是種不敬。」

「不敬？不敬？」奧斯卡瞪大眼，環視在場眾人後又望向單齊。「真是個有趣的說法，比今晚麥屁的勾拳還有意思。你居然幫我上起課來了。你要說得更詳細一點嗎？還是乾脆我來幫你簡單化：你想被扁腦袋還是肚子？」

「不行！」蕾貝卡驚叫。

「你敢！」夏娃警告。

「沒關係，」單齊說。

「還真打算挨揍。存心要我當惡人，是吧？」

「我得回家了！」蕾貝卡站到這對師徒中間。「去看我爸，而我需要單齊陪我坐計程車。」

「給妳十秒鐘把這混小子帶走，否則就準備送他去急診室。」

2

「你為什麼要挑釁他？」

「我本來沒有要的。」

「他才剛跟三十年的死對頭打完架，嘴巴都還是血，不需要再聽人家教訓吧！」

「我也不需要！」

蕾貝卡閉嘴了。他們坐在計程車後座。原本凝視著車窗外的單齊在嗆了她後轉回頭，又重新望向窗外。

「抱歉。」

單齊沒吭氣。

「我不該對你那麼嚴苛。我不希望看到你們倆爭吵。我一直覺得你跟奧斯卡之間的情誼是很珍貴的。」

「非常珍貴。」單齊轉頭看向她。「我也抱歉。妳是對的，我失控了。」

「今晚可不能再喝了。」

「我沒醉呀。」

「你老姊也都是這樣說的。」

兩人都苦笑了下。

單齊陪蕾貝卡在她家大樓門口下了車。

那麼，我會和我爸談談，看看Fan & Friends的事還有沒有轉圜餘地，她說。謝謝，他說。別客氣，我也很關心那個地方，她說，跟著補了一句，而且我非常尊敬雞尾酒。單齊笑了出來。晚安，他說。晚安，她說。

她微笑乘著電梯前往閣樓，回味著這高潮迭起的一日。想到當中不愉快的部分時，微笑褪了去，疲累漫了上來。

一進家門，蕾貝卡便瞧見父親，正站在客廳與飯廳之間的那小吧檯後頭。那景象頓時讓她又忘了疲憊。

他正在調製雞尾酒，她從未見過這景象。之前最接近的情景是他在他的波本裡頭加冰塊。

不止如此，從吧檯上只剩一半的Big Tom番茄汁瓶、爸爸拿在手中正專注傾倒的Pilsner Urquell啤酒瓶，以及吧檯上那高球杯中正在逐漸成形的橙紅色酒體，她一眼就認出，他調製的正是半小時前她才看到傑森所調的那杯。

她站在門口，安靜望著他倒妥啤酒，用吧叉匙輕輕攪拌了兩圈，舉杯對著客廳天花板的水晶燈欣賞數秒，緩緩喝了一大口。

放下酒杯，路易斯長長吁了口氣。

「聽說你打了場拳擊賽。」蕾貝卡走上前。

「打得不怎麼樣，」路易斯淡淡回道。

「肋骨沒斷吧？」

路易斯又喝了口紅眼，搖了搖頭。

「正中我的胃。」他放下酒杯。「痛得我快暈過去，但是感覺很棒。」

「通常被揍了不會有你這種反應。」

「妳知道嗎，書書——」

他很久沒用這小名喚她了。

「人需要對手才會進步。」

伊書點了點頭。「同意。」

路易斯也自顧自點著頭。

我有打給你，她說。手機摔壞了，他應，在打架時，而回到家後我是有聽到室內電話響，但就是沒力氣去接。人沒大礙就好，她說。

路易斯又喝了一口紅眼。這種時候喝這實在太完美了，他喃喃說道，手撫著挨了一記老拳的胃部，身子因為疼痛而微微彎著。他的魂似乎飄到過往去了。

「你們根本就是哥倆好。」

「什麼？」路易斯心不在焉問道。

蕾貝卡搖搖頭，微笑。

「沒什麼。」

3

手機鈴聲將她吵了起來。

蕾貝卡在黑暗中摸索，費一番功夫才在床頭櫃上尋得她的手機。

「喂？」

珍妮絲哭著。

「他真的跟那個賤人……他們……被我發現……怎麼會這樣……」

儘管珍妮絲語無倫次，蕾貝卡仍猜得出大概發生了什麼事。

她開了她的福特，往珍妮絲給的地址駛去，花了老半天，總算在肉品包裝區的一條街上找到她那蹲坐在路旁啜泣的好友。時間是夜裡一點四十分。

蕾貝卡將珍妮絲帶回自己家。珍妮絲坐在她的床上，邊讓她替她臉上幾處瘀青和抓傷敷藥，邊喝著蕾貝卡為她泡的熱巧克力，抽抽噎噎，花了半小時才說出完整的事情經過。大意是她在Summer Fan的派對結束之後和蓋布列一塊跑去別的時尚趴續攤，在那兒玩樂了一個小時後想找她的男友一起離去，卻在女廁發現他，以及不知何時也跟去那個派對的雅米拉，兩人正進行淫穢的勾當（蕾貝卡不得不阻止珍妮絲描述細節）。接下來便是女子格鬥與哭鬧的荒唐戲碼。

蕾貝卡只能安慰她的摯友。
當她終於將珍妮絲哄入睡時，已經將近四點半了。
蕾貝卡望著窗外，疲憊、沮喪、茫然。
唯一讓她稍稍高興的是這天是週六，她不必上班。
她倒在珍妮絲身旁，閉上眼，恍惚睡去。
她做了惡夢。
十點半，她醒了過來，記不起夢了些什麼。
她頭痛欲裂，吃了兩顆阿斯匹靈才好一些。

4

下午一點半，蕾貝卡和珍妮絲共進遲來的午餐。
依珍妮絲的提議，她們來到她在東村很喜歡的一間義大利餐館Il Segreto。睡飽之後，珍妮絲心情明顯好多了。這裡有讓人瘋狂的Cannoli炸甜酪捲喔，還有他們的燉飯也挺不錯的，珍妮絲邊翻著菜單，邊興奮地介紹。那我們可得多點一些菜，蕾貝卡說。那當然，珍妮絲大聲說道，在這麼悲慘的時刻，我們除了彼此之外，就只剩美食了啊！
蕾貝卡微笑望著她的好友。不管處於何等的低潮，珍妮絲就是有辦法透過單純的吃和睡迅速為心靈補給能量。蕾貝卡認為這也挺好的。
趁珍妮絲滔滔不絕點菜之時，蕾貝卡將她那份菜單還給侍者，馬上又抽了回來，蹙眉直瞧——她明白過來這裡正是尚大衛常外帶午餐回辦公室給她的那一家餐館。菜單上的餐廳商標和她那熟悉的打包紙袋上的如出一轍。

她自然不曉得這就是尚大衛每回偷情後的休憩之地，而珍妮絲坐的正好是尚大衛最愛的位子。就上週四中午他還坐在那兒，邊咀嚼瑪格莉塔披薩邊編織著要說給蕾貝卡所聽當日未曾發生的行程。

「看看我們倆！」珍妮絲大口扒著她點的一份巨盤海鮮燉飯，口齒不清地哇哇叫。「這太可悲了！妳跟我的男人都被那兩個賤貨給搶走了！不對，是偷！多卑劣啊！」

蕾貝卡用叉子玩弄著面前一盤Ricotta清酪天使髮麵，沒接話。

「妳不覺得憤慨嗎？」珍妮絲拿餐巾拭了嘴角，皺眉問道。

蕾貝卡淺淺苦笑。

「我現在其實沒心情想那些。我操心的是夏娃和單齊的出路，還有Fan & Friends的下場。」

「妳操心妳自己吧。安娜就要進駐Summer Fan了。妳有辦法跟她共事嗎？」珍妮絲解決了燉飯，接過侍者及時端上的一大盤炸甜酪捲，狼吞虎嚥。「隨妳吧。我呢，可是會給雅米拉那小賤貨顏色瞧瞧！」

「妳要做什麼？」蕾貝卡蹙眉。

珍妮絲得意挑眉，笑而不答，只管橫掃她盤中那六個碩大的甜酪捲。

午飯結束，珍妮絲前去赴她和指甲師的約，留下對此並無興致的蕾貝卡，在位子上啜著一杯雙份義式濃縮，思索如何打發這週六午後。加班原本是最簡單的逃避管道，但此刻她一進公司就不得不面對即將和安娜共事這個惡夢。至於身邊其他人，要不是心情和她一樣糟或更糟，就是處於翻臉狀態，沒有一個是適合共處的對象。

想了半天，她決定上大都會博物館走走。之前她在《紐約時報》讀到一篇文章，當中介紹了海明威於一九五〇年到此一遊時所參觀的畫作。她用手機上網找出那篇報導，對照著博物館地圖，一一按文索畫，看了Reynolds的「庫斯梅克上尉肖像」（Portrait of Captain George Coussmaker），也看了Francesco Francia的「貢札卡肖像」（Portrait of Federigo Gonzaga）以及El Greco的「托雷多風景」（View of Toledo）。當看到Anthony van Dyck的自畫像時，她忍不住想到了尚大衛。兩人五官其實並不相似，但都是鬈髮，儘管造型長度均有別。另一關鍵在於她感到那肖像透出一股自戀與做作，是她前男友也有的。自戀的尚大衛・馬托呀，蕾貝卡心想，居然在這兒見到他的古老異國分身。她感到幻滅與失落。

從那幾幅海明威當年欣賞的畫作當中，她所感受到的氛圍多是陰鬱。她知道這其實是境由心生，都因為自己情緒低落的緣故。諷刺的是，她今天原本是因為煩悶才來散心的，哪曉得一路看下來心情越來越差。

在看了海明威當年想看卻沒看著的Bruegel的「收割者」（The Harvesters）之後，蕾貝卡又走回去重看一遍「托雷多風景」。根據報導，這是海明威在大都會博物館最喜歡的一幅畫。她瞧了那畫半天，突然有了體悟：畫中的天空乍看是烏雲密布、灰暗陰沉，仔細一瞧卻可發現，從雲朵的縫隙是透進日光的，而且還挺耀眼。她在那幅畫前站了足有二十分鐘，接著轉身踱出博物館，臉上透著一絲微笑。她知道自己找回了力量。不多，很微弱，但總算回來了。

大門台階往下走了幾級時，她停了下來，仰望外頭現實世界半藍不灰的曼哈頓天空，心思飄悠悠，沒去注意兩名朝自己追逐嬉鬧而來的孩童，為了閃避差點還跌了一跤。蕾貝卡苦笑一下，接著大聲笑了起來，引起周遭人們側目，但她當然不在乎，快步下完台階，回家換裝慢跑去。她進了中央公園，沿著水庫跑了一個小時，精疲力盡地再度返家，洗了澡，倒頭就睡。

七點半時，她醒過來，發現父親書房的燈亮著，沒去驚動他，獨自進廚房覓食。她在冰箱發現一些剩飯，應該是約蘭達前幾天煮的，用那些搭配培根和洋蔥，做了盤味道不怎麼樣的炒飯，簡單吃了。

接著，她坐到床上，打開平板電腦，赫然在珍妮絲的部落格上看見新貼上的Summer Fan春夏新裝評論，越讀眼睛瞪得越大。

整場秀的水準，珍妮絲在文中嚴詞批判，都因為錯誤的模特兒選角而大打折扣，「……尤其是展示第二十八套橘色雪紡紗連身褲裙那位鼻子形狀令人極為不悅的褐髮妹，台步生硬得活像患了風溼痛的老母牛。表現如此之糟，真該將這隻畜牲送回牧場，喔不，直接運到屠宰場算了。謠傳Summer Fan即將更換創意總監，本人衷心呼籲新官上任後能永遠禁止該名模特兒踏上Summer Fan伸展台。只是，此位新科總監素以美貌而非睿智聞名，真下得了這等專業判斷嗎？」

「那公報私仇又專業到哪裡去呢？」蕾貝卡打給珍妮絲。「妳把整個Summer Fan品牌都拖下水了。這是很糟的公關耶，更不用說妳還走漏創意總監異動的消息。我們都還沒對外發布呢！」

「我可是在幫妳耶，寶貝，警告一下那對排骨精姊妹花別太囂張！」

蕾貝卡還來不及回話，手機便進了插撥，那是一名她熟識的《女裝日報》記者，打來查證珍妮絲的爆料。電話接二連三，整個時尚界已傳遍了這事，逼得蕾貝卡關機。

她和父親討論，決定按兵不動，按原計畫等週一再正式發布消息。隔天她跑去游泳、上瑜伽課，還難得放縱自己上Spa，盡可能地放空，九點鐘便就寢。

週一上午，Summer Fan的人事異動令在眾所期盼下正式由麥克法登集團發布了。安娜接替轉為顧問的夏娃，成為新的創意總監，蕾貝卡則由專案總監升為營運長。一切拍板。

新聞稿的下方另外並以兩行篇幅簡單發表了Fan & Friends歇業公告，理由是組織重整。

很明顯，路易斯儘管緬懷往日，卻並沒有要和奧斯卡和好的意思。雙方律師在接下來數日展開談判，討論Fan & Friends的股權轉讓，但都沒有交集。酒吧要復業，看來還有好一段日子。

單齊和其餘Fan & Friends的員工在編制上隸屬於麥克法登集團，暫時都先被調到蒙帕西飯店工作。

包括蓋布列。

關於蓋布列，週四晚上，蕾貝卡得知了一則大新聞。

她和珍妮絲通電話，震驚地從對方口中得悉，她與歇業中的Fan & Friends前任領班居然又復合了。

嚴格來說，他們根本沒分手過。

珍妮絲已原諒蓋布列上週末的出軌行為。喔，他只是一時鬼迷心竅，她說，那不是他的錯。可憐的蓋布列，他只是人太好，不忍心拒絕雅米拉那個醜女，怕傷她自尊而已。

蕾貝卡不明白珍妮絲怎麼會被蓋布列的荒謬說詞蒙蔽。她稍微嗆了下她的好友，但對方明顯聽不進去。蕾貝卡急了，很想將珍妮絲搖醒，告訴她別這麼傻。轉念一想，她有資格教訓人家嗎？自己之前被尚大衛騙得團團轉，可不是更傻得很？此外，她自己近來不開心的時間和程度只怕還遠勝於珍妮絲。如果她的好友這樣開心，就隨她去吧。

近來這一連串的遭遇，讓她禁不住想，自己對周遭許多人和事的看法，是否都該重新檢視一下。

如何檢視呢？

她的生活是否少了些變化？是否有什麼事是她該做卻忽略的？她思索著，從週四晚上想到週五晚上。

「今天你沒班吧？陪我去兜兜風吧。」

又到了週六。上午八點半，蕾貝卡打給單齊。

上哪兒去？單齊問。我們家在東漢普頓的別墅，蕾貝卡答，我們可以在庭院裡野餐、曬曬太陽，時間夠的話也許再到海邊走走。聽起來不錯，單齊回應。但在那之前，我想在南漢普頓停一下，蕾貝卡補充，到那裡的墓園上我母親的墳，如果你不介意的話。

單齊並不介意。

十點二十分，蕾貝卡興沖沖駕著她的福特來到單齊所住的西村，接了他上路。

「我們兩個最近的生活都太不健康了！」她開心大叫，右手抽離方向盤，推了推臉上一副白框Summer Fan太陽眼鏡。「充斥著酒精、夜生活、謊言、背叛、失戀和權力鬥爭！絕對需要接觸一下大自然和新鮮空氣。我一直抽不出空去別墅繞一下，盼了整個夏天呢。此外，我也好一陣子沒去探望我媽了。」

蕾貝卡按下車上的iPod，音響播放起法蘭克・辛納屈的〈Blue Skies〉。

「不錯吧？我準備了好幾十首，也有Oscar Peterson，夠我們開到南漢普頓這兩小時路上聽了。」

「這趟兜風看來會很快活。」單齊的心情明顯較前幾天好多了。

他們聊到隔天晚上市長即將在蒙帕西俱樂部舉辦的慈善募款晚宴。單齊將負責指揮全場，為此已帶著包括蓋布列在內的團隊策劃了好幾天。路易斯相當重視這個活動。蕾貝卡不用說得陪同父親出席。奧斯卡、夏娃和安娜也都受邀。但這場晚宴原本不是為了市長前妻的慈善基金會所辦的嗎？蕾貝卡蹙眉問道。現在他們都離婚了，還辦什麼？不影響，只是少了女主人而已，單齊說，晚宴照辦、慈善照做啊。真是諷刺，蕾貝卡搖頭評道。還有更諷刺的呢，單齊說，最近不是在傳市長已經有了新歡嗎？現在有一說，德拉曼加可能藉由這場合公開他新愛人的身分。你怎麼這麼清楚這些八卦？蕾貝卡問。

任何八卦，單齊回答，調酒師永遠是城裡第一個知道的。

蕾貝卡想到珍妮絲早先的揣測，想到了安娜。

她不想再想下去。

「你和你師父和好了嗎？」她換了話題。

「還沒，這幾天都沒聯絡。」

「那你老姊呢，還在藉酒澆愁？」

「老樣子。妳自己上路前是不是喝了兩杯？妳今天雀躍得挺不尋常。」

「我這一週來的情緒起伏還挺有意思的。」她對前方一台蠻橫超越的車使勁鳴了下喇叭抗議。

頭兩天我只是鬱悶，蕾貝卡敘述，可能因為一時發生太多事了，所有情緒都積壓著。和尚大衛分手的事，想到雖然不愉快，卻不怎麼悲傷，人好像麻木了。

那個週一，一進公司，蕾貝卡便埋頭工作。傍晚時分，尚大衛敲了她辦公室的門。他進到房裡，將門帶上，不著邊際問候了兩句，接著跟她道了歉。

「他要求復合？」

「算是吧。」蕾貝卡苦笑搖了搖頭，望著前方道路。「他好面子，吞吞吐吐的，但聽得出是那意思。」

「妳怎麼答覆他呢？」

「直截了當拒絕囉，然後我還補了一句，叫他跑一趟大都會博物館，見見他的跨時空分身。」

單齊一頭霧水，蕾貝卡瞧見他這反應則樂不可支。抱歉，她大笑道，我解釋一下來龍去脈，你就會明白了。

聽完之後，單齊也哈哈大笑。那麼尚大衛聽了後怎麼回答呢，他問。他當然也莫名其妙，蕾貝卡笑說，但我沒跟他多加解釋，只交代了是哪幅畫，叫他去看了自己思考。

「沒必要再大費唇舌，都分手了，」蕾貝卡淡淡下了結論。

單齊微笑望著前方。他們上了四九五號州際公路。

和尚大衛談完的那晚，我加班到九點，蕾貝卡繼續敘述，回到家倒在床上就睡著了。隔一會醒來，發現自己在睡夢中把棉被給哭溼了，忽然悲從中來，又狠狠哭了半個多小時。

「然後淚腺就打開了，每天晚上都哭得稀哩嘩啦。」

「白天沒事？」

「白天都忙得暈頭轉向的，就算在公司碰到尚大衛也沒心思難過。我們倆在公務上都調適好了，保持專業互動。」

「那妳和安娜呢？」

「她下週一才正式上任。我已經做好心理建設，不會影響到工作的。」

「不過妳向來就不會讓私人問題影響到工作的，不是嗎？」

「你話中有話喔。你其實是想說，我只是藉由工作逃避感情上的煩惱，對不對？」

「妳是嗎？」

「也許是吧，但都被人家劈腿了，每天還得和姦夫淫婦共事，不這麼做可是會崩潰的。不過呢，我想我已經沒事了。今天早上醒來，我躺在床上，望著窗外灑進的陽光，突然明白過來，雖然過程亂七八糟而且屈辱得很，但結束這麼一段糟糕的感情，本身就是件好事，痛苦下去又如何？想到這兒，當下整個人神清氣爽。」

「所以妳才活蹦亂跳想兜風去。」

「這麼好的天氣，不出去走走多浪費呀！」蕾貝卡笑嘻嘻。

沉默一會，她又開口。

「很痛，痛得很深。」

「一定的。」

「但是傷口會慢慢癒合的，而他們，他們傷害不了我了。」

「妳很堅強。」

「我是啊。」

「因為妳是個麥克法登。」

「說到這個，麥克法登先生已經知道他女兒失戀了。我不清楚他怎麼得知的，但他很敏銳的，情報網也發達。昨天他在早餐桌上簡單關心了我一下：妳還好嗎？出去散散心吧。就這樣，兩句話，簡明扼要，從頭到尾目光沒離開過他手中的報紙。」

「他倒確實給了妳中肯的建議，叫妳出門轉換一下心情。」
「是有道理，我也就出來啦。」
「那他有幫妳出氣，找尚大衛算帳嗎？」
「啊，你真不了解我爸！他才不管這些呢，那是我自己搞砸的。他的員工傷了他寶貝女兒的心，在外頭偷吃，對他來說是員工跟女兒自己的問題。他不會對馬托先生動氣的。馬托先生能繼續幫他賺錢，才是比較實際的。」
「實際應該正是麥克法登家的精神吧。」
「麥克法登家的精神啊？呵，你知道，我確實一直這麼告訴自己：因為我是個麥克法登，所以我得實際；因為我是個麥克法登，所以我得堅強、我得完美。然而，太過執著於蕾貝卡・麥克法登這個身分，到頭來適得其反，搞得我自己很疲累，面對許多問題時反而處理得不好。我忽略了自己另一個身分。」
「林伊書。」
林伊書對范單齊盈盈一笑。

5

「我媽是我們家的柔軟力量。」
他們來到南漢普頓的墓園。
「柔軟力量是指相對於——」
「相對於我爸的剛強力量，」她微笑接道，蹲下身，將懷裡一盆從她家屋頂溫室帶來的紫羅蘭擺到墓碑前。

「哎呀，廢話，大部分的家庭都是這樣，爸爸剛、媽媽柔，我也知道。」她苦笑。「只是我們家特別明顯。要當路易斯・麥克法登的妻子可不簡單，我爸脾氣太古怪了。得反應快，預測他的想法；要顧到他面子，但又不能怕他；耐性要夠，抗壓性得強。說起來，她真是了不起，我媽。」

一陣和風吹來。她站起身，迎著風伸了個懶腰。

「所以妳遺傳了她的美德。」

「我很想說有，但老實說，我不覺得傳到了多少。」

「妳爸對妳的影響比較大。」

「小時候其實沒那麼明顯。在我媽過世後，差別就出來了。她是在我高三時走的。我記得那時候我很焦慮，因為我爸受的打擊很大，我在一旁很想為他做些什麼。起初我以為，我應該取代我媽的位置，給他溫暖、幫助他放輕鬆，在他疲累時鼓舞他。但沒多久，我就明白自己根本做不到，於是我大轉變，不去當我媽了，而是跟隨爸爸，完全照他的路子走。那可真是容易多了，而且大部分的時候都讓我爸很滿意，到現在都是。」

她假裝打起拳擊，單齊陪著她玩起來，在草地上相互比劃著虛招。

「唔，你有練過，對吧？跟奧斯卡學的嗎？」

「我在倫敦工作時，他會帶我去拳擊場練習。妳是跟妳爸練的囉？」

「談不上練，只是常看他在家裡健身房打沙包，跟著玩過幾次而已。」

她出了記不使力的右上勾拳，輕輕推到單齊的下巴，嘴巴配著音，結束了這一場。兩人在墓邊席地而坐。

「林伊書和蕾貝卡・麥克法登最大的差異是什麼？」

「林伊書過得自在多了。」

「往後會換成她當家嗎？」

「不大可能吧，蕾貝卡・麥克法登太強勢了，但會讓她多出來透透氣。」

「平衡一下。」

「再失衡下去可就麻煩了，搞不好精神崩潰，淪落到像夏娃那樣酗酒呢——抱歉啊。」

「現在是哪一個人格在毒舌呢？」

「不確定喔，毒舌搞不好是這兩個人格的共通點呢。」

「有點可悲耶。」

「沒有人是完美的呀。」

他們在那兒坐了約十分鐘，她接著要求與她母親獨處片刻。在那之後，兩人便動身前往東漢普頓。

他們抵達麥克法登家的巨大莊園門口。蕾貝卡取了電子鑰匙，按下遙控開關，巍峨的電動鐵門隨即緩緩自中一分為二。車子沿著中央車道往內駛，單齊則左顧右盼地欣賞著兩側的寬廣草皮。他們在一棟三層樓的氣派別墅前停下。

「我餓死了！」蕾貝卡打開後車廂，拉出野餐籃。

來瞧瞧吧！蕾貝卡吆喝著打開籃蓋，一樣樣介紹她準備的餐點：火雞三明治、包心菜沙拉、葡萄柚、核桃派。看起來不錯，單齊評論，都是妳做的嗎？三明治是，沙拉和甜點都買的，蕾貝卡招認。抱歉，我的廚藝不怎麼樣，況且又是臨時出遊。對了，還有葡萄酒喔，她開心補充道，二〇一〇年Hanna Russian River的Sauvignon Blanc，應該挺對味——

「該死。」她明白自己忘了把葡萄酒放上車。

「我們就自己弄點飲料來喝吧。」

「呼，幸好我還帶了個調酒師來！那麼請變些瓊漿玉液出來吧。」

「這裡的廚房有任何可以用的材料嗎？」

「得碰運氣。」

他們進到屋內，單齊提著野餐籃，跟在蕾貝卡後頭。我們是十六年前買下這座莊園的，蕾貝卡邊介紹邊領著客人進了玄關。屋齡二十多年，只比我小一些，地上三層、地下一層，共十二個房間和十四套半衛浴，後院有個游泳池。我上回在這兒游泳應該是兩年前了吧，蕾貝卡回想道，從廚房一扇窗戶望向外頭乾涸的泳池。

單齊對游泳池顯然不感興趣，一進廚房便查看冰箱。有冰塊，他報告搜刮結果，還有一罐過期十三個月的低脂牛奶。就這樣。

「本來這裡有請個全職管家，隨時都會將冰箱打理好，但四年前我爸覺得我們來的時間越來越少，划不來，就將她辭掉了。如今呢，若我們要過來度個一禮拜的假，就會請我們曼哈頓的管家約蘭達一起跟過來。嗯，我看我們只能拿我帶的那些葡萄柚榨汁喝了。」蕾貝卡將那罐腐壞的牛奶倒進洗碗槽。「或者喝波本吧。你可以看看那邊那排廚櫃，裡頭應該擺了一些，都我爸愛喝的。」

「哇，妳知道什麼是波本哪！」

「別瞧不起人哪！」停了停，她又思量道，「只是，大白天野餐配威士忌，口味會不會太重了些？」

單齊照她指示翻出了幾瓶波本，有Four Roses、Evan Williams和Wild Turkey。他又發現了幾罐通寧水，笑了笑，拿起一罐把玩。

「通寧水嗎？」蕾貝卡從他身後探頭。「喔，那是有一次幫我們送威士忌的人送錯的，我們也沒退掉，就一直擺在那兒。以前我根本不曉得那要怎麼喝呢。」

「有了這個，我們就可以調些清爽的餐前酒。」單齊動著腦筋。「如果手上有那一支酒就好了。」

他向蕾貝卡提了所缺的那一支基酒。

「所有的酒都在這裡啦——等等。」她思索。「也許地下室還擺了一些。」

她領著單齊來到地下室，在一堆雜物當中東翻西找。運氣不錯，真讓他們在一處角落發現了一堆酒，伏特加、蘭姆、琴酒等等都有。蕾貝卡翻看著那一瓶瓶從未開過的酒。

「你看看這一堆烈酒就知道，我爸這些年來雖然表面上不碰雞尾酒，實際上根本無法忘情。要不然買這些幹嘛？以前我問過他，他也不跟我說明。咦，現在倒反而有葡萄酒可以喝了呢！」蕾貝卡驚喜地翻出一口大木箱，裡頭裝了不少納帕谷地和布根地的好貨。

「下次吧，今天就喝我調的。」單齊揚著他所尋獲的那一瓶深紅色利口酒。

「用Campari調嗎？」蕾貝卡接過來打量。「好呀。」

單齊拿著Campari苦味酒上樓準備去，蕾貝卡則殿後關燈，順便將那一堆酒藏又瞧了個仔細。東摸西摸之餘，她注意到葡萄酒箱旁邊還擺了好幾口紙箱，之前都不曾研究過的。她很少下到這裡來。出於好奇，她隨手掀開其中一口紙箱的蓋子。

她注視著眼前那樣物品，目不轉睛。

接著，她手緩緩伸出，僵直地，將它拾起。

「我的天啊。」

6

「妳還好嗎？」

蕾貝卡站在廚房門口，茫然瞧向單齊，揚了揚右手中的一本冊子。

「我媽的日記。」

在地下室找到的？單齊問。蕾貝卡點頭。我很震驚，她說，從母親過世我就沒見過這東西了。我還記得當初葬禮結束後整理遺物，翻箱倒櫃，怎麼都找不到它，結果隔了八年居然在此地出現。應該是我爸藏起來的。不知為何他不想讓我看到這日記，而他自己應該也很久沒碰了，蕾貝卡推論道，取了張面紙擦拭那積了厚厚一層灰的封面。

他們拉開飯桌椅坐下。

天哪，她翻閱起那本日記，感嘆道，這是我媽得知她罹患癌症後開始記載的，寫了七個月，是她人生最後一段的心路歷程。喔你看，這是過中國年的除夕，她翻到其中一頁。這裡記載了我們一家三口吃年夜飯，那晚我記得大家都吃得很開心。儘管媽媽寫著這可能是最後一次了，從字裡行間卻讀得出她語氣挺開朗。我覺得這是她最了不起的地方，在最糟的情況下都能夠怡然自得，和我爸是反差。她真的穩住了他，在世的時候。

啊，這一頁，這是我生日，六月十號，哈哈，蕾貝卡笑了出來。我們心血來潮一起理髮，因為我媽那時身體已經很虛弱了，所以把造型師們請到家裡來，母女倆並排坐在客廳剪。你看，這上頭還各黏了一小撮剪下來的頭髮，左邊這撮褐色是我的，右邊這黑色是我媽的。這裡寫著「……陪書書過她十八歲的生日。我們一起理髮……她讀了《戰地春夢》給我聽……」現在你知道我為什麼那麼喜歡這本書了吧，因為那是我媽最愛的。她從我十三歲開始帶著我讀海明威。我讀上癮了，進大學後甚至還想去唸文學，研究他的作品。妳爸應該不會准吧，單齊猜測。當然不可能，蕾貝卡笑道，我只試探性提了一次，當場被他秒殺。為什麼不爭取呢？單齊問。因為我自己知道那不切實際，蕾貝卡聳肩苦笑。我是獨生女，怎麼可能不繼承家業，當然得唸商。後來我就主修企業管理了，不過還是選了一堂研究海明威的文學課。

她繼續讀著母親的日記。「……晚上，我自己又把書翻出來，讀了一會。讀到凱瑟琳難產不治那段，百感交集。能夠看到女兒成年，我真的很幸福。」

一週之後，蕾貝卡低聲說道，她就過世了。

喔天啊，她揩著眼淚，笑道，我真不敢相信，居然會找到這麼珍貴的東西！今天真是太有收穫了！這真的——她翻著那本日記，真的太寶貴了，我要把它收藏好。我得——

她放下日記，對單齊笑著，眼淚止不住地流。一直到他擁她入懷時，她才盡情哭了起來。

他們重新來到地下室。

還有別的寶藏呢，我剛跟日記一塊發現的，蕾貝卡領在前頭介紹道，哭完後的聲音仍有點虛弱。

「哇。」

單齊蹲了下來，撫著一口罈子。

「所以這就是女兒紅嗎？」蕾貝卡也蹲下。「我的教父送的出生禮。」

「我們應該打開來嘗一嘗。」

「那不是要等出嫁時才能開的嗎？」

「對喔，那就再等等吧。」

「不過，也不知道要等多久。」

「也許不會很久。」

「我才剛分手耶。」

「這種事很難說的。」

「是嗎？」

不知不覺，他們的臉貼得很近，感受著彼此的呼吸。

「總之，」蕾貝卡輕咳一聲，撩了下頭髮，站起身。「看來應該都在這邊，來清點一下吧。」

他們點了。

「我不敢相信。」蕾貝卡直搖頭。「這些年來它們居然一直在這兒塵封著。」

「等會就都載回曼哈頓吧，妳可以在家中細細回味這失落的十七年。」

統統在那兒，十七年來的生日禮物，有嬰兒服、口琴、一百八十款顏色的蠟筆、搖搖木馬，也有化妝鏡以及——

「就是這個！」蕾貝卡低呼，檢視著那盒和她臥房珍藏的那套一模一樣的六款Summer Fan經典款絲質手帕。

「所以有兩套存在。」單齊思索。「妳爸居然挑了一模一樣的禮物給妳，倒真挺巧的。」

「那不是巧合。」蕾貝卡搖頭。「不止這套手帕，這些東西我統統有另外一份，一樣都不缺，除了女兒紅以外。」

「我不明白。」

「我爸全部都另外買來給我了，完全相同的東西，照樣按每年送我一個，而且我相信就是照相同的順序。他會在聖誕節給，當作原本他和我媽所給之外的第二樣聖誕禮物。一開始說是聖誕老人給的，然後當我七歲那年告訴他我知道根本就沒有聖誕老人後，他依舊買給我，只是改口說成是我表現良好的獎勵。」

「所以理論上說來，他並沒有扣押這些禮物，只是不想讓妳拿奧斯卡送的。」

「錢太多了，」蕾貝卡嘆道。

終於，他們坐到院子的一張長木桌前，開始野餐。

「那麼請問我們要喝什麼呢？」蕾貝卡邊將食物擺到桌上邊問。

「馬上揭曉。」

單齊取了一顆蕾貝卡帶來的葡萄柚，剖開榨汁備妥，接著拿了兩個卡林斯杯，放入冰塊。他兩個酒杯各倒入了三十毫升的Campari苦味酒，又各倒入三十毫升的葡萄柚汁，最後將通寧水注入至七分滿，輕輕攪拌了一下。

「這是泡泡（Spumoni）。」他將調好的其中一杯端給蕾貝卡。「請用。」

「讚！」她喝了一大口後稱許。「苦味、甜味和酸味，透過氣泡的刺激口感整個串聯起來，活力十足又爽口。」

「Campari、葡萄柚和通寧水三者都有各自的苦味，整合到一塊就會帶出鮮明的層次。這是款開胃的餐前酒。」

「果然開胃！」蕾貝卡又喝了一大口，取了她做的三明治，分給單齊和自己。「突然覺得好餓喔！來吧，趕快吃！」

吃到一半，她突然想到一個問題，望向桌上單齊剛用完的吧叉匙和量酒器。

「對了，你怎麼還想到要帶調酒器材過來？」

「我沒帶。這些都是從妳爸這裡的酒櫃翻出來的。」

「還是記不得我爸會調什麼酒喝呢。他就都喝波本和葡萄酒嘛──等等！」她眼睛一亮。「有，我想到了！不是我爸，是我媽！在假日的時候，尤其是每當我們來這兒度假時，她都會調一種飲料給我爸喝，那時都沒去注意那是什麼。一定是某一款雞尾酒！」

「但妳沒問過叫什麼名字。」

「沒。」她搖頭。「其實他們好像在我面前提過一兩次，但我沒特別去記。喔喔喔──我想起來了，她有反過來請他調過一次給她喝，就那麼一次，爸爸幫媽媽調，在她過最後一次生日的時候。我怎麼給忘了呢！」

蕾貝卡急急翻起那本日記。

「媽的生日，五月二十七號──」

確實記載在那兒，那一支雞尾酒的名字。

「原來是這一支啊。」單齊若有所思地點頭。

「雖然我不知道這是款什麼樣的調酒，」蕾貝卡望著日記苦笑，「但光從名字就能判定這會是我爸愛的。太適合他了！」

單齊微笑望向她。

「想學嗎？」

7

安娜端著剛泡好的咖啡，走到起居室的窗邊，邊啜飲邊俯瞰她六樓公寓下方午後的東村街道。她剛花了兩個小時將家中所有的設計圖稿以及服裝樣本打包妥當。週一上午八點，麥克法登集團就會派人來幫她把這些搬到辦公室，屬於她的創意總監辦公室。

她看了看錶，一點四十三分。等會她要去上一堂九十分鐘的彼拉提斯課程，隨後得趕回家進行每週末例行的房子打掃——儘管請個清潔婦對她財務上來說完全不是問題，她卻始終沒想過這麼做。打掃整理對她來說是磨練心智的途徑——接著，梳洗換衣後，她便又要出門，這回是要和雅米拉吃晚飯。

雅米拉心情很差。她和蓋布列以及珍妮絲的三角戀情正發展至一個對她不利的境地。安娜並不清楚這段糾葛究竟怎麼回事。據雅米拉說法，蓋布列是先認識她的，但後來不知怎麼珍妮絲卻成了正牌女友。兩人爭奪一段時間後，目前看來仍是珍妮絲占上風。說實話，安娜認為雅米拉並未真的愛上蓋布列。那只是迷戀、只是個爭奪男人的愛情遊戲。

就和她一樣嗎？像她和蕾貝卡爭奪尚大衛？

不過，就她的狀況來說，爭奪已結束了。

對雅米拉的遭遇，安娜無法給予什麼評論。她們兩人都談了很糟的戀情。

她自己曾愛過尚大衛嗎？

算了，現在也不重要了。

安娜啜了口咖啡，望著窗外，思索著明天德拉曼加的慈善晚宴要穿什麼。

手機響了起來。是她的模特兒經紀公司。

「喂？」

是總機小姐，要轉一通電話給她。

「妳說誰？」

總機又報了一次。她遲疑了片刻。

「接過來吧。」

她和那人對話了兩分鐘。

「我明白了，那麼到時候見。」

掛掉電話，安娜再度望向窗外，沉思許久。

接著，她走到廚房，拾了條抹布，回到起居室，蹲下身擦拭起方才講電話時濺到地上的咖啡。

洗完抹布，她撥了通電話。

「嗨，親愛的，不好意思，關於今晚，我臨時有點狀況——」

8

「妳聽我說——」

「拜託你，我不需要再聽任何人說教了！都被開除了，還說些什麼？」

「妳真的需要少喝點，老姊。」

「既然你人都來了，幫我調杯午後之死（Death in the Afternoon），好嗎？酒櫃裡應該還有艾碧斯。」

「我可以用氣泡果汁幫妳調杯處女版含羞草（Mimosa）。」

「我不當處女很久了，高潮（Orgasm）比較符合我的風格——Baileys別下太重就是了。」

「我不會幫妳調任何酒的。」

「當初你剛來紐約時，我還讓你在我家住了好幾個月，而你就這樣回報我，是嗎，小弟？算了，我自己來。你幫我放個音樂總可以吧？〈Days of Wine and Roses〉，要法蘭克・辛納屈的版本。謝謝。所以，你跟蕾貝卡，你剛說你們今天去野餐，好玩嗎？」

「挺有收穫的。妳背彎得很奇怪耶。怎麼了？」

「沒什麼，剛中午起床洗澡在浴室滑了一跤。」

「妳這樣明天能參加市長的晚宴嗎？」

「完全不礙事。我的手機響了。幫我拿一下，好嗎？」

「妳根本沒有清醒的時候。這樣下去妳健康——」

「喂？查理，你居然還好意思打給我！都一個禮拜了，你都不聞不問！我對你失望透了——什麼……什麼意思？不管怎麼說，我好歹還會是個顧問，不是嗎……你說什麼……你這個王八蛋，卑鄙人渣！居然有臉向我提這要求……你這個——」

「別激動。」

「他居然叫我把辦公室讓出來！限我週一之前把它清空給那小賤貨！」

「妳把手機摔到哪裡去了……在這裡……摔壞咧。」

「欺人太甚！混帳！」
「夏娃——」
「混帳！」
「妳這樣歇斯底里是無濟於事的——」
「王八蛋！混帳！」
「妳今天都還沒吃飯吧？我去弄點東西給妳吃。」
「去死吧，你們這些傢伙！」
「我人就在廚房，有事再叫我。」
「混帳！」

9

週日下午，蕾貝卡敲了敲父親書房的門。
「請問我們是幾點要前往蒙帕西俱樂部參加市長的晚宴？」
「要早點到，五點半就要出發。」
「所以還有四十分鐘。」
「嗯。」
路易斯目光抽離手中的《財星》雜誌，射向笑咪咪倚在他書房門框上頭的女兒。
「妳有事要跟我談？」
「只是想問你——」蕾貝卡手背身後，踱步向前。「要不要來杯餐前酒？」

路易斯揚了揚眉。

他們來到飯廳與客廳間的吧檯，上頭已擺妥了調酒用具。

「我不曉得妳有學調酒。」

「好玩而已。」

路易斯淡淡一笑。

「好吧！那麼——」他拉出吧檯前一張白色Ralph Lauren Home高腳椅，坐了上去。

「我可以點酒嗎？還是說妳已經有拿手作品要秀一下？」

「若您允許的話，我想為您呈現我昨天剛學會的第一支雞尾酒。」

路易斯比了比手勢，鼓勵她開始。

「那麼，我現在所要調的是——」

她從吧檯後的流理檯上取了一瓶Four Roses Single Barrel，擺上吧檯。

「老式雞尾酒（Old Fashioned）。」

路易斯臉上微笑僵住了。

「啊。」他望了女兒半晌，眼神接著飄忽起來。「所以妳都知道了。」

「你度假時的最愛。」

「我還以為妳那時年紀小，不會注意到這些呢。」

「我當年的確沒去注意，不久前才發現的。其實，就昨天。」

「是嗎？」路易斯抹了抹臉，臉上那苦笑似乎透露了心裡有數。

蕾貝卡亮出那本日記。路易斯看了毫不訝異地連點著頭。

「我希望你不會生氣。你把它藏起來，當然是不想讓我找到。」

「在她臨終前，妳母親跟我交代了這本日記隨我處置。我希望獨自擁有它，至少暫時如此。」

「可是你這些年都把它藏在別墅的地下室，根本也沒去碰它。」

「頭一年，我其實是把它擺在書桌的抽屜裡頭。」路易斯指了指他的書房。「三不五時就拿出來翻閱，但後來這東西變成一種壓力，讓我想逃避，才把它收起來的。」

「爸爸——」

「我並沒打算把它藏一輩子。」路易斯的微笑因感傷而變得柔和了。「我知道妳遲早會發現的。」

「八年，我過了八年才發現，而且如果不是昨天心血來潮下到地下室，誰知道一晃又是幾個八年？」

「八年啊，八年了。」

路易斯又重重抹了下臉。

「我愛妳母親，很愛她。」

「我知道。」

「我不知道要怎麼處理有關她的回憶。」

她走到父親面前，將日記輕輕塞到他手中。

「你不需要處理它的，爸爸。讓它陪著你就行了。」

他望著手中那本日記，好半晌，用手輕輕撫著它，低語著妻子的名字。他看起來突然蒼老了許多。

蕾貝卡伸了手想拍拍父親佝僂的肩，但又縮回了。她知道不該打斷他與母親的相會。

他坐在那兒，她站在那兒；他身子因啜泣而顫抖，她則在表面上維持著平靜。這樣過了許久。

「來吧，」路易斯用女兒遞的面紙擦了臉，低聲說道。「秀一下妳所學的。」

蕾貝卡拭了拭眼角，點點頭，走向吧檯。

她取了個老式酒杯，放進一顆方糖，倒了兩滴Angostura苦精在上頭，才一倒完便有點懊惱，擔心第二滴倒得太多了。蹙著眉，她取了罐Schwepper蘇打水，將它打開，然後便卡在那兒，想不起下一步驟。

「就放輕鬆吧，」路易斯說道，微笑。「調這種酒很隨興的。妳媽當年都是邊調邊跟我聊天，有時還哼歌呢。」

蕾貝卡苦笑一下，點點頭。

她憑目視倒了少許蘇打水進酒杯，用搗杵輕輕將材料搗磨了幾下。接著，她從冰箱冷凍庫取出一個保鮮盒，裡頭放了六顆單齊事先幫她削好的大圓球冰塊，夾了一顆放進酒杯。

「現在呢，」她喃喃自語。「威士忌！」

她用量酒器倒了四十五毫升的Four Roses進酒杯，過程中灑了不少出來，用吧叉匙輕輕攪了一下。接著，她取了雞尾酒籤，插上顆糖漬櫻桃，放進酒杯。

「好了——喔，等等！」

她趕緊又取了柳橙，切了三公分長、一公分寬的柳橙皮，加進酒杯。

蕾貝卡吁口氣，屏息將調好的雞尾酒端到爸爸面前。

「老式雞尾酒。」

路易斯將酒拿起來，瞇眼打量一下，送到嘴邊，緩緩啜了一口。

「還可以嗎？」蕾貝卡焦慮問道。
路易斯放下酒杯，咂了咂嘴，半晌沒吭氣，末了——
「嗯。」
「『嗯』？」
「嗯。」
「嗯是什麼意思？」
「可以。」
「可以嗎？你喜歡嗎？」
「還不賴。」
「真的嗎？」蕾貝卡狐疑將酒取回，嘗了一口。「我不曉得耶，苦精好像加太多了。」
「可以啦。」
「我再重調一杯——」
「書書——」
路易斯拍了拍她的手。
「我想喝完這杯。」
蕾貝卡將那杯雞尾酒還給父親。她略為激動起來，又是笑，又悲從中來。
「你都沒調過雞尾酒給媽媽喝嗎？」她問。「除了她最後的生日那一次。」
路易斯搖頭。「自從和奧斯卡那回比賽之後，這些年來我幾乎都沒再去調酒。有時我當然難免技癢想小試身手，就會向酒商訂個一批烈酒過來，可是到頭來還是不會去碰，最後就都運到別墅，擱到地窖裡頭去了。」

「你漏了一瓶。」蕾貝卡提醒爸爸，上回單齊從他酒櫃翻出一瓶El Dorado，拿來調了熱奶油蘭姆。

「總之，妳媽知道我和奧斯卡還有夏娃的那段往事，她又向來善解人意，也就不會要求我調酒給她喝。反而還倒過來。有一次我正好提到了我喜歡喝老式雞尾酒，她就主動要學，從此在假日時就會調給我喝。」

路易斯又啜了口老式雞尾酒，將酒杯放到吧檯上，緩緩翻起那本日記。

「幫你來點音樂？」

蕾貝卡走到客廳的鋼琴前坐下，彈起〈Waltz for Debby〉。

路易斯放下日記，聆聽，臉上的微笑五味雜陳。

「你以前就答應過我，」蕾貝卡邊彈邊說，「聽我彈這首曲子不會難過的。」

「沒有難過。」路易斯笑開了。「我很開心。」

曲罷，兩人都靜默許久。

「那些生日禮物我都找到了，」蕾貝卡開口。

路易斯隔了半晌才回話。

「抱歉。」

「至少你沒把它們真的扔了。謝謝。」

路易斯喝口雞尾酒，又停了好一會才答腔。

「那妳把它們運回來了嗎？」

「小件比較實用的，像化妝鏡和那套絲質手帕。嬰兒服我不曉得要給誰穿，至於像搖搖木馬那麼大的更不可能，都先留在那兒。我還真不知要拿那個木馬怎麼辦，連當初你買給我的那一個都早丟了呢。」她噗哧一聲笑了出。

路易斯也跟著笑了，點了點頭。

「木馬是妳很小的時候買的。」

「四歲吧。」

「四歲。」

父女倆微笑靜默，沉浸在往事當中。

蕾貝卡接著想到一事，嚴肅了起來。

昨晚回到家後，她將母親的日記一頁頁整個細讀。當中她有一項發現，她感到必須跟父親講開。

「我在日記中讀到，媽媽一直希望你和奧斯卡和解。」

路易斯沒吭氣，低頭翻著日記，很慢很慢，一頁頁翻著。

「當然這是你們之間的事，但事隔這麼多年，如果你願意考慮一下，我會很感激的。他畢竟是我的教父。」

路易斯將剩下的老式雞尾酒乾掉。

「我們該動身了，」他起身道。「市長的晚宴可不能遲到的。」

蕾貝卡嘆口氣。

站在父親書房門外，她望著他深深吻了一下日記，將它重新放進他的書桌抽屜，接著跟隨在他後頭，邁步出了家門。

10

「沒用啊。我一提那話題，他就走人了。」

一抵達蒙帕西俱樂部，蕾貝卡便拉著單齊訴說方才的經過。

「沒那麼容易的，他們這回樑子結大了，」單齊安撫她。「何況妳爸原本就不是輕易低頭的人。」

「我也知道，」蕾貝卡沮喪地說。「只是知道了那是我媽的心願後，實在是很想促成這件事。喔你看，他們倆撞上了！」

奧斯卡進到餐廳來，迎面遇上了陪同市長迎接賓客的路易斯。兩人彬彬有禮地握手，但態度都冷漠之至。奧斯卡隨即轉身跟隨帶位的蓋布列往廳內移動。

「這真糟糕。」蕾貝卡蹙眉。

「再找機會和他們溝通吧，」單齊說。

這時蓋布列領著奧斯卡來到他們身旁。蓋布列正好有會場調度的問題需要單齊指示，便將他拉走了。

「小公主！」奧斯卡和蕾貝卡擁抱。「看到妳真高興，特別是在碰到討厭鬼之後。」

「受寵若驚。可是不好意思，你說的討厭鬼碰巧跟我有血緣關係呢。對了，你跟你徒弟和好了吧？」

「是啊，那小子昨天晚上來跟我道歉了。我們出去喝了兩杯。」

「那有沒有機會和我爸也和解呢？」

「當然有啊，如果妳老頭讓夏娃復職並且親自登門賠罪的話。」

「你明知道那不可能。」
「那就不是我的問題囉。」
「你們明明是老朋友了——」
「換個話題吧。聽說妳找到那些失落的生日禮物了。」
「是的，統統找到了。我很感動，謝謝你。」
「好說好說。如今既然咱們都相認了，明年妳生日時妳教父我當然會有所表示的。」奧斯卡又戲劇性地壓低嗓門說道，「到時這事就不必讓那法西斯政權知道了，以免東西又被查扣掉。」
「我可以提前指定禮物嗎？你們倆重修舊好，如何？這是我的心願。」
奧斯卡放聲大笑，拍了拍蕾貝卡的肩膀，轉過身和其他人寒暄去。
「謝謝妳幫我弄到位子！」珍妮絲冒了出來，拉了張椅子坐下。「今晚這一場好難混進來呢。連我媽這麼常出席這類場合的都只弄到她和我爸的座位，還是在偏遠的桌次。」
「不客氣，身為飯店所有人，我們總還是有些小特權的，就算這是市長的場子也一樣。話說回來，這是主桌，我們倆的位子都不在這桌喔。」
「沒關係，我坐一下就走。不好意思——」珍妮攔下一名侍者，「你可以幫我端個幾份甜點的焦糖布丁嗎？我剛經過你們廚房看到都已經做好了。」
侍者面有難色，但在蕾貝卡點頭允許之下只好照辦。
「我十分鐘前就看妳進場了。」蕾貝卡問，「怎麼現在才入座？」
「我在查探敵情，看那對賤人姊妹花有沒有在附近出沒。」
「甭找了。我看過賓客名單，只有其中一個受邀，就我那位新同事。」

「那就好。哎喲，我好不容易才把蓋布列搶回來，得嚴加防範哪。我跟妳說，今天這晚宴——」珍妮絲滿嘴甜食，口齒不清。「妳知道為什麼我非來不可嗎？」

「做慈善。」

「別鬧了！」珍妮絲啐道，一抹布丁自她嘴角噴濺出來。「我跟妳說，這事兒知道的人不多，我可是花了好大一番力氣才——」

「妳講的是市長會藉今晚公布他新歡身分的謠傳嗎？」

「難得耶，蕾貝卡・麥克法登居然關心起八卦。我對妳刮目相看，寶貝！聽說已經是未婚妻咧。妳不是看了賓客名單嗎？」

「看了。上頭只寫了市長攜伴一名，沒註明是誰。」

「會不會就是安——」

「我不想聽到她的名字，也不想去想這可能性，」蕾貝卡搖頭打斷她的好友。

珍妮絲飢渴望著尚未就座的市長主位，以及一旁留給他今晚伴侶的空位。

「我想搶先把謎底貼上推特，比一般媒體早個半小時也好，這樣可以衝高我部落格的人氣！」珍妮絲囫圇將剩餘的焦糖布丁吞掉，左顧右盼。「在場那麼多市長身邊的人，一定可以套出些情報的。失陪一下。」

查理・提明斯基也來了。

在以往，提明斯基是進不了這類場合的，只有少數麥克法登集團的高階主管才有資格。但如今情況不同了，如今他受麥克法登總裁重用，如今他是新科Summer Fan創意副總監，不再是范夏娃的跟班。

蕾貝卡不喜歡查理，但她得尊重父親的決定。

查理春風滿面和現場的上流階級打交道，看到認識不認識的都像是碰到十年未見的老友一般熱情。他和兩名貴婦聊開了。這時蓋布列上前要帶他就座。提明斯基撇嘴擺了擺手，要他閃邊別煩他，一不小心手卻撞翻了其中一名女士手中的雞尾酒。查理的驚叫聲比受害者的還要尖銳。他隨即反應敏捷地轉過身將過錯推到蓋布列身上，後者只能在抓了條餐巾給貴婦擦拭的同時一個勁地道歉。

蕾貝卡沒什麼心思替蓋布列主持正義，因為這時她看到夏娃來到會場，神情恍惚、身形佝僂。蕾貝卡方才聽單齊提了夏娃昨天滑倒把背撞傷的事，趕忙上前關心她。

夏娃一進門就向托著香檳盤的侍者要了一杯來喝。

「妳在搞什麼呀？」蕾貝卡低聲叫著。「醉醺醺的，而且妳兩邊耳環還不是同一對。這是很正式的場合耶！」

「哎喲，不是說今天有Salon可以喝嗎？」夏娃仰頭灌了一大口香檳。「不過Cristal也不錯啦。」

「這樣好了——」蕾貝卡輕輕幫夏娃將配錯的兩只耳環摘下。「我讓妳帶兩瓶香檳回去，現在就派車送妳——」

「啊，那邊來的——不就是——」夏娃手往前一指。「接我位子的人嗎？待我打聲招呼去！」

蕾貝卡手裡捧著夏娃的耳環，眼睜睜望著她邁向安娜，步伐踉蹌。

「哎呀呀，創意總監！您——好啊！」夏娃的呼吸聲不順且濁。

「晚安，夏娃。」安娜盈盈一笑，不疾不徐伸出手。夏娃的回應是將手中的香檳大口乾掉，把空杯遞給她。安娜面不改色接過，放到身旁的桌子上頭。

「聽說妳打算明兒個搬進我的辦公室。」夏娃搖頭晃腦。「很不巧，我東西都還沒打包好。」

「喔，那完全不是問題，」安娜若無其事回應。「我會找個大垃圾袋來一次解決。我打掃很在行的。」

「妳敢。」

安娜微笑著和夏娃對望兩秒。

「我記得——」安娜撩了下垂到臉前的一絲頭髮。「那一回我到妳辦公室陪妳喝酒的時候，妳跟我說過要大膽追尋夢想，確定方向就勇往直前。」

「我說的是追夢，」夏娃啐道。「不是鬥爭。」

安娜輕笑兩聲，聲音悶在胸腔內，相當低沉。

「那時候，邊聽妳說，我邊轉著頭打量四周。我心裡想，嗯，我喜歡這辦公室，我想要它。」

夏娃臉色慘白。

「然後我又想，好吧，既然妳都這麼說了，我就大膽追尋、勇往直前吧。」

安娜上前一步，彎下腰，臉湊到夏娃面前。

「謝謝妳喔，」她說。

夏娃猛地推了安娜一把。蕾貝卡驚呼，上前想要搭救，但安娜只退了兩步便站穩了。她不慌不忙將身上一件翡翠綠Summer Fan晚禮服拉整齊了，從容微笑。

「換我給妳一個忠告，」安娜說。

「親愛的夏娃，妳的才華、公司、名位都已經一樣樣失去了。」安娜的嗓門放得不大，但聲音鏗鏘有力，字字像飛刀般向對手射去。「可別連尊嚴都把它給丟了。」

「妳夠了！」蕾貝卡不得不介入。「來，夏娃，我帶妳去妳的位子坐，我們同一桌。」

她攙著夏娃走。Summer Fan的創辦人暨前任創意總監全身癱軟得像團果凍，一言不發，面如死灰。蕾貝將夏娃安置在自己和珍妮絲中間的位子。「不是主桌嗎？」夏娃喃喃唸著。「市長的晚會我向來是坐主桌的。」

晚宴即將開始。德拉曼加市長站到大廳前方爵士樂演奏區的舞台上向大家致詞。

「非常感謝各位大駕光臨！」市長紅光滿面。「今晚是個難得的日子。我們為了全市的自閉症兒童在此齊聚一堂——」

「有消息了！」珍妮絲興高采烈回到蕾貝卡身邊。

「妳是問誰？」

「這裡的泊車小弟，他和市長的司機在抽菸時聊到的。花了我一百美元。」

「所以呢？」

「嘿嘿嘿——」珍妮絲壓低嗓門道，「我上次不就跟妳說過了嗎？結果我是對的！」

「妳是說——」

「就是她，沒錯。」珍妮絲手往主桌指去。「那個賤貨。」

「天哪。」

蕾貝卡望向主桌，安娜正坐在那桌尊貴的六個位子當中的一個，是依市長的安排。蕾貝卡先前便納悶，為何安娜有此殊榮，因為連她自己都沒得坐。

「她真有一套，」蕾貝卡感嘆。

珍妮絲掏出她的手機專注敲著螢幕。「等下再說這些。我得先把這勁爆八卦寫上我的推特。討厭，這裡收訊好差，沒法上網——」

「——那麼，今晚趁這機會，有件重要的事要向大家宣布。那就是本人即將梅開二度。」

全場為之譁然，眾人隨後便在路易斯帶頭下鼓掌祝賀。

蕾貝卡這時聽到一旁傳出奇怪聲響，轉頭一看，原來是夏娃在打鼾。蕾貝卡急忙示意坐在靠近舞台那一側的珍妮絲調整坐姿擋住她，期盼別讓台上的市長看見Summer Fan前任創意總監張嘴的醜態。單齊適時地出現了，輕輕將他姊搖醒，便又不著痕跡離去忙活。

「可憐的女孩。」奧斯卡在他位於蕾貝卡另一側的座位坐下。「她這兩禮拜飽受折磨。」

「不好意思，我的未婚妻因為先前有事，剛剛才抵達。那麼，現在就讓我來為大家介紹。」德拉曼加伸手比向大廳後方的入口。「請各位一同歡迎我未來的另一半，西夢！」

「什麼？」蕾貝卡和珍妮絲驚慌對望，接著隨同眾人轉過頭。

一名美豔絕倫的中年女子入了大廳，笑盈盈向全場點頭揮手致意。才瞧第一眼，她便覺得此人看來頗眼熟，但卻說不出個名堂。

她這時聽到身旁奧斯卡發出詭異的低沉笑聲，轉頭發現他並非像所有人一樣瞧著市長的未婚妻，而是望著主桌。蕾貝卡隨他的目光望去，瞧見她的父親。雖然隔了一段距離，她卻清楚看見爸爸的神情，那是她前所未見的震驚。

「妳可知妳老頭為何吃驚？」奧斯卡湊到她耳邊低語。

「不知。我搞不懂，究竟怎麼一回事？」

「因為他沒料到會遇到故人呀！」

「故人？你是說德拉曼加的未婚妻？我爸為什麼會認識她？」

「他有沒有跟妳提過他當初為什麼去幹調酒師？」

「他當時讀大學，沒有生活費，然後——」蕾貝卡驚喘。「他迷上了一家酒吧老闆的女兒！就是她，西夢！她是我爸的大學情人！」

蕾貝卡再度望向父親，他臉上此刻除了震驚還有著失落。

「謝謝，謝謝！」德拉曼加市長迎接了他的未婚妻上台，摟著她的腰，笑呵呵向眾人致謝。

這時，她想起來了。她怎麼會這麼遲鈍呢？

西夢，市長的未婚妻、父親的老情人，正是她日前在Fan & Friends外頭撞見和奧斯卡一同上車的女子。

她轉頭望向教父。

「我看到你跟她在一起，在Fan & Friends門口！我也在場！」

奧斯卡眉頭揚了揚，嘴角咧了咧。

「是嗎？」

「你跟她認識！而且你怎麼那麼清楚她跟我爸的過去？這究竟怎麼一回事？」

「找時間再跟妳說明，小公主。現在呢，妳可先別急。」教父呵呵笑。「好戲還在後頭。」

「還會有什麼更扯的——」

「接下來呢，容我再向各位介紹一個人。」

三十秒之後，蕾貝卡明白了，那一天，當她初見西夢時為何會有那似曾相識的困惑。

「那就是西夢的女兒，也是我不久之後的繼女——」

隨著市長手勢一比，蕾貝卡的目光落向主桌。我的天呀，她低聲驚呼。

在市長的介紹以及全場熱烈掌聲之下，安娜揚著她那數百萬美元的燦爛笑容，緩緩走上台，和她的母親以及未來的繼父擁抱。

第九章　七年與八年

1

一切天旋地轉。

「這──真的──太──勁爆了！」珍妮絲語帶敬畏，悄悄起身，在離座前丟了兩句話，「一百美元白花了。現在我得找個收訊好的地方更新我的推特！」

蕾貝卡擔憂地望著父親。路易斯坐在他主桌的座位上，臉色鐵青看著台上他的舊情人與她即將共組的幸福家庭。

「我們的婚禮將在兩週後舉行，」市長宣布。

「地點和今晚一樣選在蒙帕西飯店，在此邀請在座貴賓大駕光臨。喔，當然這還得看飯店這邊是否願意接受臨時訂位。」市長笑咪咪對麥克法登先生比了個徵詢的手勢。路易斯趕忙也陪笑臉攤了攤手，表示沒有問題。

德拉曼加與西夢在眾人掌聲中攜手步下舞台，與身後的安娜一同來到主桌。路易斯已起身迎接，而蕾貝卡這時也趕緊跟上前去。

「啊，路易斯，容我為你介紹。」德拉曼加市長開懷地呵呵笑。「這位是──」

「我們認識，」西夢開了口，嗓音較她女兒稍尖了些，但有著同樣略帶沙啞的性感特質。「親愛的，路易斯和我是老朋友了。」

兩人並列，母親較女兒矮了約半個頭，髮色則是截然不同的栗色與金色，不過臉部輪廓倒明顯有相似之處，尤其是那兩道鷹翅般向外侵略伸展的眉毛。

「好久不見，西夢。」路易斯簡短握了下西夢伸出的手。「真是意想不到的重逢。」

「我可是很期待這次的相會呢，」西夢笑道。「奧古斯丁經常跟我提到你。」

「妳的『經常』是多頻繁呢？」夏娃不知何時已甦醒過來，湊了上前。「你們其實才認識不久吧，妳和市長？」

「呃。」德拉曼加尷尬地和他的未婚妻對望一眼。「三個月——將近——」

「夏娃！」路易斯急著制止。

「我們相識的確不長，不過感覺已經像是一輩子了，」西夢不慌不忙應答。「最美好的戀情不都是如此嗎？」

「或者該說是姦情呢？」夏娃接道。「畢竟妳可是把人家的元配給逼走了。妳們母女倆這方面都很厲害。」

「別說了！」路易斯斥道。

「拜託妳。」蕾貝卡直拉夏娃。「我們回我們那桌去吧！」

「來吧，寶貝。」奧斯卡出現了。「我帶妳去找好喝的。」

奧斯卡成功地將夏娃帶開，眾人之間則是一片尷尬的沉默。

「不好意思，她真的失態了，」蕾貝卡只好打圓場。「她最近碰到低潮。」

「何必幫她收拾殘局呢？」安娜冷笑。「她遲早得學習為自己的行為負責。」

「沒關係，今天是個歡樂的場合，我們就別在這小事上打轉吧，」西夢笑道。如果說她有任何不悅，那可是一點都沒表現出來。「親愛的，帶我去認識一下在場的其他朋友，好嗎？要勞駕你作陪囉，路易斯。」

他們一走開，蕾貝卡便向安娜開炮。

「妳又何必講風涼話呢？妳都已經搶走她的位子了，為什麼還苦苦相逼？」

「有些事是妳這種大小姐不會了解的。」

「『大小姐』？」蕾貝卡光火了。「大小姐？妳別亂扣人帽子！妳是了解我多少？」

「比妳認為的要多喔。」

「我也許有個有錢的老爸，但我可是拚死拚活地工作，而且不像妳，我不會靠著跟人上床往上爬。」

「因為妳不需要啊。妳該不會真蠢到相信我上了妳爸吧？」

「如果有必要的話，妳會的。」

「要來杯今晚的特調嗎？」蓋布列托著一盤雞尾酒笑吟吟上前。

她們不約而同各取了一杯，各自啜了一口。

「不怎麼樣，」安娜評論。

「一定不是單齊調的，」蕾貝卡推論。

「我可以調得比這好喝。」安娜把玩著雞尾酒杯，打量著杯中的不知名橙色酒體。

「妳會調酒？」蕾貝卡問。

「我在當模特兒前曾經在酒吧工作過，不過在那更早之前，小的時候，其實我就跟我媽學過一些。我外公是開酒吧的，我媽對調酒因此很內行。妳爸當年剛入行時，我媽還指點過他。妳知道他們的往事嗎，妳爸和我媽？」

蕾貝卡強作鎮定。

「我知道啊。」

「但直到今晚之前，妳應該不知道，他交往的酒吧老闆女兒就是我媽吧？」

「而妳知道？」

「我媽很久以前就跟我提過了。她從我小時候就跟我談人情世故、講她畢生和男人周旋的種種事蹟，可真不少，也讓我跟著她喝酒。她自己喜歡調酒，在里約有一段時間也曾開了間小酒館。我跟在一旁耳濡目染，也就學了一些基本的調酒功夫，後來出去工作時便派上用場。」

「未成年？」

「拜託，請別用世俗的標準來看我們。我媽不是普通女人，她也不會把我當普通孩子來教。她是有計畫地訓練我早熟。」

「我想她把早熟和邪惡搞混了。」

安娜冷笑一聲做為回應。

「妳媽做的也沒那麼特別。」蕾貝卡不甘示弱。「我十一歲起，我爸就帶著我在早餐桌上讀《華爾街日報》的標題。」

「那是教妳做生意吧。」

「不懂人性，做什麼生意？當然是連帶著教啊。」

安娜又啜了一口她那杯特調雞尾酒，嫌惡地皺著眉頭。她朝不遠處的蓋布列揮了揮手，後者立刻趨前，接過安娜不喝的飲料。蕾貝卡也將她那杯只喝了一口的交給蓋布列。

「我要一杯瑪格麗塔，」安娜點了酒。「請單齊親自調。」

「我要一杯戴克利，指定單齊調，」蕾貝卡要求。

蓋布列前去傳達。安娜又開了口。

「我第一次見到妳爸是在開始幫Isabella Rillinni代言之後，在麥克法登大樓。」

「我記得，那次我也在場，五年前的事了。我在公司做暑期實習。」

那是蕾貝卡大三升大四的暑假。她當時已連續在麥克法登集團實習過好幾個夏天，那是最後一回。父親將她安插進了Isabella Rillinni這個集團旗下的一線品牌。安娜・弗拉西歐當時剛幫Isabella Rillinni完成前一季的代言，廣告大獲好評，而她也一炮而紅，確立超級名模地位。雙方於是合作第二季的廣告。她前來試裝，而麥克法登先生正好也過來巡視。

「我當然之前就在報章雜誌上看過妳爸的照片，但見到本人還是有些感觸：所以這就是我媽當年的約會對象啊。當時我和麥克法登先生握手，還特地觀察他的表情，猜測他有沒有認出我和當年那個西夢有關聯。我和我媽長得算是像。不過，他卻沒露出任何驚訝的表情。」

「也許他的確注意到了，但不動聲色。我爸很沉得住氣的。」

「和妳不同，不是嗎？」

蕾貝卡很悶地撇了撇嘴。安娜說得一針見血。

「他當時什麼都沒提。但在那之後，有一回倒是問過我父母的背景：住在哪裡啦、什麼職業之類的。我就輕描淡寫，說爸爸過世了，媽媽住在巴西，比較少聯絡。他也就沒再追問。對了，我那天不是告訴妳我和妳爸有公務之外的關係嗎？那當然是逗妳，不過也不算錯。我畢竟和他還多了層老情人女兒的關係，是不是？」

蕾貝卡聽得內心暗潮洶湧。

相較於自己不久前才後知後覺，安娜對於父親年輕過往的事卻早就瞭若指掌，甚至在初次見面時就據此好整以暇地觀察他。而她呢？別說爸爸年少的戀愛史這種細項，居然連自己有個教父這麼大的事，都活到二十六歲才得知。真是可笑透了。

她感到自卑又嫉妒。

安娜顯得有些興奮。她話匣子打開了。這是蕾貝卡頭一回見到她卸下那層防衛的面具，讓人一窺她的內心。

「我們的父母在教養子女這方面其實是有共同點的——我指的是妳爸和我媽。我不知妳媽這方面如何，而我爸，生父，在我很小時就遺棄了我們，對我來說等於不存在，所以都跟人家說他死了——所以，我媽、你爸，他們都有一套強烈，甚至可說是極端的價值觀，從小就不遺餘力地灌輸給我們，希望我們依他們的路子提早面對這個世界。」

「但是他們倆畢竟是不同的，」蕾貝卡安靜接道。「而這也導致了妳我不同。」

「部分不同吧，部分。」安娜亢奮起來，眼睛瞇著，鼻孔也張大。「部分則是相同的。」

「我們嗎？相同？妳不是一直笑我是大小姐？」

安娜神經質地咯咯笑著。

然後她意識到了自己的脫序，又恢復自制，深呼吸，表情和緩下來。

她內心的野獸又安靜爬了回去，伏下身，棲在那兒等待。

「我和我媽其實很久沒見了。六年，不對，七年，從我十六歲後就沒見過。」

「為什麼那麼久？」

安娜沉默片刻。

「我十四歲時發生了一些事，被人欺負了。而她為了自己的利益，和欺負我的那個人妥協，把我出賣了，要我當作什麼事都沒發生過。我就離家。起初她因為內疚還來找過我幾次，但兩年後我從里約搬到聖保羅，就趁機跟她斷了關係。」

蕾貝卡蹙眉思索，無法想像究竟是什麼天大的事可以導致這對母女反目，而她也沒追問下去。

「所以妳先前也不知道她和市長交往？」蕾貝卡換了話題。

「完全不曉得呢。」安娜搖搖頭，臉上笑容五味雜陳。「我媽呀，她可比我厲害得多了呢，在掌握人性和玩弄男人方面。」

「妳夠強的了，指日可待，肯定成為老妖精的。」

安娜沒吭氣，思緒在過去、未來與現在之中遊移，隔半晌才又開口。

「她來曼哈頓好幾個月了，都沒跟我聯絡，因為她都忙著打獵呢。到了昨天接到她電話，相約見了面，我才曉得她又要改嫁了，而且這次的對象居然是那麼了不得的人物。紐約市長耶！不得不佩服她。」

她緩緩搖著頭。

「昨天那通電話是我們七年來頭一次對話。我當時手裡端著杯咖啡，激動得潑了滿地。七年耶，恍如隔世，可是又好像才去年的事。我們之前最後一次見面是在里約的街頭，兩個人爭執，但細節忘了。最後那幾次見面都差不多，都是吵架、不愉快的場面。要分別時，我就暗下決心，要跟她徹底斬斷關係。她察覺到了——她很敏銳的——上前要抱我，但我把她推開了。」

她停了停。

「之後，我就搬到聖保羅，然後一晃就七年，跳到昨天。」

蕾貝卡感傷了起來，想著自己的母親。媽媽過世八年了。

七年；八年。

那突然襲來的思念如此強烈，幾乎讓她承受不住。

「她還是沒變，」安娜繼續說。

「電話上聽起來，聲音就跟以前一樣，不疾不徐中帶著強大的力量，聽著聽著就會被催眠的感覺，好像只要聽從她的話，一切就會變得很美好。她很可怕的。」

「一切都變得很美好，」蕾貝卡複誦。

這句話正訴說了她對自己母親的回憶。

只要媽媽在身旁的時光，總是那麼美好。她溫柔、善解人意、笑口常開。蕾貝卡不記得她們母女倆曾吵過架。

「妳媽會希望身邊的人都聽從她的話，是嗎？」蕾貝卡問安娜。

「她很會擺布人。」安娜點頭。

「非常不同啊，」蕾貝卡喃喃說道，比較著兩位母親。

媽媽是個與世無爭的人。蕾貝卡從不需要去討好她。當她不順母親的意時，只要不是嚴重的管教問題，她通常不會逼她。

父親倒是會希望大家都照他的意見行事，但他會直率地要求，和西夢的風格大不相同。

安娜又開了口。

「見了面一看，」安娜繼續訴說她昨日的重逢，「果不其然，她外貌也幾乎沒變。稍微老了一點點，但沒有太多歲月的痕跡。想必花了很多錢去保養吧，也許還有整形。真要說有啥不一樣的地方，就是她玩弄人心的道行又更深了。」

安娜臉上除了苦澀與認份，蕾貝卡注意到，還混了種奇妙的情緒，讓她眼神閃閃發亮。蕾貝卡過了片刻明白過來，那是覺悟。

「妳剛提到『生父』，」蕾貝卡說，「又說『又改嫁』，所以妳媽到底嫁過幾次？」

「她結過——」安娜的嘆息很輕，但很疲憊。「——即將結過，四次婚。」

她停頓一會。

「第一次的對象是個不負責任的混球；第二次是個禽獸；第三次我已經離家，沒見過；第四次，嗯，妳見過了。」

安娜望向她那正在大廳內另一角落魅力四射的母親。有一剎那，蕾貝卡以為安娜要哭了。

「共通處是，」安娜下了結論，「他們都有錢有勢。」

蕾貝卡順著安娜的目光望去，瞧著西蒙牽著德拉曼加的手，讓路易斯以及一堆賓客簇擁著。那是個和諧的畫面，當中每人都恰如其分扮演著自己的角色。

蕾貝卡心疼父親，知道他此刻心情一定難受，雖說他談笑風生，看不出內心有任何波濤。

「當初他們兩個若沒分手，」蕾貝卡說，「不曉得如今會是什麼情景？」

「他們不可能不分手的，」安娜冷冷駁斥。

「也是，」蕾貝卡同意。「個性就是不合的。再說，若他們真走上不同的人生道路，也就不會有我們了。」

「那是妳。我的話，不管歷史怎麼改變，都會有我的。我一定會存在，我會讓自己誕生出來。所以我才說妳是大小姐呀，妳生存意志太薄弱了。」

「而妳，」蕾貝卡不慌不忙應道，「妳搞不清楚狀況。妳妄想和命運對抗，才會說些什麼讓自己誕生的蠢話。而且妳居然會認為我生存意志薄弱，可見妳判斷力有多差。我根本懶得跟妳生氣。妳很可悲。」

「妳是個廢物，就跟夏娃一樣，喪家之犬，只會狂吠。」

「是嗎？那我告訴妳，男人一開始的確會被妳吸引，但到頭來，他們會選擇我。我是個比妳好的女人。我再告訴妳，不管什麼事，我都可以做得比妳好。」

蓋布列打斷了她們的交鋒，送上雞尾酒。

「這比剛才的特調要好多了，」安娜啜了一口她的瑪格麗塔後說。

「肯定是單齊親自調的，」蕾貝卡啜了一口她的戴克利後說。

「我雖然不到這麼高的水準，但絕對可以調出比剛剛那杯好喝的，」安娜說，「要練習就是了。」

「我可以調得比妳好，」蕾貝卡說，「要練習就是了。」

安娜惱怒地瞪著蕾貝卡。

「妳還真敢說啊。」

蕾貝卡心裡也是這麼想。誇這海口幹什麼呢？她想。

她望向遠處正在一群人當中有說有笑的父親。唉，到時給他知道了，又要狠狠數落我一頓吧。輕浮、幼稚、魯莽。蕾貝卡可以想像爸爸會說些什麼。

可她就忍不住。她需要這麼做。她得有個出口。

蕾貝卡對安娜淺淺一笑。

「不服氣嗎？」

安娜罕見地並未回報她那數百萬美元的微笑。她安靜望著蕾貝卡，眼神惱火且兇狠。

2

「妳們要幹嘛？」

單齊瞪大眼。

「解決恩怨、對決、拚個你死我活，還是看你要用什麼說法。」蕾貝卡若無其事攤了攤手。

她方才趁單齊騰出空檔，將他拉到一處角落，告知他她和安娜的共識。

「比賽調酒？妳和安娜？」

「賤人安娜，正是她。」

「妳怎麼贏得了她？」

換蕾貝卡瞪大眼。

「謝謝你喔！對我可真有信心！」

「安娜在調酒方面可不是門外漢。」

「我知道，她學過。又怎樣？」蕾貝卡聳聳肩。「我會找出方法打敗她的。我們要比馬丁尼，時間是一個月後。說到這，馬丁尼到底是怎麼調——嘿，你看！」

奧斯卡攙扶著明顯醉暈了的夏娃正往大廳出口移動。

「她也喝太多了吧！」蕾貝卡急切和單齊上前查看。奧斯卡表示他要送夏娃回家，但他自己看來也喝了幾杯，蕾貝卡於是提議她陪他們一起叫計程車。

「對了，關於馬丁尼，」蕾貝卡幫忙攙住夏娃，臨走前向仍得留下來工作的單齊丟了一句，「你就找時間再教我調吧。」

單齊緩緩搖頭，那模樣不像拒絕，倒像無奈。蕾貝卡沒時間多想，和剛從外頭更新完推特進來的珍妮絲道別，匆匆離去。

他們來到夏娃家。蕾貝卡幫神智已不清的夏娃卸了妝，換了睡衣，在奧斯卡協助下攙她上床。

「可憐的孩子。」奧斯卡憐惜地望著他躺在床上的老友。

「她的確很慘，」蕾貝卡同意，將那兩只代為保管的耳環放到夏娃的梳妝檯上。「可話說回來，她今晚實在是失控了。」

「她一直都沒找到應付壓力的方式，」奧斯卡說，熄了臥房的燈，帶上門，和蕾貝卡來到客廳。「藉酒澆愁只會讓狀況更糟。」

「雖然已從你徒弟那兒聽過這言論，我還是得說，這話出自你們這樣的人口中，實在令我驚訝。」

「可見妳還不明白，真正的調酒師對於酒有多尊敬。對了，剛剛在餐廳聽妳說想學馬丁尼？」

「喔，是啊。」蕾貝卡將來龍去脈告訴她教父。

「如果安娜真的跟她媽學過的話，那確實不可輕忽，」奧斯卡評論。「西蒙在調酒方面是有兩下子。」

「啊，講到這個！」蕾貝卡大叫，繼而想到可能吵醒夏娃而壓低音量。「你還沒解釋呢！為什麼我那天見到你跟西夢在一起？為什麼你那麼清楚她跟我爸那段過去？那時候你跟他們倆應該都還不認識才對。」

「這麼嘛——」

「喔不，別告訴我這又是一段三角戀！」

「別緊張，不是這樣的，」奧斯卡若無其事地安撫她。「會跟妳說明白的，小公主，我保證。我們先來談談妳碰上的麻煩吧。」

「麻煩哪……」蕾貝卡這時不得不面對自己的魯莽決定，悠悠嘆口氣。「是啊，好像是有點麻煩。」

「不是有點而已。」奧斯卡搖頭。「妳們要比的是馬丁尼，那可是雞尾酒之王啊。」

「為什麼？因為〇〇七在電影裡都喝這個嗎？」

「請別再說這種外行話。妳教父我好歹是個世界知名的調酒師。妳這樣暴露自己的無知，會丟我的臉。」

「好嘛，抱歉。那請幫我上堂課，好嗎？」

妳清楚馬丁尼的配方嗎？奧斯卡問。蕾貝卡搖搖頭。

配方其實很簡單，奧斯卡說明，就是琴酒和苦艾酒兩樣而已。也有所謂的伏特加馬丁尼，把基酒的琴酒換成伏特加，但那沒什麼學問。馬丁尼這支雞尾酒的精髓，奧斯卡邊說邊比手勢強調，在於如何表達琴酒的香氣。但我還是不明白，蕾貝卡提問，它憑什麼當雞尾酒之王？憑的是它千變萬化，奧斯卡解答，雖然配方簡單，但透過不同的比例或調法，它所展現出的香氣多樣性遠遠超越其他雞尾酒的。正因如此，它也是最難掌控的調酒。

「反正還有一個月的時間啊。我的老式雞尾酒也是昨天才學，今天就調給我爸喝了。就加緊特訓嘛。你和單齊都會教我吧？」

教父哈哈一笑，蕾貝卡於是明白自己又說了蠢話。

「小公主啊，馬丁尼是如此深奧，有無止盡的可能性，讓調酒師終其一生追尋。連我都不敢自稱將它摸透了。而妳，一個月？」

「一個月可以學很多東西的。我又不是要跟你比，對手只是安娜而已，」蕾貝卡嘴硬回道，努力保持鎮定的微笑。

但她背脊發涼。

從她腦海裡，安娜浮現了出，輕輕露出她那價值數百萬美元的微笑。

3

星期一到了。

蕾貝卡發現自己從未如此不情願前去上班。一早醒來，她窩在床上，呆望著窗外的藍天，遲遲不想下床。

在早餐桌上，父親顯然也注意到了。

「妳的表情告訴我，妳並不怎麼期待和新同事會面，要不然——」路易斯咬了口橘子果醬烤麵包，不慌不忙咀嚼，嚥下後才將下半句說完，「就是約蘭達拿了顆臭了的蛋幫妳做早餐。」

蕾貝卡手中叉著一小塊荷包蛋的叉子在嘴邊打住，停了片刻，才送入口中。她心不在焉嚼了兩下，喝了一大口柳橙汁，整個囫圇吞下。

「不會，蛋很新鮮，果汁也是。」

「妳和安娜昨晚好像聊了很久，是討論公事嗎？」

「私事。」

她告訴父親她們的比賽。

路易斯邊聽邊安靜用餐。等蕾貝卡說完了，他仍舊一聲都不吭，穩穩當當繼續吃。

「什麼時候比？」他喝完最後一口咖啡後問。

「一個月後。」

路易斯取了桌上的咖啡壺，給自己斟了另一杯熱騰騰的，慢條斯理將它吹涼了，緩緩啜上一口。

蕾貝卡等著挨罵。魯莽、愚蠢、沒有責任感——

「改成兩週後吧，」路易斯開了口。

「什麼？」

「那時候正好可搭上市長結婚。他的婚禮和喜宴都會在蒙帕西飯店舉辦，所以就排在餐前的雞尾酒會上吧，以趣味賽的形式。」

蕾貝卡瞠目結舌。

「為什麼要這麼做？」

但她知道答案。

「妳們既然都要比了，索性就搞大一點，趁機為Summer Fan造勢啊。紐約市長的喜酒，全國都會關注的。」

「但這是我跟安娜之間的私——」

「妳們倆就代表了Summer Fan。妳跟安娜之間的任何互動都直接影響到這個品牌以及整個集團的利益，因此這不能算私事。」

「市長他——」

「會答應的。他的新女兒上台娛樂大家，而且可能會痛宰對手，找不到比這更棒的了。我來跟他說。至於比賽的形式呢——」

蕾貝卡只聽到一半，後頭就都空白了。

「你什麼意思？痛宰對手？為什麼這麼說？」

「西夢調酒很行的——」

「我知道西夢調酒很行！西夢不是我的對手！安娜才是！」

「安娜既然是跟她母親學——」

「你們完全是盲目地對安娜投信任票！我的爸爸和我的教父居然都這麼看扁我！還有單齊也是！你們這些人——啊！」蕾貝卡猛地站起身。

「恕我先告退，」她深吸口氣後說。「我要去上班了。我得去看看我們的新任創意總監上任第一天是否一切順利。當然，我知道你是完全不會擔心她的。」

她端著用畢的餐具走向廚房，走兩步又停下來，轉過身。

「我贏給你們看！」

路易斯已經低頭看起報紙，聽了後只敷衍地握拳比了個加油的手勢，連頭都沒抬。蕾貝卡惱怒地低吼一聲，進了廚房。約蘭達在那兒等著她，顯然已聽清楚整件事。

「冷靜啊！」約蘭達接過餐具，放到流理檯上，用她一雙厚實大手拍著蕾貝卡的肩膀打氣。

「我真不敢相信！」蕾貝卡低聲叫道。「他們都一面倒，根本還沒開始比耶！」

「沒關係，親愛的，我挺妳。妳會贏的，我知道。妳會打敗她。」

「妳人真好。」

「我以妳為傲。」約蘭達拍了拍蕾貝卡的臉頰，指了指上方。「而妳也會讓妳母親感到驕傲的。」

「謝謝妳，約蘭達！」蕾貝卡感動地給了管家一個深深的擁抱。

「還有啊。」約蘭達端起那盤蕾貝卡只吃了一半的荷包蛋。「這個蛋哪，可是最新鮮的喔。我親自一顆顆挑的。」

蕾貝卡破涕為笑。

「抱歉，我知道。我剛剛只是氣到沒胃口。」她接過餐盤，站在那兒把剩餘的蛋給吃了。那的確新鮮且可口。

來到公司，進了電梯，她看見尚大衛正好晚她一步到，在大廳向她揮了揮手，快步向前，打算搭同一班電梯上樓。

蕾貝卡按了關門鍵。在迅速縮減的門縫當中，她看見尚大衛滿臉焦急。他有話要跟她說。

她不想聽。

一出電梯，蕾貝卡便看見助理和實習生們搬著紙箱忙進忙出的。來到創意總監辦公室一看，安娜已經站在裡頭指揮了。

「那個擺那邊，然後這邊這一堆統統撤掉。那個角落的裸女雕像先給我搬走。好醜，又猥褻。」

「早安，」蕾貝卡打了招呼。「看來妳這兒進行得都很順利。」

「早安。」安娜給了她一個燦爛的笑容。「老闆，我現在開始應該這樣叫妳才對。」

「別那麼客氣，總監。」蕾貝卡回了她一個同樣燦爛的笑容。

她接著向安娜告知了麥克法登總裁的旨意。

「我沒問題啊，」安娜若無其事笑道。「倒是妳，妳有辦法應付這樣的大場面嗎？」

「喔，這妳不用操心。我最擅長——」

外頭一陣喧鬧。

是夏娃與查理・提明斯基。夏娃明顯醉了，衣衫凌亂，頭髮隨便梳了個髻，站都站不穩。蕾貝卡關切地打量她那週末摔傷的背，但分不出她身形微微佝僂究竟是因為酒精作祟還是傷痛未癒。

「叫他們——把我的東西——擺回去！」夏娃對查理咆哮，氣到滿臉脹紅、話都沒法一句說完，手指著一旁無所適從的助理及實習生們，個個懷裡抱著她被清出來的物品。「馬上！」

「哈囉，本人已經不再為妳工作了！」提明斯基的嗓門也扯開了。「妳是不是老年痴呆了？還是酒精中毒？」

「你這個忘恩負義的混蛋！我會要你好看！」

「是嗎？」查理冷笑。「那如果我這麼做的話，妳要怎麼辦，賤人？」

他將青花瓷裸女像從一名助理懷中搶過，高高舉起。

「那是我父親的作品！」夏娃大叫。

「給我閉嘴。」查理晃了晃雕像。「否則就來撿它的碎片。」

「你們倆別再丟人現眼了，」蕾貝卡上前勸阻，但兩人充耳不聞，繼續叫囂。安娜手抱胸前，冷眼旁觀。

「啊，蕾貝卡！」尚大衛出現了。「我們得談——怎麼回事？別鬧了，現在是上班時間！」

「你告訴她呀！」查理轉頭望向尚大衛。「叫這臭婊子別再發酒瘋。我也想回去工作。我現在是創意副總監，可忙得很——」

夏娃冷不防大叫一聲，撲向查理，後者驚嚇得怪叫連連。兩人扭打起來。助理們全都嚇得退開，蕾貝卡和尚大衛則不約而同衝上前，試圖將他們拉開。

一陣混亂之後，好幾人的尖叫聲與清脆的破碎聲響徹整層樓。

蕾貝卡呻吟著，和尚大衛相繼踉蹌爬起，又將方才也摔倒的查理和夏娃也攙扶起身。地上還倒著一個人。那是安娜，方才遭受池魚之殃，整個被撞倒，壓在下頭，身邊滿是青花瓷碎片。

「送她去醫院！」

蕾貝卡看到安娜的狀況，不禁低聲咒罵。

4

「她在哪裡？」

單齊問，氣喘吁吁跑進City MD緊急醫護中心。

「在另一頭的椅子上休息。」蕾貝卡領著單齊前去找他姊姊。「夏娃其實沒什麼大礙，只是手被割了個口子，縫了兩針。」
「妳呢，沒受傷嗎？」
「我沒事。尚大衛的手也破了個傷口，大夫正在替他包紮。最後大家倒地時，雕像是在他和夏娃的手中，查理被擠開了。」
蕾貝卡向單齊解釋，當他們從地上爬起時，她先是發現安娜腿上有血，真給嚇壞了。但到了醫護中心一看，她才恍然大悟，那血其實沒有一滴是安娜自己流的，全是從夏娃和尚大衛的傷口沾上的。
安娜的確受了傷，但只是腳踝扭到，因此簡單包紮後便離開醫護中心了，不過臨走前撂了話。
「她要告夏娃，」蕾貝卡告知單齊。
「為了腳踝扭傷？」
「像她這樣心狠手辣的人，當然抓準機會落井下石，」蕾貝卡聳聳肩道。「我甚至懷疑她原本要連我一起告的，只是怕得罪我爸才打消念頭。我跟你說，她瞧我的表情就一副『算妳走運』的樣子。我看得出來。」
「妳想太多了吧。」
「我有嗎？別忘了，我和夏娃之前就是想太少，才被這女人搞得這麼慘。」
他們來到夏娃所在的角落。她坐在那兒，左前臂裹著紗布，一臉茫然。單齊上前給了他姊姊一個擁抱。
「沒事了，」單齊微笑安撫夏娃，摟著她的肩。
「我需要喝一杯。」

「難以置信哪！」蕾貝卡脫口而出。「妳簡直像個嬰兒不停地要奶喝！今天就是因為妳喝酒大鬧才闖禍的！」

「我出門前只喝了兩杯龍舌蘭耶。」

「不准給她任何酒精！」蕾貝卡警告單齊。

「走吧，我送妳回去。」單齊扶起他姊姊，一邊向蕾貝卡使眼色，要她放心。

目送范氏姊弟離去後，蕾貝卡便前去查看尚大衛的狀況。他獨自坐在另一個角落，西裝外套披在肩上，右手虎口裹著紗布，神情凝重。

「我要直接回公司。你要一起走嗎？」蕾貝卡問。

「我在想，我們可以找個地方坐坐。」尚大衛滿臉認真。「我希望我們能夠談談，書書。」

「如果是我們之間的事，已經沒啥好談的了。」

「我知道我傷妳很深，但看在我們之前的情分上，請再聽我說一下吧。」

蕾貝卡瞧著他，很想斬釘截鐵地拒絕。

「拜託。」

「我們去吃午飯吧，」她疲憊地決定。「我好餓。」

三個小時後，尚大衛踏出電梯，來到Fan & Friends。

「謝謝你趕過來，」他對等在吧檯後頭的單齊說。

「找我來是要討論酒吧的事嗎？」單齊問。「我並沒聽說這裡要復業。」

「不是公事。」尚大衛搖頭。「我想請你幫個忙。當然，你可以拒絕。」

他在吧檯前坐下。

「我想要……喝一杯。」

單齊困惑地瞅著他。

「真的就喝杯酒而已。」尚大衛揮手澄清。「很單純。」

「酒吧現在是歇業狀態。」

「當然，當然，」尚大衛尷尬應道，進退兩難，最後嘆口氣起身。「不好意思，我不該——」

「但我可以特別服務高階主管。請坐吧。」

尚大衛重新坐下了，怯生生地。

「請問您想喝點什麼呢？」

「都可以，你決定吧。」

單齊點點頭，思索片刻。

他先查看冷凍庫，確認尚存有冰塊，隨後放了個雞尾酒杯進去冰鎮。他接著取了Hennessy VS干邑白蘭地以及Marie Brizard白薄荷酒，都放到吧檯上。他拿了三件式雪克杯，倒進四十五毫升的干邑白蘭地和十五毫升的白薄荷酒，加入冰塊，套上杯蓋，迅速搖撞了二十次，取下雪克杯蓋，從冷凍庫拿出酒杯，將雞尾酒倒入。

「請用。」他將雞尾酒端到尚大衛面前。

「謝謝。」尚大衛舉起杯子，喝了一口。

他放下杯子，咂了咂嘴。

「好銳利的口感。」

「它是應該銳利的，」單齊說明。「這支雞尾酒叫做刺針（Stinger）。」

尚大衛愣了兩秒，接著苦笑點頭。

「像蜜蜂的一樣，是嗎？」

「蜜蜂、蠍子的毒針，或是毒舌、傷人的話，看你怎麼詮釋。總之，這是一杯要將人狠狠刺醒的酒。」

「是夠狠。」尚大衛心有戚戚地猛點頭，連著兩大口將酒杯給乾了，用手勢要求再來一杯。單齊點點頭，替他調製起來。

「你知道嗎？蕾貝卡上禮拜叫我去大都會博物館看一幅畫，說是什麼我打哪兒冒出來的分身，也不講清楚怎麼回事，」尚大衛發起牢騷。「結果我跑去一看，拜託，那哪裡像我啊？那傢伙一副欠扁樣，髮型又醜的要死。完全搞不懂她叫我去看那是為啥。」

單齊淡淡一笑。

尚大衛安靜片刻，看著吧檯。

「我做了很糟糕的事，」他說，「分別對兩個女人。」

單齊沒吭氣，只管繼續調酒。

「而她們也都捨棄我了，」尚大衛自顧自說了下去。「這當然是我活該。」

說到這兒，他便打住了，專注瞧著單齊。單齊試著不去理會他，最後無奈搖搖頭，開了口陪他聊下去。

「你後悔了嗎？」

「後不後悔都無濟於事了。」尚大衛靠到吧檯上，雙手撥弄起他那頭獅鬃。「今天我找了蕾貝卡談。」

單齊放下原本已舉起的雪克杯，瞧了他一眼，接著重新舉起，使勁搖撞。

馬丁尼不知從哪冒了出來，爬上吧檯，端坐在那兒，望著尚大衛。

「談什麼？」單齊將雞尾酒倒入酒杯，端給尚大衛後問道。

「我在巴黎有個工作機會，」尚大衛啜一口刺針後說道。「我的堂妹找我合開餐廳。在做決定前，我想知道和她還有沒有希望。」

「她怎麼回答呢？」

「拒絕了。」尚大衛苦笑。

「所以，這對你來說是好消息呢。我被她拒絕，你現在可以趁虛而入了。我看過你看她的眼神，而我知道她對你也有感覺。你自己也清楚，不是嗎？」

單齊微笑。

「我們今天要討論的不是我吧？」

尚大衛默默喝著他的雞尾酒。

「無所謂了，」他說。

「所以你的決定是什麼？」單齊問道。

「回巴黎去。」

「那安娜怎麼辦呢？」

「什麼意思?什麼怎麼辦？」

「你不打算找她復合嗎？」

尚大衛眼神迷離。

「不了。」他又喝了口刺針。「這整件事已經變得太複雜了。」

單齊清洗著調酒器具，沉默片刻。

「你確定嗎？」單齊問。
「嗯。」
原本專注瞧著尚大衛的馬丁尼趴下身，懶洋洋伏在吧檯上頭。
「而你跑來找我說這些是為了什麼？」
尚大衛又靜默半晌。
「當我和蕾貝卡談完要告別時，她看到我很沮喪，勸我找人聊一聊。我告訴她，我在紐約沒啥朋友。她就說，這種時候，調酒師會是個好的抒發對象，但得找個專業一點的。」
單齊嘆口氣。
「她推薦了你。」
「我受寵若驚。」
「我之前對你很機車，我心裡有數，」尚大衛說，舉杯向單齊致敬。「謝謝你今天願意聽我發牢騷。」
「不客氣。」
「有時候喝點雞尾酒確實不錯，」尚大衛轉著手中的酒杯，感嘆。「雖然說跟葡萄酒比起來，這玩意兒還是稍嫌——」
「請別得意忘形。」
「抱歉。」
尚大衛轉頭望向貓兒，而牠也仰頭回望。
「哎呀，我的小朋友，我們要道別囉。」他伸手撫摸牠的頭。「我會想念你的。」
馬丁尼扭頭朝尚大衛那不捨的手狠狠咬了下去。

「跟你說過別碰牠的。」

5

「你們兩個居然把酒言歡？」

「沒那麼誇張，只是聊了一會。」

蕾貝卡和單齊正在計程車上。時間是是晚上八點二十分。

「他真的滿沮喪的。」

「他咎由自取啊！」

「也是。」單齊若有所思。

蕾貝卡瞧了他一眼。

「你在同情他嗎？兩杯黃湯下肚，你們倆就從死對頭變成好兄弟？」

「我並沒有喝，純粹只調給他喝而已。」

「哼，要是我爸跟我教父能像你們這樣大和解就好了。」

「說到奧斯卡，」單齊說道，望向車窗外的街景，「他通知妳出來時，什麼暗示都沒給嗎？」

「他神祕兮兮，只說不來一定後悔。這趟最好是值得，我可是放棄練習調酒的寶貴時間跑出來耶。」

他們原本約了在Fan & Friends碰面，讓單齊幫蕾貝卡進行馬丁尼特訓，但蕾貝卡才進到酒吧五分鐘，便收到奧斯卡的簡訊，於是急忙拖著單齊赴這場神祕約會。

依簡訊的指示，他們吩咐司機開到了中央公園西路和西六十七街口。奧斯卡已經微笑等在那兒。

「我們到底要幹嘛？」蕾貝卡問。

「看一場重逢的好戲。」

龐特領著他們走了一小段路，要求大家躲在一處隱蔽角落，觀察不遠處一棟Art Deco風格大樓。

「到了，真準時，」當兩分鐘後一輛高級房車停在大樓門口時，奧斯卡對錶說道。

蕾貝卡眉頭糾結。她認得那輛車，她心想。而當她隨後看見下車那人後，她的猜測也獲得了證實。

「我不確定我想看下去，」她對教父說。

「隨妳啊，妳可以讓單齊送妳回去。我可是不打算錯過這精采場面。」

蕾貝卡望著那人進了大樓。她掙扎著。奧斯卡此時率先往大樓移動了。蕾貝卡和單齊對望一眼，橫下心跟了上去。

來到大門口，一名表情冷酷的高大門房站了出來，居高臨下打量他們。蕾貝卡正擔心要如何通過，龐特已大步上前，和門房握了手，低語起來。從那默契看來，對方顯然和她教父熟識。門房朝他們點了點頭，讓出路來，並將奧斯卡方才巧妙塞給他的鈔票迅速放進外套口袋。

「你怎麼會認識這裡的門房？」他們急急往電梯走去，蕾貝卡問。

「全曼哈頓該認識的門房，他都熟，」單齊代為回答。奧斯卡得意笑了兩聲。

「我想我知道他要和誰會面，」在電梯中，蕾貝卡宣告。

「聰明的女孩，」奧斯卡笑咪咪稱許。

他們來到七樓，出了電梯，來到一處迴廊，便瞧見了路易斯站在一戶人家門口。三人於是躲在牆角偷看。

屋門是開的，從裡頭伸出一隻纖細手臂，掌心朝上。蕾貝卡望著父親將手伸出，搭上那女人的手，跟隨她進了屋。

「這到底怎麼一回事？」蕾貝卡在大門關上後質問她教父。「那是市長的未婚妻，對吧？我爸在夜裡獨自跑到她家，兩個人還手牽手！這怎麼看都不妙！」

「我相信他們只是純敘舊。」奧斯卡笑嘻嘻。

「你把我當三歲小孩。哪有可能？」

「就算不止敘舊，又如何呢？」奧斯卡老神在在。

「妳老爹、西夢、我、德拉曼加，我們都一把年紀了，而且我們都不是等閒之輩，不會時時刻刻被一些世俗規範綁住的，就連妳老爸那麼古板的人也不會。我們都很清楚，只要能為自己的行為負責，有時就算出了常軌也是無妨的。妳知道德拉曼加為了和西夢閃電結婚，不只分了大筆財產給他太太，還徹底賠上他的公眾形象？他下屆市長很可能不用連任了。但他做了選擇。今晚不論發生什麼事，只要是你情我願，都沒什麼問題的。明天早上，當大家一覺醒來，天重新亮起的時候，有沒有本事再往前走，要怎麼走下去，才是重點。」

「所以你是要跟我說，明天早上，一覺醒來，我會多一個後母？」

「我是要跟妳說，人生說短很短，說長很長，只要清楚後果是自己吃得下來的，那就把握當下吧。至於別人的人生，不必操心那麼多，就算是妳父親的也一樣。更何況，就像我剛講的，也許就真的是純敘舊呢。」

「真的嗎？」蕾貝卡仍舊滿臉憂慮。

「這種事很難說的。」他輕輕拍了拍蕾貝卡的臉。「別庸人自擾了。」

「是你牽的線吧，師父？」單齊適時插了話。

「真了解我。」奧斯卡和他徒弟拳頭對捶了一下。

「牽線？」蕾貝卡推理道，「我爸和西夢早已斷了往來，而昨晚他又不可能公然跟她詢問聯絡方式，所以今晚的會面是靠你這中間人安排的。」

「我昨晚看到麥屁的表情，就知道他想和老情人獨處一陣，重溫舊夢，而我曉得西夢也有這意思，就做個順水人情。」

「但你和爸爸不是才——」

「翻臉？那是兩碼子事。我們都成人了。」

「所以你們和好了？Fan & Friends可以復業了？」

奧斯卡搖頭。「一碼歸一碼。」

蕾貝卡嘆氣。「你們把事情弄得很複雜。」

「不，我們是把複雜事情弄簡單。」

「我必須說，你還真雞婆。」蕾貝卡苦笑。「但很貼心。」

「都是我老朋友嘛。」

「『都是』？」蕾貝卡倒抽口冷氣。「你果然早就認識西夢！早在我那天看到你們倆在一起之前就認識了。你該不會——可你跟我說過你們不是三角戀的！」

「所謂三角戀是要同時並進才構成啊，小公主。」奧斯卡雙手比了個三角形，往前推進，接著把右手那一半往後拉，將圖形拆解了。「如果有時間差的話，就不算啦。此外，我跟她的關係與其說是戀愛，倒比較像——」

「你居然跟她也上過床！我的天哪，你這個——」但看見單齊打了手勢要她安靜，蕾貝卡只好壓低嗓門，「我現在嚴重懷疑當初你和我母親也——儘管這麼揣測對她是大不敬，可是在見識到你的所作所為後——」

「喔不不，這妳放心。」奧斯卡擺了擺手。「我跟妳媽之間倒真的是清清白白。」

「總之，」蕾貝卡力圖鎮定，「西夢既然是安娜的母親，就表示她當初從美國嫁到了巴西。所以，你是在那裡認識她的嗎？」

「ＯＷＰ集團在聖保羅以及里約熱內盧都有開設酒吧及餐廳，」單齊提供了關鍵情報。

「三年前的事，」奧斯卡證實了。「在我們里約最高檔的一間餐廳。那時她已經離婚了，二度，所以沒有道德上的爭議性。」

蕾貝卡給了她教父一個白眼。

「講得好像你會在乎似的。」

「好啦。」奧斯卡抖了抖身上那黑色Summer Fan西裝。「差不多輪到本人上場了。」

「什麼？」

「既然是團聚，人多一點才熱鬧嘛！」他開步邁向西夢的公寓。「你們要不要一起來？」

「你瘋了嗎？別去打擾人家啊！」

她急急上前要拉住他，但奧斯卡哈哈笑了兩聲，忽然轉了身，往電梯走去。蕾貝卡餘悸猶存望著教父的瀟灑背影，嘆口氣，和單齊跟了上去。

他們離開西夢的住所，在人行道上散步。三人好半晌都沒開口，回味著方才所見。

在父親踏入西夢公寓前的一剎那，蕾貝卡看見了他的表情。

那是百感交集，又試著壓抑。

「可我媽才應該是真愛呀，」她忍不住為母親抱不平。

「她是啊。」奧斯卡微笑。「只是西夢這段戀情對妳爸影響很深。那是他過往人生的重要一部分，沒法子說放就放掉。他這些年來都在壓抑。讓他抒發一下是好的。」

「你真的很了解他。」

「我是這世上最瞭他的幾人之一。」

「不過這女人可以相信嗎？」蕾貝卡想起安娜對她母親的評論。「也許她接近我爸，又是暗懷鬼胎？」

「不用操這心。她是很有心機，但並不是那麼壞的人。何況，妳老爹也沒那麼好擺布。」

「對你影響最深的戀情是哪一段？」蕾貝卡話鋒一轉，望向單齊。

「妳為什麼想知道？」單齊微笑。

「只是好奇那會是個什麼樣的女人。像我爸愛過的三個女人，個性居然截然不同。很怪，是吧？通常人都會有偏好，就算換了幾次對象，到頭來往往都是同個類型。」

「妳老爹是個悶騷貨，」龐特取笑道。「表面上正經八百，碰到女人卻什麼菜都吃。」

「那你呢，我親愛的教父？像你這樣的花花公子，吃過的菜只怕更五花八門吧？」

「那當然，本人可是奧斯卡．W．龐特呀。我跟妳老爸的差別在於，他悶騷，我無恥。」

「說得好。」蕾貝卡轉過頭。「我對單齊比較好奇。你吃什麼樣的菜？」

「我選擇不回答。」單齊微笑。「現在不想說。」

「你會喜歡——安娜那一型的？哎喲，什麼蠢問題呀！」蕾貝卡瞇眼搖頭。「哪個男人會不喜歡安娜那一型的？」

「哪個男人會不喜歡妳這型的？」奧斯卡接道。

「喔，謝謝。你知道，身為我教父，你會有偏見呀，不過這種偏見我倒很歡迎。坦白說，當初我和尚大衛出了問題時，我還對自己失去信心，但現在不會了。我很好。我是個很棒的女人。」

「是他不珍惜，」單齊說。

蕾貝卡笑了笑。

「我昨天跟安娜說我是個比她好的女人。其實我那只是在賭氣。情場上哪有什麼比較好的對象，只有比較合的。」

她停了停。

「所以，也許我跟尚大衛的問題在於，我們根本就不適合的。」

「那麼妳不跟安娜計較了？」單齊說。「雞尾酒可以不比了？」

「當然要比呀。男人可以放掉，賤人不能饒過。不比，嚥不下這口氣呢。」

「開始像連續劇了。」單齊點頭。

蕾貝卡哈哈大笑。她話鋒又一轉，望向教父。「你知道，對吧？單齊愛過的是什麼樣的女人，你一定知道。」

奧斯卡嘿嘿笑道，「從我這兒挖不出來的。」

「我想，那一定是個——」蕾貝卡伸個懶腰。「不，算了，就此打住。」

三人沉默下來，在人行道上安靜行走。隔半晌，蕾貝卡才又開口。

「不管怎麼說，你願意幫我爸這個忙，真的是很夠意思。」她感動地笑了笑，望著教父。

「他們兩人現在一定感觸良多呢，能夠在這麼多年後——怎麼了？」

「什麼怎麼了？」奧斯卡微笑反問。

「你笑得怪怪的。我現在看得懂那笑容了……你還有其他事瞞著我！」

奧斯卡呵呵笑了一陣，告訴了她。

蕾貝卡呻吟一聲。

「是你把她介紹給德拉曼加的？所以我那天看到你們兩個時，你正忙著穿針引線。」

「其實那時候她和市長已經在交往了。我介紹他們認識是在更之前的事。那一天我只是跟她喝一杯聊聊近況而已。」

「你把我爸當年得不到的女人介紹給一個比他更有權勢的人，這對他自尊心那麼強的人來說，就像臉上重重一拳嘛！」

「就跟妳說了，都是我好朋友啊，妳老爹、西夢、德拉曼加。有機會就幫忙撮合一下，有什麼關係呢？」

「市長當時是有老婆的。你根本是破壞人家家庭的幫凶。」

「關於這點呢，小公主，妳教父我原本就不是什麼高尚之輩，妳就別太計較了。」

「就算如此。」蕾貝卡嘆口氣。「就算你要撮合，那你為什麼不把她重新引見給我爸呢？並不是說我認為她配得上他，只是他當年好歹那麼喜歡她，而且他現在也是單身。」

「我其實有跟西夢提過這點。」奧斯卡的笑容變得有些苦澀了。「但她有興趣的是市長。」

「她不是很拜金嗎？我爸當年是窮小子，現在可有錢了，有錢得很。」

「妳老爸的確比德拉曼加富有，不過她已經嫁過有錢人了，好幾次，也從他們身上撈到不少，所以不缺錢。至於愛情，那當然更不會是她考量的重點。她想要的是權力，想過過官夫人的癮。」

「你剛都說德拉曼加很難連任了。」

「就算只是一屆，也很了不得了。能當上紐約市長夫人，在此地來說，那榮耀應該僅次於當上總統夫人了吧？西夢是個清楚自己要什麼的女人。對她來說，目標一旦確認了，就先達到再說。」

蕾貝卡長嘆。

「所以呢，你愧疚了，今晚才幫我爸安排這會面，補償他？我還在想你為什麼大發慈悲呢。」

「小公主啊，」奧斯卡拍了拍她的肩膀，「西夢現在跟市長在一起，有什麼不好呢？她開心，德拉曼加也開心。至於妳爸，今夜也讓他跟她相會了。明日之後，儘管她又奔向別人懷抱，我也不認為他會多難過的。惆悵難免，因為人對於失去的愛情都會有著重來一次的憧憬，但是難過倒不至於。妳知道為什麼吧？」

蕾貝卡瞧了他一眼，沉默半天。

「因為我媽才是真愛。」

奧斯卡露出欣慰的微笑，又拍了拍她的肩。

「我們去Raw Essence吧，」單齊提議。「今天是那個日子，對吧，師父？我們去為這乾一杯。」

「什麼日子？」蕾貝卡聽不明白。兩位男士答應她路上再解釋。他們於是攔了台計程車，一道前往。

在車上，蕾貝卡又問了一次今日到底有何特別。

「三十年前的今天呢，我跟妳老爹——」奧斯卡向她解答。

「就是今天？」蕾貝卡驚呼。「你們對決的紀念日？」

奧斯卡得意點頭。「所以今日幫他安排這場跟老情人的會面呢，也算是一種慶祝方式。」

「慶祝啥？你們當年那對決搞得三人都不歡而散呢。」

「喔，但那不愉快只是暫時的啊。重點是我們都藉此找到了出路，而且三十年後的今天，三個都活得好好的。這就已經值得慶祝了。我們是不是該把夏娃也找來？」

「請不要！」蕾貝卡嚇到了。「不能再提供她任何喝酒的藉口了！」

「別擔心，」單齊安撫她。「我下午讓她吃了鎮靜劑，會睡到天亮的。」

他們來到Raw Essence，點了三杯曼哈頓。奧斯卡聊起當年他、路易斯以及夏娃的趣事。單齊聽得津津有味，蕾貝卡則心不在焉。她啜著曼哈頓，望著教父眉飛色舞訴說往事，同時思索著父親、母親、西夢、夏娃、尚大衛、安娜、她自己，以及真愛這件事。

不時地，她的目光會瞥向和奧斯卡有說有笑的單齊。

「來吧，小公主！」她的教父舉杯。「我們來慶祝吧！」

「對決嗎？」她興趣缺缺。

單齊也舉了杯，爽朗笑著。

「當下，」他說。

她望了他片刻。

終於，她釋懷一笑。

「當下。」

她和他們乾了杯，加入談話。

6

「現在，我真的得開始練習了。」

週二晚間七點，蕾貝卡下班後來到Fan & Friends，走到吧檯後頭，向等在那兒的單齊鄭重宣告。

昨夜她回到家時已十二點半。一進門，她便知道父親尚未回去。屋內一片漆黑，一點動靜都沒有。她洗了澡，上床睡覺。

今天早上，六點二十五分，一覺醒來，她走出臥房查看。

約蘭達在廚房邊忙邊哼著珍妮佛．羅培茲的歌，而父親已經坐在餐桌前，喝著咖啡，讀著報紙。一切一如往常。

他們安靜吃著早飯。儘管兩人未做交談，氣氛卻並不尷尬，似乎雙方都知道，今日早晨，彼此都需要個人空間。

大家為自己的人生負責。

「請開始上課吧，」蕾貝卡要求。

對她來說，目前沒有什麼比和安娜的對決更重要。

「馬丁尼的配方很簡單，」單齊開講，將Gordon's琴酒和Martini & Rossi苦艾酒擺到吧檯上。「就是琴酒和苦艾酒。」

「我搞不懂，馬丁尼到底是雞尾酒的名字，」蕾貝卡邊讀著苦艾酒的酒標邊問，「還是苦艾酒的品牌？」

「都是。苦艾酒有好幾個大品牌。這支正巧就叫馬丁尼，其他諸如Dolin、Noilly Prat和Cinzano也都很普遍。」單齊取出一瓶Cinzano。「妳不是喜歡讀《戰地春夢》嗎？海明威在書中就常提到這支苦艾酒。」

待蕾貝卡接過Cinzano，打量了瓶身之後，單齊繼續說明下去。馬丁尼這款雞尾酒的重點，他說，就是透過苦艾酒的搭配，表現琴酒的香氣。

「而在調製的過程中，」他說，「只要每個環節稍做改變，就會產生截然不同的口感。」

「但這句描述不是適用於任何雞尾酒嗎？」蕾貝卡提問。

「是沒錯，但尤其突顯在馬丁尼身上，因為和其他雞尾酒相比，它的結構格外純粹且細緻，具有無窮盡的深度。」

比方像琴酒和苦艾酒的比例，他說，就有大學問在。琴酒多、苦艾酒少，風格就比較偏辛口（Dry）；反之，就是甘口（Wet）。我先做兩款來讓妳嚐看看。

單齊思索一番，選了Gordon's琴酒以及Dolin苦艾酒。

「我現在甘口和辛口各做一款讓妳比較，分別是三比一和六比一的。」

他備妥兩個攪拌杯，分別放入大冰塊，各攪拌了三十圈，將融出的水倒掉。接著，他在兩個攪拌杯分別倒入四十五毫升以及四十八毫升的琴酒，又各倒了十五毫升以及八毫升的苦艾酒，隨後分別攪拌了三十五圈，倒入兩個事先冰鎮的雞尾酒杯。

「通常最後會加入橄欖或檸檬皮做為杯飾，但現在我先不加，幫助妳聚焦在酒體本身。請。」

蕾貝卡先喝了口三比一的。

「有花香、薰衣草香，」她咂著舌頭評道。「平易近人的口感。」

趕快先喝口另一杯的，單齊叮囑，否則會出現溫差。

她於是喝了口六比一的。

「花香較淡。除此之外，有種獨特的香氣，是剛才那杯也有的，但這杯較明顯。」

「那來自杜松子，也就是琴酒的主要原料。」

「因為這一杯的琴酒下得重，杜松子就給突顯出來了，」她推論。

是的，單齊點頭道，端了一杯水給她。現在妳不妨交錯品嘗，找出兩杯之間的細微差異，中間可以喝點水清口。

蕾貝卡取出平板電腦，邊來回比較邊寫筆記。單齊建議她以前、中、後味的三段法來做區隔，並協助她一一確認每種香氣的品名。

三比一這杯甘口的，她總結道，入口會有明顯的酸味，集結在舌頭兩側；到了中段，杜松子的香氣才較為明顯，此外還有青蘋果和蜂蜜；尾韻則是葡萄以及芫荽。

非常好，單齊稱許。妳的舌頭很敏銳。

六比一辛口的，蕾貝卡繼續讀著整理好的筆記，花香若隱若現，杜松子從一開始便聚焦了；中段有蘋果和白可可香氣；收尾時展現了荔枝香氣。

「整體說來，三比一的個性活潑，生意盎然；六比一的則穩重許多，口感尖銳，不失清澈的溫暖。」

「妳喜歡哪杯呢？」

蕾貝卡沉吟片刻。

「我想現階段我最好先別有喜好，大量體會馬丁尼的各種風貌，才會成長吧。」

有這樣的態度，單齊嘉許，我相信妳會成長迅速的。

「所以，比例不同，做出的馬丁尼個性也就不同。還有什麼變因呢？」

多了，單齊說。琴酒和苦艾酒的品牌自然不在話下。另外，從攪拌的快慢和圈數、酒體的溫度調控，一直到杯飾要選用什麼樣的橄欖、檸檬皮要怎麼噴擠，林林總總搭配起來，就千變萬化。

「真的挺複雜呢。好，那麼我應該先從哪個部分開始練習？不同琴酒和苦艾酒的搭配，還是比例的調整呢？」

「目前，」單齊將吧叉匙和攪拌杯塞入她雙手，「妳只需要這兩樣東西，還有清水。」

「那酒呢？」

「妳現在什麼酒都用不上。先從基本功練起，把攪拌練好。」

他示範了吧叉匙的拿法以及基本的攪拌法，然後要蕾貝卡試試。

「這只是空轉嘛！」她攪了兩下便直嚷。「沒有調酒的感覺！」

「等妳把攪拌練出個水準，再來談調酒的感覺。」

「知道了，」蕾貝卡嘆道。

「對了，」單齊提問，「妳們比賽的規則究竟是怎麼訂的？」

「規則嘛──」

規則是她今天稍早才在公司和安娜討論出來的。她們會在喜宴之前的雞尾酒會上擔任調酒師，分別提供自己的馬丁尼讓賓客點選。

「所以客人們是評審？」

「不是，這樣會太混亂。調給客人喝的部分只是餘興節目。」

她和安娜為評審名單爭執不下許久，好不容易才取得共識。評審團共計五人，分別為市長本人、他的新娘子、麥克法登先生、龐特先生，以及馬托先生。屆時她們將各自調製一式五杯的馬丁尼，讓評審們評判。票數多的贏。

單齊聽完後呆了半晌。

「這真是份奇妙的名單，」他評論。

「這是折衝半天後我們倆的最大妥協。」

「光是新郎和新娘那兒，她就有兩張鐵票了。」

「沒錯，但我這邊會有我爸和我教父挺我。這種扯進私人恩怨的比賽，我記得你說過，到頭來都是以政治決定收場，不是嗎？」

「是啊。」單齊苦笑。「但照妳們這樣搞，誰會把票投給誰都知道了，又有什麼好比的呢？」

「還有最後一位評審啊，結果就取決於他啦。」

單齊眉頭蹙起。

7

重新踏進這間公寓，尚大衛感到些許生疏。他多久沒來這兒了？三週、一個月？最後他總算想起來了。其實也不過就兩週而已，感覺卻遠比那要漫長許多。

安娜突然打給他，找他到她家來，電話上並未說明原因。尚大衛猶豫半天。他原本已經將安娜從心裡放掉，將這一切都放下，準備離開這個城市了。現在她卻又找他。她要什麼？要復合嗎？他該赴約嗎？這樣好嗎？

但他終究來了。

安娜替他開了門後，便自顧自走回飯廳。在餐桌權充的克難吧檯上，擺了林林總總的調酒器材。

「所以什麼時候回巴黎？」她將琴酒倒進攪拌杯。

「十月中。」

「剩下這段時間一定很忙吧。很高興你還會出席我母親的婚禮。」

「妳找我來，不是要閒話家常吧？」

安娜調妥一杯馬丁尼，嘗了一口，端給尚大衛。

「比較辛口，我偏好這樣的。」

「我並不大懂雞尾酒，」尚大衛喝了一口道。

「就算這樣，你還是評審啊。」安娜微笑，簡單跟他說明了來龍去脈。

「我搞不懂妳們倆排了這樣的比賽有什麼意義。」尚大衛聽完直搖頭。

「我跟蕾貝卡需要有個了結。這只是個形式。」

「而我必須在妳們兩個當中再做一次抉擇。」

「你只要挑選你覺得好喝的那一支雞尾酒便行了。」安娜笑盈盈輕撫尚大衛那頭鬈髮。「那應該不是太難的事。」

「這就是今天的主題吧，我這張票？」

「你當初錯過了選擇我的機會。」安娜的手指移到尚大衛的臉龐。「錯過第二次是很傻的。」

她的手指沿著他的下巴往下移到胸膛，在那兒繞了兩個圈圈。

尚大衛望著她，眼神迷離。

安娜貼到他面前。

「你最好先把那杯馬丁尼乾掉，」她在他耳邊低語。「然後把酒杯擺到一旁，才不會打破。」

慢慢地，他將杯子送到嘴邊，耳邊淨是她的呼吸聲。

馬丁尼流入他的咽喉。

一點一點，不間斷。

尚大衛閉上眼睛。

第十章　香氣釋放的瞬間

1

「抱歉，簽名很潦草。」

蕾貝卡銜她祕書苦笑，搖了搖她的右手，食指和中指的水泡破了好幾個，疼得她筆都握不穩，只能在送給她批的公文上歪七扭八畫兩條線。

她將攪拌足足練了三個晚上，單齊才同意教她下一步。「而且妳這只是速成的水準。剛出道的調酒師攪拌練上個把月是很基本的。」

但水泡破掉，痛得她不得不暫停練習一個晚上。

不過，特訓還是要繼續的。

「今晚，我會調些不同版本的馬丁尼來讓妳品嘗，」單齊說。「但在那之前，先來聊些觀念吧。」

「像什麼？」

「妳最愛的《戰地春夢》。」

「雖然是我的最愛，但那本書又不是在講雞尾酒。」

「不是以雞尾酒為主題，但還是有帶到的。在故事中，海明威透過男主角弗瑞迪・亨利表達了他對馬丁尼的看法。」

蕾貝卡蹙眉。「沒印象。」

「有的，那是在故事的後段了。亨利來到一家酒吧，吃了三份三明治、喝了幾杯馬丁尼。然後，亨利說他從來沒嘗過任何東西是如此冰涼清澈，讓他感到像個文明人。」

「你才是海明威的書迷吧？」蕾貝卡笑道。「倒背如流。」

「一個好的調酒師絕不能只鑽研酒譜而已。」

好，單齊繼續說，透過這兩句話，海明威其實點出了馬丁尼的精髓，放大來看，甚至可說是絕大部分雞尾酒的奧妙：冰涼、清澈、文明感。文明感聽起來很抽象啊，蕾貝卡說。

「這麼說吧，雞尾酒是酒類文明發展到近代才出現的產物，」單齊說明。「還記得我們認識那天，妳曾說過雞尾酒是種表面光鮮亮麗，實際上卻沒啥深度的飲料？」

「喔，那個。不好意思，我那時不明白——」

「那沒關係的。」單齊比了手勢要她放心。「我提這個只是要解釋文明感這個概念。好，妳那時問我，雞尾酒的存在有什麼意義？」

蕾貝卡點頭。她記得很清楚。

「那時候我並沒多說，因為我覺得讓妳喝一杯雞尾酒，是最直接幫助妳理解的方法。而過去這幾個月當中，妳密集地接觸雞尾酒，對它已經有了深刻的體驗，所以我現在可以告訴妳答案了。」

蕾貝卡急切地又點點頭，想聽下去。

「我們拿雞尾酒來和其他酒類相比吧。啤酒和葡萄酒，它們可以說是和人類文明史最密不可分的兩種酒類。啤酒是庶民飲料，忙了一天後來個一大杯，大口大口灌下，淋漓暢快。葡萄酒喝起來就斯文許多，很不適合牛飲的，而且它在搭配西式正餐方面又有深奧的學問，因此規矩很多。但不管是葡萄酒、啤酒或烈酒，儘管它們本質不同，卻有共通性，都是打開就可以喝的成品。而雞尾酒就不同了。它是把以上這些酒類，特別是最常用到的烈酒，這些原本就已可以飲用的成品，透過調酒師的雙手，再進一步融合之後所重新誕生的酒類。」

「酒的料理。」蕾貝卡想起單齊之前所下的定義。

「沒錯。多了這一道精心料理的功夫，它在本質上自然就更精緻了。以飲用場合來看，它是限制最多的，因為現調現喝，需要調酒師、調酒器材，以及製作場地。」

「就像燒菜需要廚房。」

「對，因此能喝的地方幾乎就只有酒吧了，或者是有配置吧檯和調酒師的場合，比方像——」

「雞尾酒會，」蕾貝卡接道。「而由此也發展出雞尾酒會小禮服（Cocktail Dress）。這是時尚部分，我瞭。」

「是的。」單齊微笑。

雞尾酒、雞尾酒會和雞尾酒會小禮服，將這三樣東西一以貫之的就是社交這個概念，單齊解釋，而這種社交方式是人類文明高度進化後才發展出的。

「這就是剛說的文明感。」

蕾貝卡邊聽邊點頭。單齊繼續說明，「首先，女士們要打扮得美美的，這是種禮儀，將自己以整理過的美好形態展現出去。其次，在雞尾酒會上，有經驗的人都不會喝太多，因為這種聚會的目的就是社交，得保持清醒，而雞尾酒的結構通常以烈酒為主體，酒精濃度高，喝多了容易失態。因此，雞尾酒會的時間也不能拖得太長，得在眾人爛醉前見好就收。」

「我懂了。」蕾貝卡恍然大悟。「在了解了社交和文明感的概念之後，再回過頭來看雞尾酒的本質，就可以明白，量少、質精和時效短這三個概念是緊緊扣在一起的。」

「正是。並不是說啤酒不精緻——要釀出好的啤酒其實得費很大功夫——而是說雞尾酒在本質上就是精練緊縮的，尤其是占了雞尾酒國度絕大部分版圖的短飲：氣味集中、壽命短。」

「就像濃縮咖啡，精華全在那兩口當中，過幾分鐘涼掉就難喝了。」完全正確，單齊稱許。

「對調酒師來說，我們數十年光陰的生命力，都要注入我們所調的每一杯雞尾酒。沒錯，它只能活十分鐘，但我們要讓它活得精采、美好。在我們費心調出的雞尾酒流下客人喉嚨的那短短五秒當中，它要能帶給他們感動。」

「五秒鐘的感動。」蕾貝卡沉吟。「那就達到藝術的境界了。」

「而那也正是雞尾酒存在的意義，」單齊總結。

他們靜默，思索。

現在，單齊說，讓我們回到馬丁尼吧。我來展示些不同的變因組合，讓妳比較。

蕾貝卡舉手。單齊期盼地點點頭，準備聽她提出更多的心得。

「呃，我想先上個廁所。」

2

當晚稍後，單齊調製了許多種馬丁尼對照組讓她品嘗，從不同的琴酒品牌、苦艾酒品牌，到兩支酒的各種比例：三比一、四比一、六比一、十二比一、沖洗法等等。「妳得建立龐大的嗅覺與味覺資料庫，才能真正體會不同做法的馬丁尼差別在哪兒。」

儘管每一款都只嘗一兩口，而且中間大量喝水，兩小時下來她不禁也感到微醺。到了第三個小時，她實在茫了，單齊便叫了計程車送她回家。

整個週末，蕾貝卡都泡在Fan & Friends。週一又到了，週二、週三、週四……她持續著白日上班、晚上特訓的日子，不斷地練習與品嘗：攪拌圈數的差異、速度的差異、冰塊融水量如何判斷是否過頭、檸檬皮削法、檸檬皮噴擠法、橄欖的種類、橄欖與檸檬皮使用的時機……她頭昏腦脹。

稍不注意，她的右手便習慣性做出攪拌的動作。有天當蕾貝卡在巡視Summer Fan的雀爾西門市時，一名正在挑選帽子的老太太還衝她驚呼，「哎呀，可憐的孩子，妳居然年紀輕輕就得了帕金森症！」接著便積極想幫她介紹醫生。

有一晚，她夢見自己沉進一個巨無霸雞尾酒杯，在踩不到底的馬丁尼池子中淹溺嗆咳，怎麼都爬不上滑不溜丟的杯壁；又一晚，她夢見自己被長了腳的巨大橄欖妖精們追著跑。

奧斯卡不時會來探班。他會品嘗蕾貝卡調的馬丁尼，給上一兩句意見，替她打打氣：不錯啊，小公主，有進步！然後便閃人。你不幫我上課嗎？有次蕾貝卡問他。喔，有單齊就夠了，他可是得到本人的真傳。妳好好加油！我的精神與妳同在，我那張票也是！

路易斯則不會主動關切她的準備情形，不過當她利用早餐與上班之間的空檔在家中吧檯練習時，他倒是願意品嘗她的馬丁尼——當然，由於馬上要去工作的緣故，只喝個一口。和她的教父一樣，爸爸喝完後也只是簡單評個一兩句。蕾貝卡自己也清楚，他們終究只能幫到這兒，主要還是得靠自己多加練習，提升技術。

對決的日子終於到了。

婚禮與喜宴一併於蒙帕西飯店樓頂的一所露天宴會廳舉行。

上午七點半，蕾貝卡被手機的鬧鐘叫醒，睡眼惺忪爬起，呆望著眼前杯盤狼藉的吧檯。昨晚她在單齊陪同下於Fan & Friends徹夜練習，一直到凌晨兩人才倒在沙發上睡去。單齊也醒了。他們離開酒吧，到鄰近的咖啡館簡單用了貝果和咖啡，便各自回家梳洗著裝，約了十點半直接在蒙帕西飯店碰頭。

婚禮準時於十一點開始，於二十三分結束。雞尾酒會訂於十一點四十開始，半小時後便是蕾貝卡與安娜的比賽。

「妳看起來真不一樣呢，小姐！」

珍妮絲上下打量蕾貝卡。

她們在更衣室。蕾貝卡剛脫下婚禮穿的薰衣草色小禮服，換上黑褲、白襯衫、黑色背心和黑色領結。

蕾貝卡對鏡調整著領結角度。「這是專業打扮。」

為求慎重，她和安娜在調酒時的穿著全是比照Fan & Friends調酒師制服量身訂製的。

「來了好多媒體喲，」珍妮絲觀察道，陪同蕾貝卡來到樓頂的露天宴會廳。她是待會比賽的主持人。

「市長的婚禮原本就是大事，」蕾貝卡邊解釋邊忙著準備調酒器材。「而Summer Fan這邊又照我爸吩咐，向時尚界廣為宣傳了這場雞尾酒趣味賽。」

蕾貝卡和安娜各自負責一個吧檯，兩邊各有Fan & Friends的兩名調酒師支援。單齊在蕾貝卡這頭的吧檯坐鎮。

為求簡便，酒單只列了馬丁尼和水果血酒（Sangria）兩種。

「我真高興我這邊有你幫忙，」蕾貝卡對單齊說。「我緊張死了。」

「妳沒問題的。」單齊微笑拍了拍她的肩膀。

「夏娃還好嗎？」蕾貝卡關切道。

夏娃並未受邀出席婚禮。在經過日前蒙帕西俱樂部的失禮行徑之後，市長和他的未婚妻當然不可能邀請她來。

一被問到他姊姊的狀況，單齊臉上便浮現陰霾。

「應該吧，」單齊蹙眉答道。「我今天還沒跟她說到話。從昨晚開始，她就沒接我電話。」

蕾貝卡知道夏娃這陣子終日將自己關在家裡喝悶酒。

「她該不是為了官司在煩心吧？安娜說要提告只是嚷嚷而已，後來我爸跟她曉以大義後，她也作罷了。」

「她知道官司的事解決了，」單齊證實。「麥克法登先生有親自打電話跟她說，安撫她的情緒。他其實很在乎她的。」

「老情人嘛。但你老姊對他的關心應該不領情吧？」

「她掛他電話。」單齊點頭。

「可想而知是她會幹的事。」

單齊又撥了一次手機給他姊，但仍舊沒有人應答。

「我想應該只是醉倒了，」蕾貝卡安慰單齊。「她現在可能在床上呼呼大睡呢。」

「希望如此。」單齊苦笑，但明顯仍在擔憂。

看到單齊為他姊姊如此操心，蕾貝卡不免有些憤憤不平。她覺得夏娃連日來酗酒鬧事，實在給身邊的人製造太多麻煩。另一方面，她自己其實也掛念著夏娃。等下午喜酒告一段落後，蕾貝卡心想，就去看看她好了。她想跟夏娃溝通一下，鼓勵她走出這低潮。

「我得看緊蓋布列，」珍妮絲上前悄聲對蕾貝卡說，焦慮打量著她那正在指揮侍者們的領班男友周遭。

蕾貝卡起先沒聽明白，繼而順著珍妮絲的手指望向安娜的吧檯，才恍然大悟。雅米拉正站在那兒，看來也正對蓋布列虎視眈眈。

「給我看清楚了，賤人！」珍妮絲低聲啐道，大步走向蓋布列，拉著他就是個熱吻。雅米拉臉色大變。

蕾貝卡自然沒時間去操心她好友的愛情保衛戰，她連比賽都沒工夫去想。雞尾酒會開始了，客人們大排長龍。她照著等會比賽的模式一次出五杯馬丁尼，起初不免手忙腳亂，但逐漸抓到了節奏。

「我來捧妳的場了，營運長。」

查理・提明斯基正站在吧檯前方對自己嘻嘻笑。蕾貝卡注意到他左手已端著一杯馬丁尼。

「你不是已經有酒喝了嗎？」她問，知道那是安娜調的。

「我想兩邊都試一試，」查理歪嘴笑道。「然後預測一下哪一個會是輸家，成為全曼哈頓的笑柄。」

自從升了創意副總監之後，查理明顯變了個人，氣焰整個漲了起來。

「為什麼會成為笑柄？」蕾貝卡問。「這只是場趣味賽。」

「哎喲，拜託！」查理像火雞般咯咯笑了一陣。「這是時尚界，八卦永遠比下一季的趨勢先來敲門，好嗎？大家都知道，妳們倆恨透彼此了，打算透過這場比賽把對方的皮扒下來做大衣。」

強壓下心頭的驚慌，蕾貝卡打出個鎮定的笑容。「是這樣嗎？」她轉身向單齊低聲抱怨，「我可以不要出酒給這麼討厭的客人嗎？」

「趕快習慣吧，」單齊苦笑道，一邊熟稔地調製一缸水果血酒。「調酒師應付機車客人是家常便飯。」

蕾貝卡調了一批馬丁尼，端了一杯要給查理。他在這當兒不但已乾了手中安娜那杯，且又喝起一杯單齊剛調好的水果血酒。

「你一下子喝太多了吧！」蕾貝卡關切。

查理嗤之以鼻，仰頭將那杯水果血酒乾了。

「說笑嗎妳？」他搶過蕾貝卡手中那杯馬丁尼，當場灑出一大半。「今天可是大派對，而我的新人生才剛開始耶！」

又仰頭，將那剩的半杯也給嗑了。從那拚命的喝法看來，他已忘了方才說要品酒預測勝負這回事。

「啊，市長老婆來了。我去打個招呼。妳知道，她的婚紗可是本人設計的。名義上是她女兒操刀，但她畫的那草圖哪能用啊！還不是需要靠我從頭改起，而且在三天內把整件做出來耶！從現在開始，我就是紐約市長夫人的御用設計師！喲呼，西夢親愛的！」

臨走前，他又拿了杯水果血酒，隨後便咯咯笑著走向正倚著樓頂邊緣欄杆和賓客合照的西夢。

「小心點呀你！」蕾貝卡大聲警告。他們位居十四層的高樓之上。「別太靠近欄杆！」

「妳看起來棒透了，小公主。」

奧斯卡也來到她的吧檯。他喝了口她的馬丁尼，給了讚美，並替她打氣。蕾貝卡儘管開心，卻注意到他心不在焉，頻頻撥著手機。都還好嗎？她問。沒事，教父回答，我只是看午飯時間到了，怕夏娃一直空腹喝酒，想知道需不需要替她叫份披薩，但連打半小時她都沒接。沒事，小公主，妳忙妳的。奧斯卡端著蕾貝卡調給他的馬丁尼離去，同時繼續撥打給夏娃。

先是單齊，再來是奧斯卡，都聯絡不上夏娃，搞得蕾貝卡也有點緊張，但她現在自身難保。

她望向另一座吧檯。安娜看來比自己要從容多了，而且她那一頭的隊伍是不是比這一頭的要長？

別再胡思亂想，蕾貝卡告誡自己。妳得定下心，笑臉迎接客人，努力調製更多的馬丁尼。

很快，她便又忙到忘了一切。

「妳有看見蓋布列嗎？」

蕾貝卡抬頭，發現雅米拉正站在她面前，拿起一杯她剛調好的馬丁尼，一口就是半杯。

「沒有。妳找他要幹嘛？」

「他最近都躲著我。可惡！算了，那肥婆才是我應該算帳的對象。」雅米拉似乎有點茫了，完全不理會蕾貝卡，端著酒離去。「喲，死豬母，妳躲在哪兒？給我滾出來！」這可能會很麻煩。蕾貝卡擔憂地四處張望，找尋珍妮絲的蹤影，期盼她別和雅米拉撞上。

「那麼，各位嘉賓，希望大家目前為止都玩得盡興！」那是珍妮絲的聲音，正透過擴音器播放。

蕾貝卡一轉頭。她的好友可不就在一旁，位在宴會廳中央的一座講台上，手持麥克風。

「讓大家久等了！我們的比賽即將開始！」

3

「這場雞尾酒趣味賽是由Summer Fan所舉辦，」珍妮絲宣布，並在講台上往她左右的吧檯比了比。「在我兩旁的這兩位美麗參賽者分別是營運長蕾貝卡‧麥克法登以及創意總監安娜‧弗拉西歐。給她們一些掌聲吧！」

趁著珍妮絲和在場賓客互動之時，蕾貝卡趕緊暗自理了一下待會的步驟。方才連調了半小時的馬丁尼果然大有幫助，她的身體已經抓住了那韻律感。

單齊和另外三位Fan & Friends的調酒師已撤離了兩座吧檯。

蕾貝卡忍不住轉頭瞥了安娜一眼。她看起來依舊從容不迫。蕾貝卡深吸口氣。

「——介紹比賽的五位評審們。首先是我們的市長，同時也是新郎，德拉曼加先生！請跟大家致個詞！」

市長簡單致了詞，就了座，和他的新娘子以及另外三位評審坐在講台不遠處的一張圓桌前。其他賓客們則站在周圍。

「兩位選手們必須在七分鐘內調出一式五份的馬丁尼。負責計時的是位於Summer Fan第五大道旗艦店的酒吧Fan & Friends的店經理，范單齊先生！」

蕾貝卡望向剛走上台站在珍妮絲身旁的單齊，而他也看見了她，衝她微笑點點頭。蕾貝卡正因這鼓勵而笑開，卻看見單齊居然也向安娜點頭致意，笑容便頓時垮掉。

「那麼，Summer Fan馬丁尼大賽就此展開！」

蕾貝卡深呼吸一下，取了雞尾酒籤和橄欖，從杯飾做起。

她努力控制顫抖的手，將刺籤一根根插上橄欖，每根插兩顆，做好了五份，放一旁備妥。

接著，她取了把刀削起檸檬皮，過程中差一點把手割破。

檸檬皮好了。

她用夾子夾了三塊大冰放進攪拌杯，取了吧叉匙，開始攪拌，卻發現冰塊黏住杯底，動彈不得。她從各角度又戳又推，試了好幾次後，終於將冰塊推動了。

「還剩五分鐘！」

什麼？蕾貝卡慌張抬頭望了一下珍妮絲與單齊。

穩住，穩住呀！

她閉上眼，又深呼吸兩次，緩緩睜開眼。

蕾貝卡定下心，迅速攪拌了三十圈，將融出的水倒掉。

接著，她取了擺在吧檯上的一瓶Beefeater琴酒。

比賽採盲飲評判。為求公平起見，她和安娜今天所使用的琴酒、苦艾酒和橄欖都是相同的品牌，酒譜的比例規定皆為四比一，杯飾做法也統一。

蕾貝卡必須倒三百毫升的琴酒進入攪拌杯。

她開始將酒倒入量酒器，卻發現手抖得厲害，灑了不少酒出來。這跟方才調給客人喝完全不同，她的身體根本不聽使喚。冷靜啊，她邊深呼吸邊告誡自己，得冷靜。

雖然手抖個不停，她總算順暢將琴酒倒完。接下來是苦艾酒。

她取了瓶Noilly Prat，倒了七十五毫升進入攪拌杯，中途仍舊灑出不少，但總算倒好了。

攪拌。

「剩四分鐘！」

她的手腕開始熟練轉動，依照過去兩週來一次又一次的練習那樣去轉，一圈、兩圈、三圈——

她閉著眼，低著頭，右手感受著酒體轉動的韻律以及冰塊融解的狀況，鼻子嗅著攪拌杯上方的氣味變化，等待琴酒香氣被釋放的一瞬間——

出來了！

蕾貝卡睜開眼，停止攪拌。

她將冰塊從攪拌杯逐一夾出。再來是——

杯子，杯子！

她轉過身，打開吧檯後方小冰箱的冷凍庫門，取出事前冰鎮的雞尾酒杯，一個、兩個、三個、四個——

啪啦！
蕾貝卡喘口大氣，望著地上摔破的雞尾酒杯，強作鎮定。
「哎呀，蕾貝卡這邊似乎有了狀況——」
她聽不清珍妮絲播報了些什麼，腦子一片空白。
冷靜，冷靜，冷靜。
蕾貝卡先將餘下四個完好的酒杯安置到流理檯上，努力思考。
「剩兩分鐘！」
她趕緊先取了個新的雞尾酒杯，冰入冷凍庫。
接著，她取了濾冰器，蓋上攪拌杯口，緩緩將調好的馬丁尼倒入那四個冰鎮好的雞尾酒杯。她得透過目測留下一份在攪拌杯內，等待那冰鎮當中的第五個雞尾酒杯。
「哎呀，安娜舉起了手。她這邊率先完成了！」
在全場熱烈掌聲中，蕾貝卡忍不住撇過頭看了一下她的對手。安娜高舉右手，滿臉自信笑容。
蕾貝卡轉回頭，趕緊將那四份分配到中途的馬丁尼倒完。
「只剩四十秒！」珍妮絲大聲提醒。「蕾貝卡，妳只剩四十秒了！」
不知怎的，她錯過了倒數一分鐘的那次提醒。
蕾貝卡轉過身，打開冷凍庫門，取出那最後一個酒杯，小心將它放妥到流理檯上。
她拿起攪拌杯，準備要倒，卻因杯壁融出了水而手滑了。在她驚恐的目光下，攪拌杯迅速自她左手下滑——
「三十秒！」

蕾貝卡伸出右手，及時接住了攪拌杯底座。

顫抖著，她將餘下的馬丁尼倒入最後一個雞尾酒杯。

好了。喔不不——橄欖，橄欖！

她匆忙將杯飾一一放入杯中。一組、兩組——

「二十秒！」

她喘著氣，緩緩將最後一組橄欖放入酒杯。

好了嗎？不對，她記得還有一個步驟，可是是什麼？

她腦子一片空白。

「十五秒！」

啊，對了！

蕾貝卡拿起檸檬皮在酒杯上方一一噴擠。

「……七、六、五——」

她噴擠完最後一杯，用力舉起右手。

「蕾貝卡完成了！她超時了嗎，單齊……還剩兩秒，是嗎？蕾貝卡沒有超時！」

蕾貝卡仍舊渾身打顫，望著一名侍者上前，以托盤盛走她那五杯馬丁尼。

全場熱烈替她鼓掌叫好，而她腦子仍一片空白。

她望向端著自己馬丁尼那位侍者的背影，看著他將酒端至一座隔起屏障的工作檯，那裡已站了一位負責端安娜那幾杯馬丁尼的侍者。在單齊的監督下，他們隔絕全場的視線，排列起雙方的馬丁尼，並逐一端給五位評審。

每位評審的面前都鋪了張白紙，上頭各畫了兩個圓形，一個是金色、一個銀色。侍者們將馬丁尼逐一按位置擺好。誰的放在金色圓，誰的又放在銀色圓，是剛剛才由單齊決定的，在場只有他以及兩位侍者曉得。要等評審判出勝負後，單齊才會為大家揭曉答案。

評審們開始品嘗。

出於直覺，蕾貝卡轉過頭，目光落到她的對手身上。

安娜正衝她笑著。

那是個勝券在握的嘲弄笑容。

不知是今天的第幾回，蕾貝卡深深吸了口氣。

4

「接下來都要看評審怎麼想了！」

蕾貝卡望著那五人，個個神情嚴肅，按不同方式品嘗起兩杯作品。有的只各啜一小口就停下來、有的是喝一口後吃起橄欖再喝第二口，還有的是這杯喝一口又喝那杯再回頭嘗一下第一杯。

「他們究竟會喜歡哪一杯呢？」珍妮絲炒著氣氛。「金色還是銀色？」

市長和西夢交頭接耳，而爸爸則忙著和教父咬耳朵——自從奧斯卡替路易斯安排了與西夢的相聚後，兩人關係明顯解凍，儘管當蕾貝卡分別跟他們求證時，雙方都不願承認已和好，而Fan & Friends也仍歇業在那兒——兩人不時也與德拉曼加夫婦交換上兩句意見。

只有尚大衛未與其他評審互動，品嘗完之後雙臂就扠在胸前，盯著他面前兩杯馬丁尼，眉頭深鎖。

「趁這空檔，讓我為大家說明一下今天的評判方式。評審們將純粹就風味打分數。每位評審有一票，得三票以上的選手勝出。」

珍妮絲拿出了兩張雞尾酒杯剪影造型的硬紙牌，一金一銀。

「如各位所見，等一下評審們將逐一舉起這兩張牌子中的一張，」珍妮絲揚了揚兩張紙牌，「宣布他們心目中今天的贏家。」

「死肥婆，等妳下來再跟妳算帳……蓋布列，蓋布列，你在哪裡？」雅米拉踅到蕾貝卡身旁，煩躁地自言自語，一會又消失在人群當中。

「那麼，各位評審都決定好了嗎？讓我們從新娘子開始。德拉曼加夫人，請舉起妳認為獲勝那一杯的牌子！」

西夢臉上揚著她女兒所遺傳到的迷人笑容，舉起了一張牌子。

「是金色的！」

現場出現小小騷動，賓客們紛紛興奮討論著金色代表哪一杯。

「我知道，我知道，你們一定都在猜，她是不是投給自己女兒！」珍妮絲和群眾互動。「但是如同我剛剛所說，評審們並不知道哪一杯是誰調的。妳知道妳所投的金色這杯是誰調的嗎，市長夫人？」

西夢笑盈盈搖頭，攤了攤手。

「她並不知道喔。各位別急，等五位評審都公布他們所投的票之後，我們會請單齊揭曉謎底的。」

但不用單齊來宣布，蕾貝卡也很清楚金色就是安娜的。蕾貝卡不曉得安娜過去兩週是如何準備這場比賽，但她母親想必助了一臂之力。西夢在這段期間一定已喝過安娜所調的馬丁尼，且出過意見。若她在調酒上的功力真如教父和爸爸所推崇，她一定認得出自己女兒所調的味道。

那麼我的就是擺在銀色圓那杯了，蕾貝卡心想。

「接下來，我們有請市長先生來公布他這一票。長官，請。」

德拉曼加舉的也是金色牌子。

「哇，不管金色代表哪一位選手，現在可是大幅領先了呢！」珍妮絲註解。

那是很合理的，蕾貝卡心想。就跟事前預測的一樣，市長投的和他妻子相同。她當然已悄悄叮囑他投哪一杯了。

「接下來這一票是關鍵了，」珍妮絲繼續。「如果第三位評審也投給金色，勝負便分曉了。」

蕾貝卡屏氣凝神。

「我們請Summer Fan的母公司麥克法登集團的總裁，路易斯・麥克法登先生，來公布他這一票。麥克法登先生，您準備好就請。」

路易斯淺淺一笑，舉起他的牌子。

「出現不同意見了！我們現在有了張銀色牌子！這代表什麼意思呢？我知道，又是老問題：他是不是投給自己的女兒？妳覺得呢，蕾貝卡？」

珍妮絲將麥克風湊到蕾貝卡面前。

「呃，」蕾貝卡語塞。「很難說喔。我猜他投的其實是安娜那一杯呢！」

全場輕笑，包括了安娜和蕾貝卡自己。天哪，蕾貝卡笑嘻嘻和她對手互望了一下，心想，我真是在胡說八道，可大家不就愛聽這些嗎？

「究竟真相如何呢？我們趕快來看下一位評審的評判。他是國際調酒大師，也是多本雞尾酒書籍的暢銷作家，奧斯卡．W．龐特！龐特先生，請亮出你的選擇。」

奧斯卡滿臉笑容，舉起銀色牌子。

「出現拉鋸了！真是戲劇化！現在是二比二，兩位選手勢均力敵。一切要看最後一位評審了。究竟鹿死誰手呢？妳認為如何，安娜？」珍妮絲將麥克風拿到安娜面前。「妳有自信拿到這最後一票嗎？」

安娜輕笑。

「這個嘛，失敬了，蕾貝卡，但我確信我會拿到尚大衛這一票的。」

「十足把握呢！」珍妮絲來到蕾貝卡這頭。「妳要跟她嗆回去嗎，蕾貝卡？」

「馬托先生當然會做出正確的選擇，」蕾貝卡不慌不忙微笑道。「而那會是我——我是說我的雞尾酒。」

在全場矚目下，馬托先生只能乾笑，但蕾貝卡看得出他無比焦慮。

「確實，結果全看尚大衛了。各位女士先生，容我介紹麥克法登集團的餐飲部副總裁，也是美食品飲家，尚大衛．馬托！馬托先生，就看您了。來吧，請決定今天的勝負。」

尚大衛仍在乾笑，但他那只有熟人才看得懂的表情說明了他是萬般不願擔此重任。他右手拿著金牌、左手銀牌，低頭看了看右手（上頭仍裹著之前受傷時上的紗布），又看了看左手，然後故弄玄虛地將兩張牌子拿起來比劃一下，引來在場來賓的一陣輕笑。

接著，他兩手放下，表情凝重了些，準備公布他的決定了。

蕾貝卡深吸口氣。他右邊肩膀是不是聳起來了？是嗎？他打算要舉右手嗎？是不是？還是說——

「去死吧你！」

一聲尖叫響起。人群中一陣騷動。

沒過多久，騷動的主角便衝到了蕾貝卡他們這一頭。共有三個人——精確地說，應該是一個在追打另外兩個。

「喔不，」蕾貝卡呻吟。

追打的人是雅米拉，而逃跑的那兩人，不管他們原先躲在何處，從他們那凌亂衣衫及狼狽模樣看來，明顯是突然給揪出來的，而且事發當時在幹何種勾當，也一目了然。

其中一名是蓋布列，而另一名——蕾貝卡不敢相信自己的眼睛。

「誰來把這瘋婆子拉走呀！」

查理・提明斯基怪叫著，一手提著褲頭，一手拚命抵禦雅米拉狂亂的拳打腳踢。

「你答應我要跟那賤人分手的！」雅米拉歇斯底里尖叫。「結果不但沒有，居然還搞上一個新的賤人，而且是帶把的！」

在眾人尚未反應過來之際，蕾貝卡身旁又傳來一聲怪吼，隨後一個新的身影撲了上前，加入戰局。

「天哪，」蕾貝卡嘆道，趕緊上前勸阻。「珍妮絲，不行呀！」

「雅米拉！」安娜也加入勸架行列。「妳冷靜點！」

眾賓客和工作人員們紛紛閃躲開，只有單齊趕上前幫忙。

「我看這架不好勸，」在評審桌這頭，路易斯觀望道。

「那可真是困難，」奧斯卡同意，指了指彷彿正跳著某種怪異探戈的珍妮絲和雅米拉，「就好像美洲豹和老虎，彼此鬥得你死我活，」又指向狼狽竄逃的蓋布列和查理，「還同時搶著撲殺兩隻長臂猿。這哪拉得開？」

「應該有更多人去幫忙吧！」德拉曼加蹙眉。

「就是啊！」西夢附和。

四人都望向尚大衛。

「呃，明白！」尚大衛慌張起身，將那兩張金銀評判牌塞進西裝上衣口袋，朝蕾貝卡他們跑去。

但他並沒幫上太大的忙，反而被捲入當中。這團人球很快便推擠到樓頂邊緣的欄杆旁。電光火石之際，蕾貝卡看見安娜一個重心不穩，翻過了欄杆。她趕緊傾身而出拉她，卻被後方仍在扭打的那群人往前一擠，自己也摔了下去。在最後一刻，她抓住了欄杆的一處，而安娜也抱緊了另一處，只是她們倆都爬不上去，只能懸吊在那兒。

「天哪！」蕾貝卡望了望十四層樓的下方，趕緊抬起頭。

「為什麼跟妳在一起老是碰上這種鳥事？」安娜罵道。

「嘿，我才剛救了妳的狗命！講話客氣點！」

「我來了！」尚大衛傾身彎過欄杆，伸出雙手。「來，小姐們，給我妳們的手！」

他一手拉住一個，自己卻因此動彈不得。

「糟糕，」尚大衛喃喃說道。

兩個女人都惡狠狠瞪著他。

「你沒辦法同時拉兩個人的，」蕾貝卡冷冷指出。

「選一個呀！」安娜要求。「你要先救誰？」

「來。」單齊也伸出了手。

「不，你別插手！」蕾貝卡喝止他。
「你滾一邊去，叫其他人也退開！」安娜歇斯底里了。「統統不准來救我們！做個選擇啊，尚大衛！」
「妳們兩個不是都把我給甩了嗎？」尚大衛急了。「現在還爭什麼？」
「這跟你無關，」蕾貝卡宣稱，繼而又修正，「呃，是有關，但主要還是關於我跟她。」
媒體蜂擁而至，閃光燈此起彼落。
「沒有用的，」安娜壓低嗓門對蕾貝卡說。「不管妳怎麼拚，結果都一樣。妳已經輸過一次了，輸給我！這次只會再輸，丟臉丟大而已！」
「會輸才有鬼，我絕對痛宰妳！何況我們臉已經丟光了，妳跟我！」蕾貝卡也低聲還嘴。
「妳看看上面那一堆照相機。」
「妳們怎麼會掉到那邊去的？」一位記者拿出麥克風。
蕾貝卡嘆氣，和安娜互望一眼。
「這是個可怕的意外，而蕾貝卡是為了救我才摔下來的！」安娜大聲回答。「她奮不顧身，就為了我！」
「聽說妳們兩位不和。」另一位記者問道，「是為了什麼？」
「沒有不和這種事！」蕾貝卡也大聲回應。「那都是沒有根據的傳聞。我們是合作無間的夥伴！」
「我們就像親姊妹！」
「笑一個！」一位攝影師要求。

她們笑了。

5

她們開始往上爬。蕾貝卡這次接受了單齊伸出的手，放掉了尚大衛的。路易斯和奧斯卡在一旁協助。蕾貝卡先爬了上來。

「妳沒事吧？」單齊關切道。

蕾貝卡點點頭，感激地微笑一下。路易斯上前緊緊抱住她。

「我沒事，沒事，」她安撫父親，拍著他的肩。她接著擁抱了教父和單齊。

她轉身望去。尚大衛正全力拉著安娜，將她往上拖。蕾貝卡不發一語望著。終於，安娜也爬上來了，隨即和等在一旁的西夢緊緊相擁。

珍妮絲和雅米拉分別上前和她們的好友擁抱。

「蓋布列呢？」蕾貝卡問。「還有查理？」

「趁亂跑走了，」珍妮絲悻悻然答道。

「我們得繼續，」蕾貝卡說。「比賽得有個結果。尚大衛在哪？」

尚大衛獨自倚在欄杆那兒，面著外頭，把玩著從口袋中取出的那兩面金銀評判牌。

蕾貝卡注意到安娜也在望著他。

全場儘管亂哄哄，卻彷彿安靜下來，似乎只有他們三人存在。

蕾貝卡等著。

尚大衛轉過身來了，表情頗為從容。

蕾貝卡蹙眉。
他兩手空空的。
「來吧，小公主！」奧斯卡拍了拍她的肩。「我們得去醫院。」
「沒關係，我沒受傷。」
「不是妳，是夏娃，」路易斯在一旁糾正。
「她怎麼了？」
路易斯沉著臉，欲言又止，奧斯卡便將話接過去了。
「她試圖自殺。」

6

「所以沒死嘛。」
「難不成妳希望她死嗎？」
蕾貝卡瞪著安娜。
「死活都沒差。」安娜聳聳肩。「反正我已經拿到她的工作，還有辦公室。」
「小姐，妳比蛇還冷血。」
「皮膚也比蟒蛇皮更光滑、值錢呢。妳指望我說什麼？她不算是我朋友，對吧？」
「她不是，但妳可以說些人話。妳畢竟不是爬蟲類。」
她們並肩坐在一所CityMD緊急醫護中心的接待室內。
原本蕾貝卡要和其他人一同探視夏娃，但安娜的腳扭傷了，在西夢的拜託之下，蕾貝卡只好先陪同安娜就醫。在和已陪在他姊身旁的單齊通過簡訊後，蕾貝卡剛得知夏娃目前意識清醒，其餘細節尚不清楚。

西夢之所以拜託蕾貝卡陪同她女兒，是因為喜宴還要繼續，她和市長得留在那兒招待賓客，而雅米拉因為先前喝得爛醉又經歷了場大亂鬥，在女洗手間狂吐後已人事不知。

「兩週內的第二次了。」安娜環視周遭，搖了搖頭。

她的腳傷不確定是在勸架推擠時或是摔落欄杆掙扎時造成的。西夢堅持將她送來檢查。醫生看過後，宣布並無大礙。

「上次是左腳，這次右腳。」安娜低頭撫著右腳踝。「幸好現在不是時裝週。」

「妳媽很關心妳。」

「她只是在做表面工夫，為了形象。」

「妳被救上來時，她整個嚇壞了，抱著妳在哭耶。」

「只要有需要，就算抱的是中央公園動物園的海獅，她也可以哭得稀哩嘩啦。她現在在哪兒？在和曼哈頓的權貴們飲酒作樂呢。」

「妳太憤世嫉俗了。」蕾貝卡起身。「既然妳沒事了，請容我去看看夏娃。」

「請便。我得趕回喜酒會場去了。」

「回去和曼哈頓的權貴們飲酒作樂嗎？」

「新娘子的女兒當然得在場。現在是誰在憤世嫉俗？」

蕾貝卡不再回嘴，離開安娜，前去尋找夏娃。走沒幾步，她便看見稍早一同前來的尚大衛迎面而來。

「她沒事。」尚大衛簡單將狀況告知蕾貝卡，便到外頭抽菸去，而蕾貝卡則依照他所指點的方向很快找到了坐在一處角落的夏娃，身邊圍繞著單齊、路易斯及奧斯卡。

「所以這一切都是烏龍？」蕾貝卡根據尚大衛方才告知的情報質問。「妳沒有自殺？」

「當然沒有！」夏娃大呼。她除了左前臂上還留著上回割傷包的紗布之外，如今又多了額頭上裹的一捲，不過精神奕奕。「活得好好的！」

「看得出來，」蕾貝卡低聲回應，突然感到疲憊不堪。她昨晚只睡不到三小時。

「她又喝醉了，在家中飯廳踩滑摔倒，把頭給撞破了，」單齊說明。

單齊睡得跟她一樣少，但看起來毫無倦容，滿臉欣慰，顯然因為發現夏娃並沒自殺的緣故。他對他老姊太縱容了，蕾貝卡心想。到底誰是弟弟，誰是姊姊呀？

「我倒在地上，又痛又暈，站不起來，」夏娃回溯，一整個興致勃勃。「幸好對講機就在附近牆上，我就勉強爬過去，按鈴呼叫大樓門房。」

「而門房衝上去後一看這狀況，」奧斯卡補充，「便叫了救護車，還有在下。」

「打給你？你認識她的大樓門房？」蕾貝卡問。

「妳忘了嗎？只要是曼哈頓值得認識的守門人，我全部都——」

「他全部都搞錯了！」路易斯插話。「對方只跟他說受傷，但他不知怎麼聽的，居然聽成自殺。」

「是啦，確實是我弄錯了，」奧斯卡悻悻然承認，面子有點掛不住。「因為接到電話時，蕾貝卡才剛被救上來，忙亂之中——」

「現場全是媒體。拜你所賜，」路易斯拉高嗓門，「現在整個紐約時尚界都在傳Summer Fan的前任創意總監鬧自殺！」

「拜我所賜？」奧斯卡瞪大眼。「別把你公司的公關危機賴到我頭上！」

「你就是這麼不負責任，這麼多年來都是這樣！都這麼——多——年了！」

他們越吵越兇。

「拜託，你們幾位！」

他們全都轉頭望著她。

蕾貝卡深吸口氣。

她很想繼續爆下去。妳、你，還有你，老爸！她很想指著他們鼻子罵。你們二位鬥氣也有個限度！明明是那麼要好的老朋友，一天到晚為了小事鬧彆扭。還有妳，什麼時候才能學會負責——噼哩啪啦，罵個痛快。

她很想。

「請你們冷靜一下吧，」她低聲說道，轉身離去。

單齊追了上來。妳還好嗎？蕾貝卡一言不發，隔幾步後才停下回話。當然不好啊。我厭倦這一切、我想遠離這一團亂。但是我又想理出個頭緒，把情況導正。但是我又無能為力。但是我還是想做點什麼。而我最後還是沒處理好。單齊，我已經不曉得——

她手機響了起來。

「我們得談談，我們三個。」

像桶冰水般，安娜那冰冷嗓音將蕾貝卡整個澆醒。

兩分鐘後，在醫護中心外頭，她倆並列在尚大衛面前，一旁是安靜觀看的單齊。

「什麼叫你不記得了？」蕾貝卡質問。

「我想是打擊太大了，」尚大衛悠悠說道。「安娜和妳突然摔了下去，同時有生命危險。我想不起在那之前的一些事情。應該是驚嚇造成的腦部創傷。」

「創傷個屁，」安娜反駁。「掛在那裡屁滾尿流的可是我們。而且你說你記得來救我們的部分。你記得雅米拉和珍妮絲打架、你記得我和蕾貝卡勸架、你記得同時抓著我們兩個，遲遲下不了決定——這些全記得？」

「我想是吧，」尚大衛說。

「你也記得當評審這事。」蕾貝卡瞇眼問道，「但你不記得最後關頭喝的馬丁尼的味道？」

「這部分想不起來了。」他聳聳肩。

「你這孬種！」蕾貝卡罵道。

「太讓我失望了，」安娜嘆道。

尚大衛淡淡一笑。

「這表示我們白忙一場，」安娜總結。「這可不行。」

「難得妳我有共識。」蕾貝卡決斷，「當然不行。」

她們兩人對望。

7

「我？只有我？」

單齊瞧著她們兩人，目瞪口呆。

「一個評審就夠了，」蕾貝卡宣告。

「一個真正專業、有擔當的男人，」安娜補充，「和某人不同。」

尚大衛轉身離去，臉上掛著一絲絲微笑，臨走前拍了拍單齊肩膀。

「好好玩吧。」

單齊蹙眉。「等等，讓我考慮——」

「評審有了，那方式呢，就一杯決勝負囉？」安娜不理會單齊，轉頭問蕾貝卡。

「聽起來不錯，」蕾貝卡點頭同意，接續反問，「內容呢，比什麼酒譜？」

她倆沉吟片刻。蕾貝卡有了想法。

「比曼哈頓如何？」

單齊聽了苦笑一下。

曼哈頓？安娜思索兩秒便決定。行啊，就比這個。另外，安娜接著說，既然都決心分個勝負了，是不是該有點賭注呢？妳想賭啥？蕾貝卡問。賭烏紗帽如何？輸的辭職，安娜提議。等等，單齊連忙制止，兩位冷靜點——噓！她們同時伸手示意他閉嘴。那就這麼辦吧，蕾貝卡回應，輸的辭職。很好，安娜說。她們隨之訂了時間地點：下週六正午，在Fan & Friends。

安娜離去了。

「太衝動了，」單齊嘆道。

「你會挺我吧？」蕾貝卡問，手扠腰望著安娜遠去的背影。

「什麼意思？」

「比賽呀。你可不能像尚大衛那樣畏畏縮縮的。我想你會對我忠誠的吧？」

「身為調酒師，我忠誠的對象必須是雞尾酒。」

「真是大公無私呀，」蕾貝卡冷冷回道。「別忘了這個女人可是使了一堆卑劣手段來搞我和你老姊呢。」

「我不贊同她的手段，但雞尾酒是無辜的。」

「『雞尾酒是無辜的』？你在說——」蕾貝卡飆了句頗長的髒話，「——瘋話！虧你說得出口！」

單齊笑著。「我鬧著玩的。」

「哈囉，私人恩怨的比賽、政治決定，還記得嗎？」

「記得，但我不喜歡政治決定。」

「你表情挺認真的咧。算了，看來逼你也沒用。我就靠實力打敗安娜吧，沒啥了不得的。」

他們回到夏娃休息的角落。路易斯和奧斯卡站在那兒，看來暫時休兵了，而夏娃也不再亢奮。現場一片尷尬的沉默。看見兩個年輕人回來，他們似乎都鬆了一口氣。

蕾貝卡簡單告知他們自己和安娜重啟戰局的經過。她單刀直入，先將賭注部分說了。路易斯立刻哇哇大叫，奧斯卡忍俊不禁，夏娃則臉色一沉。

蕾貝卡任由父親數落半天，並未多加辯解，一直到夏娃在一旁將路易斯勸住了，她才繼續敘述，告知他們比賽方式。一聽到要比的雞尾酒是曼哈頓，三位老友面面相覷。路易斯和奧斯卡先後開了口，像要發表評論，但又閉上了。氣氛比之前還更困窘。

隔好半晌，沉默才被打破。

「我們去喝一杯吧。」

蕾貝卡瞪著夏娃。

「妳不是認真的吧。」

8

夏娃主張大家前往Raw Essence，重現當初路易斯和奧斯卡比賽所調製的兩款曼哈頓。眾人反應迥異：路易斯立刻拒絕，奧斯卡興致勃勃，單齊不置可否，而蕾貝卡則遲疑著。

「妳不是要跟人家對決這支雞尾酒嗎？」夏娃看穿她的心思，狡猾笑了笑。「品嘗一下當年這兩位前輩的作品，絕對是大有幫助的。妳自己也清楚吧？」

「我們可以去嗎？」蕾貝卡向父親求情。

「走吧，路易斯，」夏娃幫腔。「會很有意思的。」

「會很有意思的喔，」奧斯卡重複，朝路易斯做了個鬼臉。「除非某人擔心內心的小小創傷又被勾起。」

路易斯惡狠狠瞪了一下奧斯卡，又環視眾人一番，下了決心，轉身邁步離去。「要走就快。」

一行人於是乘著路易斯的Lincoln前往西豪斯登街。

「請問，」蕾貝卡在車上禁不住問道，「兩位對我今天的馬丁尼評價如何？」

路易斯和奧斯卡對看一眼。

「妳的那杯，」奧斯卡說，「銀色的——」

「等等，所以真的是銀色的，我那杯？」儘管心裡已有數，冷不防被這麼一點破，她還是想確認一番。

單齊點頭證實。蕾貝卡像被催眠般，傻望著他，也跟著緩緩點頭。

「就算兩杯外觀都一模一樣，我們這種有經驗的也是一喝就分辨得出來，」教父向她說明。「酒如其人，不同調酒師會調出不同個性的雞尾酒。總之，妳今天那杯銀色的，算挺不錯的。」

「以只練過兩週的生手來說，算很出色了，」路易斯稱許。

「比安娜的好嗎？」蕾貝卡追問，「還是差？」

「這個嘛，妳們倆的風格同中有異，其實挺有意思的，」奧斯卡評論。「整體來說都很尖銳，不過她在尾韻會收一下，滑順地降落，而妳的不會多加修飾，乾脆俐落地結束。」

「風格是沒有好壞之分的，」路易斯補充。

「好，風格無好壞，可比賽得分高下。你們沒回答我的問題。」蕾貝卡逼問。「不用怕傷害我的自尊，我可是個麥克法登，對吧，爸？請直說了吧，是不是比不上她的？」

「身為麥克法登家的人，妳應該清楚，我們話一旦說了，就不會收回，」路易斯說。

「我已經評判銀色那杯獲勝，不會再改口了。」

「我們評審的立場不能變來變去的啊，」奧斯卡補充。

「這樣我聽懂了。你們其實認為安娜表現較佳，只是出於私情才將票投給我。純政治決定。好，沒問題。」蕾貝卡連連點頭，強作鎮靜。「沒有關係，我了解。」

「書書，很不錯了。」

「小公主——」

「沒關係！別說了！」

她掩面長長吁口氣。

他們來到大滿福中菜館。奧斯卡在路上已先打了電話通知傑森過來開門。酒吧經理引導他們進入電話亭內的暗門。蕾貝卡注意到奧斯卡附在傑森耳邊交代了幾句話。傑森點點頭，迅速將空調、電燈開啟後，便先行離開了。

蕾貝卡猜想教父不希望太多外人在場，畢竟那場三十年前的比賽是件很私密的事。奧斯卡也許常常嘻皮笑臉，但她認為他處理起敏感事情，手法其實細膩得很。

她觀察著父親。重回這三十年前的對決之地，路易斯顯然百感交集。他緩緩在酒吧內踅著，四面環視，不時輕撫一下牆壁、吧檯、桌椅。雖然明顯壓抑著，他臉上表情仍舊不停變換，惆悵、哀傷、感激、欣喜、失落、滿足、期盼。蕾貝卡心想，光是讓爸爸舊地重遊，來這一趟便已值得了。

「我們來重現當年這兩位小夥子的曼哈頓對決吧！」夏娃坐上一張吧檯椅，大聲號召。

「好耶，來吧！」奧斯卡摩拳擦掌。

路易斯反應則沒那麼熱烈。

「我還是看不出這有什麼必要，」他冷冷說道，似乎已從感傷狀態抽離，恢復了矜持那一面。

「喔，別這樣嘛，麥屁，」奧斯卡勸誘。「我們來重溫舊夢吧。這回讓小公主來評判，然後我就可以在新一代的見證下再度擊敗你。」

路易斯眼睛一瞪，正要發作，單齊便輕巧介入了。

「我來調吧。兩位也累一天了，請坐下品味就行。」

「你怎麼調？」路易斯詰問。「你又不知道我的配方。」

「我都教他啦，」奧斯卡開心釋疑，在夏娃左側坐下。「你當年的配方我喝一口就分析出來了，牢牢記在腦海裡，老早就連同我的傳給我徒弟了。」

「路易斯，是時候了，」夏娃勸說。「我們一直在等這一刻，我們三個。你心裡清楚的。」

路易斯望著她，不發一語。

「就放輕鬆吧。」夏娃微笑。

這女人居然可以這麼有說服力，蕾貝卡心想，有本事讓這兩個難搞的男人服服貼貼。然而當她放任自己、瘋狂酗酒時，又完全沒有自制能力。真是諷刺。

路易斯坐下了，和奧斯卡中間空了一個位子。蕾貝卡於是補進那空位，也就了座。

單齊已來到吧檯後頭。

他放起音樂。法蘭克・辛納屈唱起〈Days of Wine and Roses〉。

夏娃顯然很喜歡這首歌，眼睛閉著，滿臉陶醉跟著辛納屈哼唱。

這歌蕾貝卡並沒聽過。她向單齊問了歌名。

「那麼妳應該不知道它的典故吧，」單齊在回答她之後推測。她搖頭。

「這是六〇年代一部同名電影的主題曲，」路易斯主動說明。

「旋律和歌詞都很美，」蕾貝卡評論。

「是的，但那部電影講的是個悲傷的故事，」奧斯卡說。

「關於什麼？」

沒有人回答她。忽然之間，氣氛變沉重了。單齊原本已將調酒器材準備到一半，這會兒卻停了下來。三位男士都面色凝重。蕾貝卡注意到父親和教父的目光皆落到了夏娃身上，後者不知是沒聽見他們的對話或裝作沒聽到，仍閉著眼在那兒跟著音樂哼哼唧唧。

奧斯卡轉向蕾貝卡，輕聲告訴她答案。

「是關於酗酒。」

蕾貝卡尚在消化這資訊，夏娃開了口。

「可以開始了嗎？」她催道。「別浪費時間了，快點調吧。」

單齊並未回應他的姊姊，就站在那兒，滿臉掙扎。蕾貝卡也跟著緊張起來。

然後，單齊行動了。他接下來的舉動讓蕾貝卡相當敬佩。其實她認為他早該這麼做了，只是從來就不指望他狠得下心。

單齊並未開始調酒，而是倒了一杯水。

「請用。」他將水端給夏娃。「好好享用吧。妳今天只能喝這個。」

夏娃蹙眉。

「什麼？」

「妳酗酒實在太嚴重了，」單齊若無其事說道。「從現在開始，我們所有的人都會盯著妳，一滴酒都不會再讓妳碰。」

「你到底在說什麼鬼話？」夏娃責問。「等等，『你們所有的人』？你們全都講好了？」

單齊這一手來得突然。蕾貝卡震驚瞧著他。他從未跟她商量過要聯合起來監管他姊姊。他顯得相當鎮靜。她又瞥了一下爸爸和教父，兩人也都面不改色。

「沒有，我們沒講好，」路易斯不慌不忙答道。「可是無妨。我很樂意加入這行列，盯著妳，不准妳喝酒。」

「是的，」蕾貝卡很有默契地接應。「妳真的得停止了。」

「開什麼玩笑！我幾歲的人了，要你們來——」

「夏娃。」

路易斯打斷她，嗓門不大，但語調相當有威嚴。他牢牢抓住夏娃的注意力。

「是時候了，」他說。「我們一直在等這一刻，我們，妳身邊最關心妳的人。」

「妳心裡清楚的，」蕾貝卡說。

「我不需要這種待遇，」夏娃仍舊回嘴，但語氣已軟弱很多。她求助地轉向奧斯卡，他是唯一尚未表態的。「我們走吧。你陪我，好嗎？我不想理這些傢伙。」

「夏娃，寶貝——」奧斯卡柔聲說道，輕輕握住夏娃的雙手。

「就放輕鬆吧。妳遲早得面對這件事。我們會幫助妳。」

「我不想再跟你們鬼扯！」夏娃下了高腳椅，打算離去，但奧斯卡卻收緊了抓住她的手。

「放開！讓我走！你好大膽！」

「抱歉，寶貝。」奧斯卡滿臉歉疚，但態度堅決。「我不能就這樣讓妳回去。妳得做出承諾。我們必須解決這個問題，今晚，馬上。」

夏娃氣炸了，大聲叫罵，捶打著奧斯卡，但他不為所動。

情況迅速變成一場肥皂劇。

夏娃像頭失控的野獸，掙扎、怒吼，迫使奧斯卡從身後抱住她。她奮力想要掙脫，歇斯底里地尖叫起來。龐特展現了驚人的決心，忍受著她的攻擊，持續沉聲哄著她。冷靜點，寶貝。妳真的得改變了。冷靜。沒事的，沒事。

這樣耗了老半天。夏娃似乎明白過來奧斯卡是玩真的，而她怎麼都無法脫身了。她於是崩潰了，大哭、啜泣、咒罵、求饒、囈語，隔一會回過神來，一陣不甘，重新撒起野來，又這樣好半天，累了，再度嗚咽著求饒，就這樣反覆重來。奧斯卡硬是跟她磨著。

蕾貝卡看得很心疼，忍不住上前一步，想勸奧斯卡放開夏娃，讓她喘口氣，但是父親拉住了她，搖了搖頭。

整整過了四十分鐘，終於——

「好吧，好吧，」夏娃哭道，嗓音已扯到嘶啞。「你贏了，你們都贏了，好不好？我答應我會少喝。我不可能整個戒掉，但我會節制，我答應。但是在那之前，今晚，我想要喝那兩杯曼哈頓呀。拜託，我等了三十年，等著你們兩個和解。三十年哪，你們連一起坐下來都不願意。至少讓我喝到這兩杯有意義的曼哈頓，看著你們握手言和。拜託。」

她哭得好傷心，那情景讓蕾貝卡也鼻酸了。

奧斯卡鬆手了。

他扶著夏娃坐下。她伏在吧檯上抽泣。

奧斯卡走到路易斯面前，伸出手。

「我不知道今晚該不該准她喝酒，」他說。「但至少這是我們可以做的吧。」

路易斯和他對望片刻，垂下頭，又緩緩抬起頭，終於也伸出他的手。

蕾貝卡怔怔望著父親與教父握著手。忽然間，她感到有人在拍她臂膀，轉過頭一看是單齊，遞了張面紙給她，這才意識到自己已然落淚。

單齊走到他姊姊面前，也遞了一把面紙給她。

我很抱歉用這種方式逼妳，他說，也很高興妳願意改變。我是可以調那兩杯曼哈頓給妳喝，單齊又說，只是希望妳會記得妳剛剛許下的承諾。請妳抬起頭，看著大家，好好看看我們這些關心妳的人。請別教我們失望，別再讓我們為妳操心、難過。夏娃抬起頭，抽噎著，望著她的弟弟，又望向其餘三人。我會改的，她低聲說道，沉痛地點點頭。蕾貝卡擦拭起重新奪眶而出的淚水。

她看著父親和教父，兩人臉上都掛著淡淡的笑容，疲累、欣慰、如釋重負。蕾貝卡知道他們獲得了內心多年來不曾有的平靜，因為夏娃總算踏出了這一小步，也因為他們自己終於踏出了那一大步。

蕾貝卡將淚水擦乾，微笑著望向單齊。

「我想應該再來點音樂了吧。」

9

他放了〈Manhattan Serenade〉，由Helen Forrest與Harry James合作的版本。

那麼，我先做麥克法登先生的版本，單齊宣布，取了四個雞尾酒杯冰入冷凍庫。他接著取了Four Roses波本威士忌、Cinzano Rosso甜味苦艾酒、Angostura苦精和糖漬櫻桃，統統擺到吧檯上。

他先用雞尾酒籤插了四顆櫻桃，放一旁備妥。然後，他放了三塊大冰進入攪拌杯，迅速攪拌了二十圈，將融出的水倒掉，接著依序倒入一百六十毫升的波本、八十毫升的甜苦艾酒，並灑入四滴的苦精。他以中等速度將這些材料攪拌了三十圈，從冷凍庫取出冰鎮的酒杯，將調好的雞尾酒倒入，最後加進糖漬櫻桃籤。

「請用。」單齊將四杯麥克法登版的曼哈頓逐一端給他的客人。

「好喝！」蕾貝卡嘗了一口，轉頭問路易斯，「所以這就是你的曼哈頓嗎，爸？」

「滿接近的，」路易斯評論，放下酒杯。「不過我會攪拌得更慢一些。」

「用波本取代古典酒譜的裸麥威士忌，精簡表達威士忌與甜苦艾酒的互動，」奧斯卡向他的教女講解。「四平八穩，就是稍嫌古板了些。」

「別讓我後悔剛跟你握手，」路易斯警告。

奧斯卡嘿嘿笑了兩聲。

夏娃情緒已平穩下來。她望著眼前那杯曼哈頓，疲憊地微笑，緩緩啜著。

「準備好喝下一杯了嗎？」單齊愉悅問道。

他放了下一首歌曲。Ella Fitzgerald那美妙溫潤的嗓音響起。蕾貝卡忍俊不禁，認出她唱的正是〈Manhattan〉。

單齊將攪拌杯和吧叉匙洗淨，並又冰鎮了四個雞尾酒杯、插好四根糖漬櫻桃籤，並削好四片柳橙皮。他在吧檯擺上Old Overholt裸麥威士忌、Martini Rosso甜苦艾酒、Campari苦味酒以及Fee Brothers柑橘苦精。他迅速將四塊大冰置入攪拌杯，攪拌二十圈，倒掉融出的水，接著倒入一百六十毫升的裸麥威士忌、四十毫升的甜苦艾酒以及六十毫升的Campari，灑入四滴苦精。他以比調製第一款要快上許多的速度攪拌了四十圈，取出冰鎮的酒杯，將雞尾酒倒入，加進糖漬櫻桃籤，又在杯口上方噴擠了柳橙皮後，好整以暇將四杯龐特版的曼哈頓一一端上。

「好棒！」蕾貝卡嘗了忍不住讚嘆，繼而意識到不妥，馬上轉個彎，「我是說，很獨特的滋味。」

她瞄了父親一眼。路易斯並未理會她，啜了一口後便悶聲不吭坐在那兒。

「不必壓抑啊，小公主。」奧斯卡得意洋洋。「喝了這杯會想稱讚是理所當然的。」

「奧斯卡這款的結構較為複雜，」單齊解釋。「因為加入Campari的緣故，味覺層次拉開了，強調柑橘風味。」

「華而不實，」路易斯嘟囔。

「你只是輸不起，」奧斯卡笑咪咪回嗆。

「兩位，拜託。」

蕾貝卡循聲望去，看到夏娃淡淡笑著。

「這不是對決，」夏娃輕聲說道。「是和解喔。」

「和解囉，麥屁，」奧斯卡拖長音說道，拿起他那一杯路易斯酒譜的，走到年長的麥克法登身旁。「和解和解，來——」

路易斯有點勉強地舉起他面前那杯對手版本的，和他乾了杯。

謝謝，蕾貝卡感激地用唇形對單齊說。不客氣，他也無聲回道。

單齊放了下一首歌。那依舊是〈Days of Wine and Roses〉，只是換成Ella Fitzgerald的版本。

他們於是靜靜地、細細地品味這兩杯等了三十年的曼哈頓，一邊讓Fitzgerald那白鴿羽翼般的歌聲帶著他們飛上天空翱翔。

10

特訓再度展開。

單齊向蕾貝卡表明了，身為唯一的評審，他這回並不適合幫她準備比賽。蕾貝卡轉而向奧斯卡求助，幸好教父一口答應擔任她的教練。「我會把妳教成全曼哈頓最懂曼哈頓的女孩，小公主！」

路易斯並未提議要協助。他反而提醒她，話說出去了就要承擔後果。蕾貝卡自己也清楚，這不是鬧著玩的。若真輸了，就算自己耍賴，父親也會逼她遞辭呈。

「為什麼我要這麼做？為什麼拿工作開玩笑？」週日下午，在特訓的空檔，她和奧斯卡以及帶了義式臘腸三明治前來探班的單齊坐下來邊吃邊聊，複誦著單齊的提問。

雖然嘴巴說不幫她，單齊仍以實際行動表達關懷，這讓蕾貝卡很窩心。

「嗯，」蕾貝卡邊嚼著食物邊思索，「因為不這麼做的話，好像沒有個真正的了結，感覺不真實。」

「妳們可以卯起來幹架，打到鼻青臉腫，肯定真實，」奧斯卡建言。

「像珍妮絲和雅米拉那樣嗎？我可不想再進醫院第三次了，我確定安娜也不想。」

「妳們倆可真是越來越了解對方了，」奧斯卡說。

單齊直搖頭。「如果妳輸了，到時那苦果可是會真實到妳吃不消喔。」

「那我們聽聽過來人的看法吧。」蕾貝卡轉向奧斯卡。「你們對決紀念日的那天晚上，我親愛的教父，你告訴了我，儘管當時鬧得不愉快，你們三人卻都藉著那次比賽找到了出路。可以跟我們分享一下心路歷程嗎？」

「回到三十年前嗎？」奧斯卡意味深長笑著，並未立刻回應，嚼了一大口三明治。

「這個嘛，對決只是個形式。其實我們都清楚，夏娃不管跟哪一個都不可能有結果。我直說，你們應該注意到夏娃現在跟我也是有親密關係的，只是我們沒綁住對方。我們知道自己要什麼、在什麼狀態。那是如今的我們。然而當年情況並非如此。當時，三個人都知道，我們得先從那糾纏的狀態抽離，都必須先往前走。到頭來，誰輸誰贏、誰調的雞尾酒好喝，都只是個形式。至於她要選誰、我們要不要被選擇，其實大家早就心裡有數了。」

「政治決定，」蕾貝卡輕聲註解。

「但是都了結了三十年，你們二位還不是一見面就吵，」單齊取笑。

奧斯卡哈哈一笑。「那是我們溝通的方式。」

「當安娜提議要以工作為賭注時，我往她的眼睛看去，」蕾貝卡回憶。「我們對望大約只有兩秒，但那已足夠讓我確定，我們都在想同樣的事。」

她停了停。

「安娜和我不可能共事的，未來也許吧，目前不行。有一個得退出。當然，我們倆都不想當退出那個。」

「我擔心的是，」單齊說明，「安娜是有把握打敗妳，才做這番提議的。」

「到時候就知道了，」蕾貝卡淡淡回應，停一會笑了出來，望向單齊。「所以不會有政治決定囉？」

單齊搖頭，將他那份三明治吃完最後一口，才開口。

「會很專業。」

下午茶過後，單齊便離去，蕾貝卡則在奧斯卡指導下一直練習到晚上九點。他們約了週一晚上等蕾貝卡下班後再繼續。

週一上午，在辦公室，她和安娜就Summer Fan下一季的櫥窗展示開會討論。兩人保持專業，極有效率地在半小時內將會開完。

安娜起身收妥資料，並未馬上離開會議室。

「聽說妳找了奧斯卡當教練，」安娜微笑道。「很棒的選擇。」

「是啊，」蕾貝卡回道。「妳呢，是請妳母親協助妳準備？」

「她昨天一早就和我繼父飛去瑞士度蜜月了。」安娜搖頭。「週日才回來。」

「原來如此。」蕾貝卡沒再追問，不想和安娜就這議題有太多互動。

但安娜繼續說了下去。

「我早就習慣凡事靠自己了，而這就是妳我的不同之處。把我丟在沙漠，我都有辦法活下去。倒是妳，沒有了妳老爸的庇蔭、沒有其他人的拉拔，妳能幹嘛？妳成得了什麼？」

蕾貝卡冷笑一下，意識到火氣冒了上來，暗自深吸口氣。

「不管會成什麼，都不會是像妳這樣的貨色。」

兩個女人對峙片刻。

蕾貝卡接著打開會議室的門。「妳先請。」

安娜於是冷笑著率先走出。

週一、週二、週三，蕾貝卡除了上班就是準備比賽，無暇關注任何其他事。

週四晚上，一樁小八卦讓她暫時分神，那是當她接聽珍妮絲打來的電話後所得知的。

在盤問蓋布列後，珍妮絲總算弄清了他和查理之間驚人的內幕。

原來提明斯基和蓋布列早就有親密來往，而前者平常在眾人面前拚命找後者的麻煩，是因為蓋布列不僅不願公開他們的關係，還另外和兩個女人有糾葛。查理於是一有機會便發洩怨念。

「最慘的是，查理才是真正的正宮。從一開始，我和雅米拉就都只是他玩玩的對象！」
蕾貝卡聽了完全不知做何反應，只好花上半小時以空洞的話語安慰她的摯友，接著將這些肥皂劇拋開，又全心投入馬丁尼的練習。
週五。
一週很快又過了。
週六上午九點，蕾貝卡又一度在Fan & Friends的沙發上醒來。喔，這可真不好玩，她抱著暈脹的腦袋想著。
和上回相同，她同樣徹夜練習，一旁由奧斯卡陪同著。路易斯昨晚八點多來探班，但只待半小時便回家就寢。至於她的教父——蕾貝卡環視四周，並未見到他的蹤跡。她記得自己在體力終於不支倒到沙發上前還看了時鐘，將近三點半，那時他明明也倒下呼呼大睡的。
「吃早飯啦，小公主。」
奧斯卡出現了，提了熱騰騰的咖啡以及食物。
他們在吧檯前坐下。蕾貝卡打開外帶餐盒，培根與炒蛋看起來相當可口。
她正要開動，卻嗅到不對頭的氣味，蹙起眉頭。
「先生，請問您一大清早跑去哪兒鬼混？」她在教父身上聞到濃烈的Gucci Envy香水味。
「咦，睡眠雖然不足，嗅覺倒還挺靈敏的嘛，」奧斯卡開心應道。「等會比賽會需要的。」
他只睡了半小時便跑去夜總會玩，一路瘋到剛剛才買早餐回來。蕾貝卡聽出她的風流教父在回來前還抓空檔帶剛把到的妹回了家一趟，但她不想再探詳情。

吃完早餐，蕾貝卡又練習了一陣。她頗緊張，卻又挺有把握。經奧斯卡一週操練下來，她感到對曼哈頓這款雞尾酒瞭若指掌。

單齊於十一點來到。她見到他相當開心。他們整整一週未相見了。

十一點半，路易斯和夏娃都來了，坐在沙發座上，和奧斯卡及單齊閒聊。蕾貝卡有一搭沒一搭聽著，自個兒在吧檯後頭做最後演練。

十一點四十，安娜獨自一人來到。在場三位男士們都禮貌性和她寒暄幾句，兩名女士則當她是空氣。安娜隨即在單齊指示下來到吧檯後頭，進行準備。

正午到了。

單齊坐到吧檯前頭，奧斯卡等三人則站在他身後。

「那麼，」單齊進行確認，「如果兩位都準備好的話。」

蕾貝卡和安娜均點了點頭。

「計時五分鐘。請開始吧。」

蕾貝卡的手伸向攪拌杯。

11

在這一年當中，她常思索，她這一連串際遇當中有多少是因雞尾酒而起。

想到後來，她的結論是，與其說這些際遇源自雞尾酒，不如說在她整段人生當中，雞尾酒早已扮演重要角色，和她的以及她周遭人們的生命交融在一塊，只是她一直到二十六歲才明白這一切。

如今是二十七了。

午後兩點，在七月中的豔陽下，蕾貝卡．麥克法登穿著一襲淺黃底藍碎花Summer Fan洋裝，背著她的白色Isabella Rillinni托特包，踏進Summer Fan第五大道旗艦店。

「嗨，卡爾！」

「啊，麥克法登小姐！」

麥克法登集團固定合作的承包商卡爾．費柏大步上前，和她握了手。他滿臉大汗。

「空調還在保養嗎？」

「選在盛夏整修店面的代價，」費柏攤了攤手道。

那啤酒肚似乎變得更大了，在她不在的這一年內。不對，只有半年。她是一月離開的。

「所以妳和范小姐在東京過得如何？」

「還不錯。我們的新店開張挺順利。」

「往後是要兩地跑嗎？」

「也許會三地呢，我們也準備要進軍巴黎了。來吧，麻煩跟我說明一下整修的進度。」

她跟著費柏一層層往上看。樓梯整個換了材質，改成透明懸吊式的。

三樓男裝區。

費柏腰上的無線電響了。二樓的工人有問題向他請示。他暫先告退，留下蕾貝卡在那兒踅著。

當祟動在她背後地面上一出現時，她便察覺到了。

蕾貝卡迅速轉過身。

「不不，你這樣不行，要換把戲啊。」

她數落著因偷襲被識破而在地上不安亂動的灰色虎斑貓。

「好久不見呢，」蕾貝卡蹲下對貓兒說，伸手要撫摸牠。「你都好——」

「馬丁尼！」

蕾貝卡聽見那熟悉的聲音，開心轉過頭。

「該死！」

她驚呼一聲，閃過迎面撲來的一團灰影。

「妳還好吧？」貓的主人問道。

蕾貝卡站起身。

「幸好我這回沒帶著電腦，」她嘆道。

兩隻虎斑貓在地上仰望著她。

「我跟妳提過養了第二隻貓啊，」單齊說。

「你是提過，但我沒料到牠們長這麼像。你昨天接機時可以把牠們倆帶來讓我熟悉一下的，」蕾貝卡抗議。「根本就存心要嚇我。」

「我不曉得妳有這麼好嚇呢。」

蕾貝卡重又蹲下，觀察兩隻貓兒。「我分出來了。這一隻體型稍微小了些，耳朵比較尖。這是新的。」

「是的，這是曼哈頓——小姐。」單齊也蹲下，抱起新來的母貓。馬丁尼吃醋地叫了起來，伸爪抓向牠主人的膝蓋。

「馬丁尼和曼哈頓。」蕾貝卡抱起資深的那一隻。「你要不要多加幾隻，湊成個經典調酒系列？」

兩隻貓兒輕輕從他們懷裡掙脫。

他們上到四樓。

「完全不一樣了呢，」蕾貝卡環視著Fan & Friends。酒吧的裝潢如今改走歐式古典路線，採用大量胡桃木的家具。

「來喝一杯吧？」

單齊邀蕾貝卡在新的小牛皮墊高腳吧檯圓凳坐下。

在蕾貝卡期待的注視下，單齊取了Aviation琴酒、Luxardo Maraschino櫻桃酒以及Dolin苦艾酒，一一擺上吧檯。

接著，他又拿出一瓶來。

「紫羅蘭！」

蕾貝卡驚喜地瞪大眼，望著那瓶G. Miclo紫羅蘭利口酒。

「你要調航空之夢嗎？可是你又多拿了苦艾酒，而且我看你流理檯上準備的是攪拌杯，不是雪克杯。」

「妳功力不同了，」單齊笑著讚許。

「這是為了歡迎妳回來，特別研發的雞尾酒。」

單齊放了冰塊進攪拌杯，攪拌後將融出的水倒掉。接著，他倒了四十五毫升的琴酒、五毫升的苦艾酒進入，又加了各一滴的紫羅蘭酒與Maraschino櫻桃酒，以中等速度攪拌了二十五圈。他取出事先冰鎮的雞尾酒杯，將調好的酒倒入。

「請用。」

單齊將雞尾酒端到蕾貝卡面前。她迫不及待嘗了一口。

「好棒！」她讚嘆。「這叫什麼？」

「蕾貝卡馬丁尼（Rebecca's Martini）。」

她笑得好甜。

「謝謝。」蕾貝卡喜上眉梢，欣賞著手中那杯特調雞尾酒。「好棒呢。」

單齊播放起〈Violets for Your Furs〉。蕾貝卡開心跟著辛納屈哼唱。

「我可以弄朵真的紫羅蘭幫妳別在洋裝上，」他提議。

「不，謝謝，太老派了。」她哈哈大笑。

「整整一年了呢，」蕾貝卡悠悠吁口氣說道。

「又到了海明威的生日，」單齊點出。

「海明威呀……」蕾貝卡微笑沉吟。

蕾貝卡告訴單齊，她在東京這段期間又讀了一遍《戰地春夢》，有三項心得。第一是人生無常，尤其是對照了她自己以及身邊的人這一年來的遭遇之後。第二是海明威這樣的文學大師居然會採用讓女主角死掉這種愛情故事老梗結局，實在讓人費解。但話說回來，這種老梗用得好的話，又確實強而有力。

「第三是如果讓海明威來寫一本以雞尾酒為主題的小說，不知會是什麼樣子？」

「一定要有一名調酒師，」單齊發想。

「很帥的，和一名美女談戀愛，」蕾貝卡興致勃勃接續。

「故事裡會精準描述調酒師的工作環境和調製雞尾酒的步驟。」

「男女主角會歷經外在大環境的阻撓，但仍然選擇長相廝守。」

「最後以女主角淒美地死去做收場。」

蕾貝卡的笑容垮掉了。

「那我不認為我會想讀這樣的故事。」

單齊大笑。

她那杯蕾貝卡馬丁尼還沒喝完，單齊便為她調起第二杯。她看著他就只取了Junipero琴酒和Dolin苦艾酒兩樣材料，心裡便有了譜。

「你要做正統的馬丁尼。」她觀察他倒入攪拌杯的量。「而且是要做二比一的！」

「一年前，在我們認識的那一天，」單齊證實，「我所調製的第一杯雞尾酒。」

「失敗之作，我記得。」她壞壞地笑了一下。「啊，所以你要雪恥了。」

單齊微微一笑，接著沉靜下來，眼神變得極為專注。他以中等速度將材料攪拌了三十圈，將酒倒入預先冰鎮的雞尾酒杯，放入插了兩顆綠橄欖的雞尾酒籤，在酒杯上方噴擠了檸檬皮。

他將那杯馬丁尼端給蕾貝卡。

「在禁酒令時期，琴酒因為製造容易而在美國迅速普及，但是品質良莠不齊。」他說明。「因此，調酒師們在調馬丁尼時就用了大量的苦艾酒來蓋過不良琴酒的粗劣氣味。那時候二比一是很常見的比例。從那之後，趨勢就變得越來越辛口。」

蕾貝卡端起那杯馬丁尼，慎重喝了一口，咂了咂嘴，沉吟許久。

「二比一應該是甘口的極致了吧？」她問，思索著她這一年來關於馬丁尼的所學心得。

「我想是吧。二比一是很不容易掌握的，關鍵在苦艾酒的藥草味。只要溫度沒掌控好，那氣味就會變得不好聞。所以，如何駕馭這藥草味，進而平衡住雞尾酒的酒體結構，就是挑戰。」

蕾貝卡點點頭。

她吃了顆橄欖，又喝了一口，不吭氣，望著眼前那杯馬丁尼，專心感受、思考。接下來，她對著錶，每隔幾分鐘才喝上一口，感受著酒體是否崩解，花了十二分鐘才把它喝完。

蕾貝卡緩緩點了點頭，開了口。

「我這麼說吧，你這杯會讓龐特大師引以為傲的。」

單齊欣慰地笑了。

他們將話題轉移到其他人的動向上：路易斯和奧斯卡近來又重新一塊健身。只要奧斯卡來紐約時，他們就會相約，不過如今不打拳擊了，而改打太極拳。查理・提明斯基仍舊在Summer Fan當他的創意副總監，跟以前一樣惹人厭，而且總算說服了依舊在復業後的Fan & Friends擔任領班的蓋布列跟他堂而皇之地出雙入對（但蓋布列似乎還是容易屈服於各式各樣肉體的誘惑，男的或女的）。尚大衛當初籌備許久的那間加勒比海餐廳原本終於要在上個月開張了，卻又因為新蹦出來之前忽略的建築法規問題胎死腹中。幸好，他本人在巴黎和他堂妹三個月前合開的餐廳相當成功。

「說到尚大衛，」蕾貝卡說，又打量起整間酒吧，「你很幸運，他人已經不在這兒，否則對於你把酒吧改裝成這樣子一定有意見呢。」

「這是我理想中的酒吧啊，幸虧獲得妳父親的支持。」

「我相信這很對熟男客人的胃口，只是在女性客人之間會不會受歡迎，還有待確認，」蕾貝卡評論。

「安娜覺得這不是問——」

話還沒說完，單齊便閉上嘴，但太遲了，蕾貝卡怒目瞪向他。

「原來你還跟安娜討論過啊。這可是新聞。」

「她當時是Summer Fan的創意總監，諮詢她的意見是合情合理的。」

「沒錯，Summer Fan的創意總監，但你忘了她另一項頭銜：『讓你女朋友丟了差事的女人』。」

一聽到身後傳來那熟悉的沙啞低沉磁性嗓音，蕾貝卡便閉眼長嘆。

「別那麼沒風度嘛。當初可沒人逼妳和我比賽喔。」

她半轉過身，斜眼瞧了下迎面而來那人，又轉回面對單齊。

「哇，你居然找了我的仇家來呢。好一個窩心的接風派對啊。」

「好久不見呢，蕾貝卡親愛的，」安娜來到她面前，笑吟吟道。

「感覺不夠久呢，安娜我的愛。妳怎麼陰魂不散，非要在我回紐約第二天就出現？」

「我常到Fan & Friends來啊，在妳夾著尾巴逃到亞洲去的這段期間都是。」

「本人可是大大方方前往東方開創我的事業。」

「我聽說了，」安娜說。「妳和那個酒鬼跑到東京創辦新的服飾品牌。」

「別這樣叫她。夏娃可是成功戒掉酗酒才重新出發的。她現在每週喝的量不會超過兩杯馬丁尼。妳過得很得意嘛，創意總監。喔，我忘了，妳已經不是了。妳在Summer Fan待了多久？一季，然後就被開除了。」

「我徹底領教了令尊的無情。」

「講到數字，他可是六親不認的，」蕾貝卡說。「憑良心說，妳設計的衣服確實挺有特色的，只是和Summer Fan原來風格落差太大。結果市場銷售不佳，妳也怨不得人。」

「我的確被打到趴了，但還剩一口氣。」安娜聳聳肩。「如今我又回來啦，就跟妳一樣。」

「妳又有新舞台了。」蕾貝卡冷冷點頭。「恭喜妳，這回是妳自己的牌子呢。真厲害，有了失敗記錄，妳居然還有辦法說服總裁投資。他向來不喜歡輸家的。」

「他不喜歡也得學著接受啊，」安娜呵呵笑道。「連他自己女兒都是個輸家了。」

「他確實上了一課。我們都是，」蕾貝卡坦承。「而現在，妳跟我，我們倆又得再一度共事了。」

「妳爸，喔抱歉，麥克法登總裁，把妳找回來擔任Anna Fulasio的執行長，真是個有意思的決定，」安娜微笑評道。「我想他看出了我們的搭檔有種奇妙的力量。」

「希望這不是什麼黑暗的力量，」蕾貝卡搖頭苦笑道。「總之，我們星期一就要正式重新共事了，而現在呢，可以請妳從我眼前消失，讓我好好過完這個星期六的午後嗎？」

「祝兩位有個美好的週末。」安娜掉頭才走兩步，便又停下轉回頭。「喔對了，讓妳知道一下，妳不在的這段期間，我曾試著引誘妳的男友，妳剛交往不到兩個月便為了東京把他拋棄的那個。我試了不只一回，但是他都抵擋住誘惑了。給這笨蛋拍拍手。」

說完，她又丟了個價值數百萬美元的微笑，轉頭揚長而去。

蕾貝卡目瞪口呆好半天。

「我在等你啊！」她終於回過神，轉頭質問單齊，「你到底要不要解釋？」

「就如同她所說的，」單齊若無其事應道，「什麼都沒發生啊。」

「真令人寬心哪！你都不用讓我知道嗎？她引誘你這件事本身就該跟我說的呀！」
「妳太焦慮了。情侶之間應該彼此互信，關係才會穩固。」
「我當初多信任尚大衛呀！看看我落得什麼下場！」
「好啦，喝點雞尾酒，消消氣吧。妳的蕾貝卡馬丁尼還沒喝完呢。」
「不要，這杯擺了超過十分鐘，已經死了。請調杯新的來。」
「沒問題。」
「等等！」她下了吧檯凳。
「這是以我為名的雞尾酒，不是嗎？」
「是『蕾貝卡馬丁尼』，」單齊點頭確認。「並非『安娜馬丁尼』。」
「你哪壺不開提哪壺！」蕾貝卡瞪大眼。
單齊開懷笑了起來。過沒多久，蕾貝卡也忍俊不住。
「別幫我調，」她說。「教我怎麼調吧。」
「妳想學？」
「我想學。」
單齊以手勢歡迎蕾貝卡移向吧檯後頭。
「那麼，」待蕾貝卡就定位，單齊開始講述，「首先我先帶妳嘗試不同的比例。」
滿臉笑容，蕾貝卡將手伸向攪拌杯。

國家圖書館出版品預行編目資料

想談戀愛，需要幾杯馬丁尼？ / 北斗動著.--初版.--
臺北市：皇冠. 2013.06 面；公分
（皇冠叢書；第4311種）(JOY；156)

ISBN 978-957-33-3003-5（平裝）

857.7　　102010696

皇冠叢書第4311種
JOY 156

想談戀愛，需要幾杯馬丁尼？

作　　者—北斗動
發 行 人—平雲
出版發行—皇冠文化出版有限公司
台北市敦化北路120巷50號
電話◎02-27168888
郵撥帳號◎15261516號
皇冠出版社(香港)有限公司
香港上環文咸東街50號寶恒商業中心
23樓2301-3室
電話◎2529-1778　傳真◎2527-0904
責任主編—盧春旭
責任編輯—吳怡萱
美術設計—程郁婷
初版一刷日期—2013年6月

法律顧問—王惠光律師

讀者服務傳真專線◎02-27150507
電腦編號◎406156
ISBN◎978-957-33-3003-5
Printed in Taiwan
本書定價◎新台幣280元/港幣93元